Josefine Sundström

Boel
och
Oscar

Forum

Tidigare utgivning

Vinteräpplen 2010

Bokförlaget Forum, Box 3159, 103 63 Stockholm
www.forum.se

Omslagsbild Getty Images
Omslagsdesign Pär Wickholm
Tryckt hos ScandBook AB, Falun 2012
ISBN 978-91-37-13771-1

De gick hand i hand. För första gången på flera år. Pojken hade fyllt elva och blivit noga med att markera att han inte var en barnunge längre. Helst ville han gå flera meter bakom sina föräldrar. Hans pappa hade saknat den lilla näven och när han sträckte ut sin vuxna hand var det utan förhoppningar.

Nu i vildmarken, långt från vardagens blickar var de far och son igen. Stor och liten som förr.

Med varsin ryggsäck som slog mot svanken. Ett tält, två rullade sovsäckar, konserver och fiskeredskap. Packningen var tung men stegen lätta. De såg fram emot äventyret som väntade.

Vårens speciella doft strömmade från marken och ur trädens kronor. Fuktig jord och skör grönska.

De stannade, delade vattenflaska och vecklade ut kartan. Jo, nu kunde de faktiskt se kullen resa sig ur skogen, snart var de framme vid sjön där de skulle slå läger.

– Pappa, är det verkligen säkert att vi kommer få fisk?

– Så säkert som att Jesus aldrig svor i kyrkan. Den stora gåtan är hur vi ska orka bära hem all fisken.

– Vilka fiskar räknas då?

– Alla räknas såklart. Men för att vinna tävlingen ska vi kroka upp abborrar.

Pojken log och drack några klunkar ur vattenflaskan. Därefter, på pojkens initiativ den här gången, gick de hand i hand igen.

Sjön låg som en mörk glasskiva. Några barn testade sina metspön medan de vuxna satte upp tälten. Fiskeskrönor blandades med spridda skratt. Hundratre personer hade anmält sig till Träskets fiskelycka. Evenemanget var först tänkt som en lek för byns fiskeintresserade. Men ryktet om tävlingen hade spritt sig och lockat deltagare från hela norra Västerbotten. En lantbrukare lånade ut en åker till tältande besökare som nu börjat göra upp lägereldar i sluttningen nere vid stranden. Det fanns inga hus inom synhåll. Byns bebyggelse låg en bit uppför älven.

De valde ut en gräsplätt, lossade tältet från packningen och hälsade på sina tillfälliga grannar.

Det utväxlades korta trivsamma fraser, spekulationer i morgondagens väder, skratt.

– Vad är klockan? Jag börjar bli hungrig, pappa, sa pojken när sista tältpinnen fått fäste i backen.

– Om du stannar här och rullar ut sovsäckarna så ska jag gå och se efter om vi inte kan få plats vid någon av eldarna och värma maten. Kommer snart tillbaka.

Pappan grävde fram två konserver med köttgryta ur ryggsäcken och gick ner mot stranden. Sluttningen var full av uppstickande stenar och den var svår att gå på i kvällsdunklet.

Nere vid vattnet luktade det grillad korv. Stämningen var uppsluppen. Någon hade med sig en gitarr och folk sjöng kända sommar- och dryckesvisor. Han hälsade på ett par med två små barn som somnat på en filt framför elden. Därefter lade han ut sin jacka på en sten, där han tänkte att pojken kunde sitta. Han öppnade båda konservburkarna och ställde dem intill elden innan han gick uppför slänten för att hämta sin son.

Uppe vid tälten var det nu tyst. De flesta tycktes antingen ha tagit sig ner till eldarna på stranden eller gått och lagt sig.

Fiskespöna stod i givakt mot tältduken, redo för morgondagen. Han log för sig själv och stack in huvudet genom öppningen.

– Kom nu så äter vi!

Men han fick inget svar. Sovsäckarna var utrullade intill varandra. Sonens jacka och mössa låg i en hög vid ingången och ryggsäckarna var placerade i ena hörnan.

Han gick runt tältet utan att se honom. Därefter tog han varvet förbi granntälten. Pojken hade kanske gått för att kissa? Han lämnade lägret och gick mot skogsdungen. Ingen där heller. Sonen hade sagt att han var hungrig. Kanske hade han redan gått ner till stranden.

Det var först när pappan förgäves letat vid alla lägereldar som han började bli orolig. Pojken brukade ju aldrig ge sig av utan att säga något.

Han gick hastigt upp till tältet igen. Utan resultat. Pulsen hade nu börjat banka mot tinningarna. Han sprang tillbaka ner mot stranden. Vid varje eld frågade han om någon sett en smal ljushårig pojke med bruna byxor. Då alla svarade nekande började han ropa efter honom. Gitarren tystnade och någon försökte lugna.

– Inte behöver du ropa. Han är väl här någonstans.

Men de förstod inte. Sonen tyckte förvisso om att vara för sig själv, men han skulle aldrig någonsin ge sig av utan att säga till.

– Min son är mörkrädd. Han brukar aldrig …

Rösten skar sig men han var tvungen att ropa igen.

Igen. Och igen.

Oscar

Oscar stod lutad med nästippen mot fönstret. Det pulserade fortfarande längs näsbenet efter förmiddagens lilla incident. Han hade halkat då han skulle ta sig ur badkaret. Näsan hade studsat mot handfatets porslinskant och det hade vällt ut blod som inte ville koagulera. Till slut hade kallt vatten och en bomullstuss fått stopp på flödet.

Kylan som spred sig från fönsterglaset genom brosket, via bomullstussen och in i bihålorna lindrade behagligt.

Men det var inte därför han stått där i över en timme. Han brukade stå där en stund varje förmiddag. Just den här dagen hade han näsan tryckt mot glaset för att kunna se grinden. Han ville inte missa den nya grannen som skulle flytta in.

Trädgårdens stenlagda gång syntes knappt under lager av höstlöv. Fastighetsskötaren borde sopa innan det kom regn och stråket blev halt som en spolad isbana.

Oscar flyttade blicken till cykelstället. Hans rangliga herrcykel hade stått över många vårar. Det var förmodligen slut med utflykter för både hans och cykelns del. Knän och höftleder var sedan länge i sämre skick än cykelns bedrövliga ram. Numera var utsikten från lägenhetens fönster den utblick han fick nöja sig med, förutom kortare turer med färdtjänsten.

Oscar trampade med sina bara fötter på heltäckningsmattan. Han behövde egentligen sitta, men ville inte lämna fönstret för att hämta en stol.

Vad kunde det vara för kvinna som skulle flytta in? Han hade förhört sig hos Birger Borglund, bostadsrättsföreningen Myntets ordförande som träffat henne.

– Hon sa inte mycket, kändes annorlunda på något vis. Nästan sur. Och så hade hon, vad ska jag säga, lite sjavig frisyr, hade Birger Borglund sagt, samtidigt som han berättat att hon skulle hämta sina nycklar senast klockan tio. Mer information hade Oscar inte fått.

Snart borde hon komma, den nya grannen. Han undrade om hon skulle dyka upp i stor flyttbil. Om hon skulle backa in på gården och om cykeln i så fall var i vägen. Hur som helst skulle Oscar i alla fall inte missa henne, bara han stod kvar vid fönstret.

Han såg flera bilar tvärbromsa och lämna svarta däckspår i asfalten. En vit personbil i hög hastighet tutade innan den svängde över heldragen linje och upp bland förvirrade fotgängare på trottoaren. Just som den parkerade utanför Myntets järngrind ringde det på dörren. Oscars suck landade som imma på fönstret. Han tänkte inte gå ut till hallen. Det ringde på igen. En längre signal den här gången.

– Vänligen vänta! ropade Oscar utan att ta blicken från den vita bilen. Någon rörde sig i framsätet. Framdörren for upp och ett ljusblont hår reste sig ur bilen. Oscar ville gärna se ansiktet men hörde en nyckel vridas om och därefter fotsteg närma sig från hallen. Han vände sig motvilligt från fönstret.

– Herregud, pappa. Varför öppnade du inte? Jag var tvungen att gå in med min egen nyckel.

Christina tittade uppfordrande på honom. Han öppnade munnen men ångrade sig och vände blicken mot fönstret igen. Gestalten med det blonda håret hade försvunnit in bakom bilens öppna bagagelucka.

– Pappa, vad är det du står och stirrar på? Du kan väl se

på mig när jag pratar med dig!

Oscar tittade med förvåning på sin dotter.

– Jag har stått här i över en timme men jag såg dig inte, sa han. Christina sparkade av sig skorna och gick mot honom.

– Jag tog bilen idag och lånade din parkeringsplats nere i garaget. Varför har du inte kommit ur pyjamasen än?

– Jag visste inte att jag skulle få besök, svarade han och höjde handen för att kontrollera att bomullsstussen satt där den skulle och sedan att pyjamasjackans knappar var knäppta.

– Har hemtjänsten varit här idag? frågade Christina och gick mot fönstret för att öppna det.

– Nej. Det är lördag. De kommer inte på helger.

– Hemskt! Man betalar mängder av skatt och så kan man inte lita på att få hjälp på ålderns höst.

Christina hakade fast fönstret. Hennes knyckiga rörelser avslöjade att hon var upprörd.

Hon vände honom ryggen och gick ner på knä för att fiska upp filttofflorna under sängen.

– Här har det inte dammsugits på år och dar ser man, sa hon och borstade av osynligt damm från tofflorna innan hon reste sig och släppte dem på golvet framför honom.

– Christina, du behöver inte ...

– Pappa, vad säger fotvården om de där naglarna? De är gula och längre än själva tårna. Man kan få nageltrång när de ser ut sådär. Du har svamp. Nagelsvamp! Det är äckligt, pappa.

Oscar sänkte hakan och såg att Christina hade haft rätt. Tånaglarna var både missfärgade och svängde sig som klorna på en fågel. Han suckade.

Christina gick in i badrummet. Han hann inte varna henne för blodet i handfatet.

– Vad i helvete har hänt här då? Har du ramlat ur badkaret nu igen? ropade Christina.

– Jag halkade lite bara och glömde visst att städa upp efter mig, sa Oscar och klämde på den ömma näsan.

– Jag har ju sagt att du ska slänga ut det där badkaret och sätta in en dusch. Jag hinner inte med att sköta om dig om jag dessutom måste skura upp efter dig.

– Men du behöver inte se efter mig. Än så länge klarar jag mig utmärkt själv. Du kan väl komma hit ibland och fika bara.

Christina försvann ut i köket. Oscar hörde hur hon spolade i kranen och skramlade med porslin. Han funderade på att sätta på sig tofflorna och kanske sin morgonrock över pyjamasen. Men han hann inte röra sig ur fläcken innan hon var tillbaka i sovrummet. Hon räckte honom en rykande kaffekopp och ställde ner ett fat med bakverk på sängbordet.

– Jag hade med mig muffins från bageriet och det finns mer kaffe i termosen på köksbänken. Jaha, då var det allt för idag, sa hon och gick ut i hallen och satte på sig skorna.

– Jag tar med mig elvispen, min har gått sönder och du vispar väl ändå aldrig. Är det okej? Glöm nu inte boka tid hos fotvården. Jag låser dörren efter mig.

Så försvann Christina.

Oscar fyllde munnen med kaffe och vände sig mot fönstret igen. Den vita bilen stod kvar på trottoaren men hon med det blonda håret hade försvunnit.

Han ställde ner koppen på fönsterbrädan och vände sig in mot rummet. Han sträckte fram ena benet och tog ett stelt kliv över tofflorna innan han satte sig på sängkanten.

Sprickorna i taket liknade alltmer en labyrint. Närmast väggarna hade vita flisor börjat släppa i stora flak, samtidigt som färgen runt takrosetten ännu var intakt.

Efter att ha legat på rygg i nästan en timme förstod Oscar att det inte skulle bli någon eftermiddagslur. I stället vek han benen över sängen och gick fram till sovrumsfönstret. Den vita bilen stod kvar på trottoaren. Trodde den nya invånaren att det där var ett bra sätt att göra intryck på sina blivande grannar?

Han sträckte sig efter käppen och gick till köket för att värma mjölk på spisen. Silverte med några stänk whisky. Han drack muggen på stående fot. Sedan satte han kurs mot trappan som ledde upp till salongen.

Efter tre trappsteg stannade han för att vila knäna. Benen hade blivit oberäkneliga. De som förr tjänat honom på bästa sätt kunde nu utan förvarning vika sig. Men Oscar ville inte klaga. Han var klar i huvudet och kunde bo kvar hemma.

Salongen på övervåningen var som en fågelbur, spröjsade fönster från golv till tak. Han slog sig ner i sin gamla läderfåtölj och väntade ut sucken från plymån när luften pressades genom skinnets sömmar. Sedan lutade han sig tillbaka.

Härifrån kunde man inte se ner på gården lika bra som från sovrumsfönstret, men i stället bredde staden ut sig framför honom.

Automatiskt fastnade blicken på Ansgar och Olaus Petri. Högalidskyrkans två systertorn klättrade sida vid sida iklädda samma tegelröda nyans som Stockholms Stadshus.

Borta i slakthusområdet blänkte Globens vita kupol. Oskar hade aldrig varit särskilt förtjust i arenan. Den fick honom att tänka på en stelnad fågelskit.

Men visst fanns det modern arkitektur han uppskattade. Han snurrade fåtöljen. De fem Sergelskraporna på Sveavägen var mäktiga. De skänkte huvudstaden en behövlig storstadspondus i kontrast till den i övrigt tongivande arkitekturen med över hundra år på nacken.

Och så fanns Kaknästornet. När han först sett ritningar på den 155 meter höga jätten hade han irriterats av enkelheten. Han hade till och med skrivit under protestlistan

”Ropen skalla, låt fallosen falla!”. Men då tornet stod färdigt 1967 tvingades han erkänna att det var mer än en tv-mast. Detta kvadratiska betongtorn var en spännande skulptur, en lek med ljus och skuggor. Stockholmarna hade förärats ett landmärke.

Oscar blickade ut över Gärdet. Det bästa med Stockholm var ändå det ingen arkitekt skapat. Vattnet. Och den generösa grönskan.

Han tog sats med käppen och hävde sig upp ur fåtöljen. Solen hade börjat leta sig ner och skuggorna föll över hustaken.

Oscar hade varit med och konstruerat många av de köpcentra som blivit typiska i småstäder. Inga prisvinnande byggnader direkt. Men de hade fyllt sin funktion och skapat framåtanda på de små orterna.

Oscar hade börjat använda ett nytt tegel som var både billigare och lättare att bygga med. Paradistegel hade han och hans kollegor kallat det.

Han hade blivit uppskattad för sin effektivitet och erbjöds arkitekttjänsten hos lastbilstillverkaren Scania i Södertälje. Där hade han varit med och ritat stora delar av den enorma fastighetspark som var typisk för företaget. Scania blev ett samhälle i samhället. Inte helt olikt mallen till de köpcentra Oscar arbetat fram.

Han sträckte sig efter den röda gardinkappan som Christina hängt upp förra julen, sköt den åt sidan för att komma åt det sista av solljuset.

I Stockholm låg Oscar bakom renoveringen av den anrika banken som han nu stod högst upp i. Han drog pekfingret längs fönsterkarmen. Nerifrån gatan gick det knappt att se att takterrassen byggts in, han hade noga valt glas och metallramar som samspelade med himlen. På fasaden skymtade profilen av en relief där ett lejon, frampressat ur sten, vakade över kvarteret. Före renoveringen hade reliefen mest sett ut som en svart stenbumling. Men efter att stadens sot varsamt spolats av hade lejonfiguren framträtt och dessutom visat sig gnistra i dagsljus.

Den gamla banken var en arkitektonisk pärla från andra hälften av artonhundratalet. Ursprungligen rymde våningsplanen främst salar med stora fönster mot gatan och mindre förvaringsutrymmen och kontor in mot byggnadens kärna. En gång i tiden möttes bankkunderna av målningar och kakelugnar som ingen var den andra lik. Varje vrå i huset hade sina överraskningar, för den som hade tid att se efter.

Oscar gick tillbaka till fåtöljen och satte sig.

Han hade varit nära att tacka nej till uppdraget. Vid tidpunkten tillhörde huvudstadens arkitekter en yrkeskår i kläm. De stod mitt i stormen mellan dem som eftersträvade funktion genom modernisering och dem som ville bevara det gamla.

Oscar hade själv cyklat Vasagatan fram. Trots att han haft halsduken över näsa och mun hade han känt smaken av söndersmulad sten. Grupper av människor samlades på trottoarerna för att titta på hur vägg efter vägg kollapsade. Vid flera tillfällen hade även Oscar stannat och förundrats över kraften hos dessa gigantiska grävskopor som tuggade sig genom tegelfasaderna.

Efter att han tagit del av kritiken kring moderniseringen av Klarakvarteren hade Oscar beslutat sig för att endast rita för landsorten. Där kunde man fortfarande bygga på outnyttjad mark.

Men nyfikenheten fick honom ändå att passera den gamla banken under en av sina cykelturer genom staden.

Grinden hade varit stängd och gården igenvuxen. Några fönsterrutor i bottenvåningen hade ersatts med bräder, fasaden var sliten på sina håll och det lilla man såg av huvudentréns port var väderbitet trä. Men på det stora hela såg huset ut att vara i gott skick.

Oscar hade lutat sig mot järngrinden och sett framför sig hur en jättelik slägga fick in en träff mitt på huskroppen. De gamla fönstren skulle enkelt splittras och singla ner mot marken. Balkongernas järnräcken skulle slingra sig och kämpa emot. Men sedan skulle även de övermannas och krumma begravas under massorna.

Oscar hade inte kunnat få den gamla banken ur huvudet. Till sena kvällen hade han suttit vid skrivbordet och studerat originalritningarna. Dagen därpå hade han tackat ja till jobbet.

Med blyertspenna och linjal hade han flyttat väggar, dörrar och ett helt avloppssystem för att skapa dugliga bostäder. Lägenheterna blev oproportionerligt stora, men Oscar hade fått fria händer och han prioriterade att bevara husets ursprungliga själ. När renoveringen väl inleddes brukade han titta förbi och slänga käft med hantverkarna för att försäkra sig om att ingen kakelugn slentrianmässigt revs eller någon av husets originalmålningar var på väg att förstöras.

Som tack för väl genomfört arbete hade Oscars familj erbjudits att billigt hyra den gamla direktörsvåningen.

När hyresfastigheten ombildades till bostadsrätter hade han först tvekat att öppna plånboken. Men hans fru hade insisterat och övertalat honom. Hon hade alltid haft sinne för ekonomi. Det hade visat sig vara deras livs klokaste affär.

Oscar tog sig ner till köket och gjorde sig ytterligare en kopp förstärkt silverte. Medan whiskyn spred sig i blodet kröp han ner i sängen. I morgon skulle han förhoppningsvis få en skymt av den nya grannen.

Boel

Lukten av en främmande människa väckte henne. Sur saliv blandat med något syrligt rakvatten som hon av erfarenhet visste var populärt bland centraleuropéer. Gardinerna var slarvigt fördragna, i gliporna svävade små guldfärgade moln som gjorde himlen overkligt blå.

Även rummet kändes overkligt. Kristallkronan i taket, vinkylen, mässingskrokarna på väggen. Mannens kostym hängde över en stol, strumporna var inpetade i skorna. Hans portfölj stod lutad mot skrivbordet, hon kunde se en guidebok till Stockholm och ett block från hotellets konferensanläggning. Läkarlegitimationen låg som en polisbricka på sängbordet. Ondrej, det var så han hette. Boel reste sig och smög ut på toaletten. Hon tog god tid på sig i duschen. Tömde de små tvålflaskorna som stod på badkarskanten. När hon klätt på sig öppnade hon badrumsdörren och ilade förbi Ondrej och ut i korridoren. Hon var varken trött eller bakfull. Men hon visste att hon behövde skynda sig innan ångesten kom ikapp henne.

Rusningstrafiken var tät och hon hade kommit från fel håll. För att undvika ännu ett rödlyse och trafikstockning vid rondellen svängde hon snabbt över heldragen linje. En manöver som besparade henne säkert tio minuter och orsakade ett par irriterade medtrafikanter. Men några hyttande nävar bekom henne inte, arga bilförare hade hon lärt sig ignorera efter ett halvår i Rom och några månader i Prag.

I både Italien och Tjeckien körde man efter devisen ”nulla regula sine exceptione” – ingen regel utan undantag.

På trottoaren var det tjockt med folk och Boel tutade innan hon körde upp hyrbilen och parkerade alldeles intill grinden.

Hon drog i handbromsen och stängde av motorn. Tio minuter hade hon vunnit på att köra kreativt. Tio minuter som hon nu hade till godo, att göra ingenting på.

Bakom ett högt järnstaket med rostfläckar som säkert smakade blod skulle hon bo. Hon försökte ta in omgivningarna. Välordnat. Putsade fasader, propra människor med mål.

Hon slängde en blick på sig själv i backspegeln och lät handen lyfta upp håret innan hon steg ut, öppnade bilens baklucka och välte ner två resväskor.

Det vibrerade i jackfickan.

– Bobo! Välkommen tillbaka till Sverige. Äntligen har du en alldeles egen bostad. Det måste kännas skönt att slippa andrahandsträsket. Och grattis på födelsedagen! Trettio är det nya tjugo, det vet du väl?

Hennes tre år yngre syster Lina kvittrade.

– Jaha gamling, hur ska du fira då?

Boel struntade i att artighetsskratta.

– Äh, jag håller på med flytten. Ska just bära in det sista. Jag hade inte tänkt att fira alls faktiskt, sa hon och höjde bilnyckeln som en fjärrkontroll mot bilen.

– Men det är väl klart att du ska! Ska jag fixa jordgubbstårta och champagne? Och sen kan vi gå en krogrunda.

– Jag har faktiskt ingen lust.

– Men Boel ...

Rösten var bekymrad.

– En trea och en nolla, det är vad det handlar om, sa Boel och gick ett varv runt bilen. Det var märkligt hur många svarta insekter som fastnat i lacken trots att det var höst.

– Boel, nu har det gått drygt ett år. Du måste börja tänka positivt.

– Jag är inte negativ.

– Då tar jag nästa tunnelbana och kommer över. Vill se din nya lägenhet dessutom.

– Nej, Lina!

Hennes tonfall var mer brutalt än hon tänkt sig. Lina tystnade på andra sidan linjen.

– Som du vill. Ring om du ändrar dig, sa hon.

När Boel knäppt av samtalet började det klia på en plats där hon omöjligt kunde komma åt. Som om ett grässtrå eller den vassa delen av en fjäder letat sig in under kläderna och landat mellan skulderbladen. Trots irritationen fyllde hon lungorna med stadens kärva luft och gick genom grinden.

Egentligen hade hon inte tänkt sig Stockholm, utan en plats där natten var riktigt svart.

Planen hade varit att göra som i filmen, köpa sig frihet i en stuga på landet.

Men så hade ögonen fastnat på lägenhetsannonsen.

"Visst renoveringsbehov i välskött kulturskatt."

Hon hade gått dit mest för att hon var nyfiken. Det var något med fastigheten, en nött elegans och rymd som gav känslan av att det gick att gömma sig och kanske trivas där.

Huset var speciellt även på utsidan. Pampigt med vackra relieffigurer i fasaden. "Eder bank 1876" stod det med snirkliga bokstäver över entrén. I prospektet stod att läsa att fastigheten från början varit bank. Med ståndsmässig kundmottagning, bankvalv i källaren, några mindre tjänstebostäder och en direktörsvåning högst upp.

Byggnaden såg mer ut som ett palats än en vanlig bostadsfastighet. I sjuttio år var den bankkontor innan fastigheten såldes.

Boel skulle just plocka fram hemnycklarna ur ytterfacket på handväskan när hon kände nya vibrationer från mobilen. Lina igen.

Hon tryckte bort samtalet.

Hon öppnade balkongdörren. Genast svepte eftermiddagskylan in i lägenheten. Rum för rum. Golvbräderna lyste gula och knarrade torrt, som hostningar under fötterna. Hon lät fingrarna glida över väggarna, känna på dörrhandtag, öppna ekande skåp och vicka på strömbrytare. Inom dessa väggar skulle alltså framtiden planeras och levas. Genomlevas.

Hemma.

Hon prövade ordet för sig själv.

Och så lukterna.

Varje rum var präglat av sin egen doftkaraktär. Alla främmande, odefinierbara och svåra att slå ifrån sig.

Hemma?

Hon insåg att hon skulle behöva tid att vänja sig.

Flyttgubbarna hade ställt ut möblerna efter eget tycke, sovrum och vardagsrum hade bytt plats. Nu fanns det en kakelugn i sovrummet och balkong i vardagsrummet, i stället för tvärt om.

Solen hade sjunkit ner mot stadens takplåtar, snart skulle ett orange sken från tusentals gatlyktor ta vid.

Boel placerade ut lampor och skruvade i glödlampor. Ett naket ljus fyllde rummen med skarpa skuggor.

När hon fått igång lyset i hallen upptäckte hon ett ensamt brev fastkilat mellan dörren och hallmattan. Hon kände igen handstilen som skymtade under den gula rutan för eftersänd post. Bångstyriga bokstäver. Hon visste bara en person som lade ner möda på att få till så utsmyckade versaler.

Hon tittade närmare på frimärket. Ja då, en hälsning den här gången också. Motivet var en liljekonvalj. Hennes favoritblomma var nedsmutsad.

Hon tog med brevet till vardagsrummet där en trave flyttlådor balanserade i soffan. Hon lyfte ner och öppnade en av dem. Där fann hon det hon sökte, en gammal skokartong. Det var väl bortåt tio stycken brev vid det här laget. Oöppnade. Hon tog av papplocket och lät kuvertet singla ner. Innan hon hunnit sätta på locket såg hon att han skrivit något på baksidan av kuvertet. Hon ville inte läsa men ögonen hade redan börjat ta in bokstäverna.

Jag vet att du inte uppskattar födelsedagar. Men eftersom jag misstänker att brevet når dig kring din trettioårsdag så måste du tillåta mig:

Grattis på födelsedagen, kära du. Det är nu drygt ett år sedan jag hörde från dig. Hoppas du har det fint och firar din dag ordentligt.

Viker in ett brev i födelsedagskortet. Jag har ytterst viktig information till dig men vill inte förstöra din trettioårsdag med tråkigheter. Så därför ber jag dig läsa brevet en annan dag.

Varför kunde han inte bara släppa henne? Hon hade bestämt sig för att föreställa sig honom som död. För att härda ut och hålla honom från sig.

”Han är iskall och död”, brukade hon tänka när minnena bankade på.

Men nu såg hon framför sig hur han kom emot henne med lediga kliv över bräderna i hennes nya hem. Boel blinkade och bet sig i kinden i ett försök att radera bilden. Just denna dag, födelsedagen då hon hoppats inleda sitt nya liv, valde han att dyka upp alldeles skarp och tydlig. Så fräckt. Och så typiskt honom.

Hon drog ihop fingrarna och knöt näven hårt. Vilken lust hon hade att slå honom. Rakt på käften! Hon höjde armen och skulle just drämma till då han mötte henne med sitt vänligaste leende. Han lutade sig fram och viskade något. Hon kände den ljumma andedräkten mot sin nacke.

Jag känner dig?

Jo, han sa faktiskt så.

"Jag känner dig, Boel."

Magen skrek. Boel gick ut till köket och drack ett glas ljummet vatten.

Hon funderade på att bädda. Men både sängen och soffan var belamrade med kartonger. Kanske skulle hon promenera ner till Cadierbaren på Grand Hôtel, men så kom hon ihåg att det skulle vara över med det där nu. Doserna av främmande kroppar gav henne inget längre. Dessutom var krafterna helt slut. I stället rullade hon ut en matta på golvet och lade sig på den. Hon svepte in sig i vinterkappan och somnade nästan direkt.

En ilning väckte henne, känslan av att ha glömt något. Hon låg kvar och försökte komma på vad det kunde vara. Kanske något på hotellet? Omöjligt, hon hade gått en kontrollrunda och varit ytterst noggrann innan hon stängt dörren för sista gången. Hon letade vidare i minnet. Men hjärnan var som en kraschad hårddisk och vägrade hjälpa till.

När hon reste sig för att gå till badrummet var ryggen alldeles öm. Hon funderade över hur det kom sig att folk påstod att det var sunt att sova på hårt underlag, "som japanerna". Antagligen samma idioter som sa att fyra liter vatten om dagen skulle vara bra för hälsan. Och åtta skivor bröd.

Boel hade tänkt tappa upp ett hett bad men då hon såg de mörka avlagringarna i badkarets emalj bestämde hon sig för en stående snabbdusch.

Hon torkade kroppen med toalettpapper och satte på sig samma kläder som hon burit under gårdagen.

Sedan lämnade hon lägenheten. Så fort hon kom ut i hissen såg hon lappen. Stor och gul, upptejpad i ögonhöjd.

Kära nya granne!

Är det möjligen er vita Toyota som hela natten (och morgonen) blockerat grinden? I så fall vänligen förflytta bilen genast!!! Större fordon får EJ parkeras på trottoaren eller på gården!!! (Endast cyklar är tillåtna, i cykelstället till höger om grinden.)

Vänligen

Grannarna

Hjärtat rusade. Hur hade hon kunnat glömma bilen? Hon slet loss lappen och skyndade ut. Mycket riktigt, niohundra kronor i böter. Men värre var att hon gjort bort sig inför sina nya grannar. Hon hade ju inte tänkt att utmärka sig. Grannar var bland det värsta hon visste – en kränkning av privatlivet.

Hon lämnade tillbaka hyrbilen.

Boel visste att hon egentligen borde laga hälsosam mat och kanske börja umgås med folk igen. Hon behövde en nystart, men saknade den styrka som behövdes.

På väg hem gick hon in i ett närköp och handlade travar med färdiglagade rätter.

Boel sträckte på ryggen och släpade sina matkassar genom järngrinden och över de hala höstlöven på gården. Hon hann inte trycka hela portkoden förrän dörren öppnades inifrån. Piggarna på en käpp for hotfullt upp i luften innan de landade på trappan framför fötterna. Därefter uppenbarade sig en äldre välklädd man.

– Du är den nya, förstår jag.

Han hade silvergrått hår och ögonbryn overkligt högt upp i pannan. Den spända överläppen var troligtvis ett leende.

– Det stämmer.

– Hur var namnet sa du? frågade mannen som nu blockerade dörröppningen.

– Nej, det sa jag nog inte. Boel.

Hon ställde ner matkassarna och räckte fram handen mot mannen.

– Boel? Ni ungdomar har så ovanliga namn. Själv heter jag Oscar Kraft.

Hon valde att le och nicka artigt i stället för att göra en poäng av hans mindre passande efternamn. Hon gjorde en ansats att gå in och hoppades att han skulle flytta sig.

– Jag bor högst upp i huset, om det skulle vara något. Vi har väldigt god grannsämja här. Vi bryr oss om varandra i trappuppgången. Och skötsamhet är förstås en självklarhet, sa Oscar och tittade noga på henne som för att försäkra sig om att budskapet gått fram.

Hon nickade igen och först då tog han ett steg åt sidan så att hon skulle kunna komma förbi. Oscar höll upp porten med hjälp av sin käpp. Hon undrade om det var han som skrivit lappen i hissen, men hon tänkte inte ställa frågan. Just som hon kommit in i porten höjde Oscar rösten en aning.

– Föreningen håller årsstämma på torsdag nästa vecka. Klockan sju. Alla förväntas komma. Även ni utanför styrelsen. Och det vore alldeles förträffligt om du som ny här ville koka en kaffetermos. Det skulle uppskattas. Ett tips om du vill få en bra start här i huset. Dessutom brukar det vara riktigt trevligt att i lugn och ro sitta ner och samtala med grannarna.

– På torsdag säger du? Jag vet inte om jag …

Hon kände sig tvungen att gå tillbaka ut igen för att inte verka oartig. Hon försökte finna en bra ursäkt men kom av sig då gubben halkade till på löven. Boel lyckades greppa hans överarm och förhindra en olycka.

– Tack ska du ha! Mina ben är förfärligt vingliga nuförtiden. Jag ska säga åt fastighetsskötaren att han ska ta hand om de där löven innan någon slår ihjäl sig, sa han.

– Vill du att jag följer dig till grinden?

– Äsch, det ska verkligen inte behövas.

Boel lämnade matkassarna och följde med honom ändå. De gick tysta över gången. Oscar höll hårt i henne och prövade fötterna vid varje steg. Utanför grinden väntade en taxi. Hon öppnade framdörren och höll i käppen medan Oscar satte sig.

– Tack för din vänlighet, Boel. Det var trevligt att träffa dig. Vi ses igen i föreningslokalen på torsdag. Och glöm inte kaffet!

Boel hann inte svara innan bildörren slagit igen. Hon insåg att hon skulle bli tvungen att skaffa kaffebryggare och en termos.

Oscar

Stadens mörka gränder gav honom rysningar. Värst var det i Gamla Stan där husen stod så tätt att solen aldrig nådde ner till gatan.

Han hade undvikit dunklets förlamande kraft så länge han kunde minnas. När han var liten brukade han be sin mor att få ha rullgardinen uppdragen för att månljuset skulle hitta in. Sedan följde han molnslöjorna som rusade över stjärnhimlen tills han somnade.

Nu satt han i en taxi och tittade på stadens gulvita belysning som rytmiskt rann förbi. Det konstgjorda ljuset gjorde ögonen spända men fick resten av kroppen att slappna av.

De första gångerna han hade åkt sträckan hade högerfoten stampat ner en obefintlig bromspedal på passagerarsidan. Motviljan hade varit så stor att han intalat sig att de här resorna var ett övergående problem, att allt skulle bli bra igen. Nu hade han insett att taxifärderna skulle fortsätta tills tiden runnit ut.

Taxin lämnade motorvägen. Oscar fattade handtaget i taket för att parera bilens krängningar. Brandgula träd stod på båda sidor om vägen. Oscar slängde ett öga på hastighetsskylten, som vanligt gick det alldeles för fort. Bilen svängde en sista gång, sedan en tvär inbromsning vid busskuren. Oscar tittade på taxametern som stannat på nästan tusen kronor. Det skulle bli 350 kronor efter färdtjänstens rabatt. Han fick inget tack. Bara en kvittoremsa och en nästan osynlig nickning som han såg i ögonvrån. Den yngre generationens taxichaufförer hade satt i system att anstränga sig så lite som möjligt och Oscar visste att han förväntades skynda sig ut. Han höll blicken rakt fram medan han lirkade upp bältet. Chauffören suckade och trummade på ratten medan Oscar fattade käppen och sökte dörrens handtag. Pekfingret kom åt en knapp som fick fönstret att glida ner. Chauffören suckade en sista gång innan han lade i handbromsen, klev ur bilen och gick runt motorhuven för att öppna bildörren. Oscar svängde ut benen och reste sig sakta.

– Man tackar för hjälpen, sa han och vandrade iväg från bilmotorns morrande.

Det var en stram tegelbyggnad, raka linjer av rätblock i varierande höjd. Från utsidan påminde den om en skola.

Han mindes det allra första besöket. Instinktivt hade han gått fram till fasaden och knackat i teglet, som för att kontrollera att det skulle stå pall. Då som nu hade han sneglat upp mot uret som hängde ovanför entrén. En urtavla utan siffror och med tunna svarta visare som var omöjliga att avläsa.

Miljön på insidan var sjukhusaktig. Långa korridorer, ramper och plastgolv utan lister. Och lukten. Mat blandat med rengöringsmedel och något kvalmigt som fick honom att tänka på död.

Ljudet av käppens gummipropp mot golvet gjorde honom lika irriterad varje gång. Han höll sig nära väggen. Efter den stora textiltavlan föreställande en sommaräng var han framme vid dörren. Innan han gick in slog han sig ner på en ryggstödslös bänk alldeles under dörrknappen. Där brukade han sitta i några minuter för att hämta andan och samla kraft, mer än så gick det inte att förbereda sig.

Han funderade på den nya grannen. Då han stod inför hennes stora gulvita hår hade han egentligen velat tala om för henne att det inte passade sig att parkera bilen sådär utanför grinden. Han hade tyckt att hon skulle be om ursäkt. Men så hade han sett något sorgset i hennes blick. Han hade fått en känsla av att den nya grannen var bräcklig. Och en bräcklig människa var inte att leka med, det visste han. Oscar hade i stället bestämt sig för att det räckte med den upptejpade anonyma lappen i hissen. Han hoppades att hälsningen skulle få henne att sköta sig i fortsättningen. Om nu Boel skulle foga sig i reglerna tänkte han vara lite varsam med henne. Hon hade ju ändå varit hjälpsam när hon följt honom till grinden.

Boel

Hon steg in i föreningslokalen och möttes av en varm kaneldoft. Rummet var fullt med folk och redan syrefattigt. Mötet hade kommit igång men då Boel dök upp med kaffet blev det tyst. En dam i prydlig håruppsättning och pärlhalsband reste sig hastigt och lutade sig över konferensbordet för att dela en kanellängd. Någon hade tänt värmeljus som fladdrade intill en skål med sockerbitar. En mässingskrona i taket spred ett svagt ljus som inte nådde de fönsterlösa väggarna.

Hon ställde försiktigt ner termosen mellan kanellängden och sockerskålen innan hon drog sig tillbaka.

Alla karmstolar runt bordet var upptagna och Boel satte sig på en klaffstol i plast längst bak. Där mot väggen blev hon osynlig och fri att studera sällskapet – grannarna – ifred.

Bakhuvudena såg ut att höra ihop, som vore de resultatet av samme skulptör. Många av äldre modell, tunnhåriga och grå. Boel letade efter Oscar men såg honom inte.

Föreningens ordförande, Birger Borglund, knackade i bordet, en onödig gest då rummet redan var tyst.

– Ja, kära grannar, då har vi fått kaffe också. Eftersom vi redan avklarat det formella och styrelsen är vald för kommande år kan vi nu fortsätta med de andra punkterna på dagordningen, sa ordföranden och tittade på församlingen. En klar mansröst hördes från ena kortsidan.

– Vi har en ledig lokal på gatuplanet. Den har stått tom länge och vi bör diskutera vad vi ska göra med den.

Boel undrade hur det kom sig att en åldring kunde ha en så ungdomlig röst. Men så reste mannen sig och Boel såg att hon misstagit sig. Visst han hade en flint som bakifrån såg ut att tillhöra en pensionär. Men nu när han stod upp såg hon att han var i fyrtioårsåldern. Kraftigt byggd och med stora synliga varumärken på kläderna.

Ordföranden flyttade ner sina glasögon till nästippen och nickade innan han frågade om mannen hade ett konkret förslag.

– Jag tycker att vi ska bygga ett spa. Tänk er en bastu, en vedeldad med furupanel. En relaxavdelning med sköna vilstolar. Och kanske ett solarium.

Birger Borglund noterade något i ett block och nickade.

– Okej Clemens, detta får vi återkomma till under punkten "övrigt". Men ... vad är en relaxavdelning?

Boel snappade endast upp delar av den långa harangen till förklaring. Kall öl, bubbelpool och umgänge. Hon kunde inte sluta stirra på Ralph Lauren-hästen på Clemens tröja som spändes ut var gång han andades in. Det gick snabbt att avhandla punkterna på dagordningen och att ta beslut om att göra cykelrum av ett av husets gamla bankvalv.

Lokalen tystnade, mötet gick mot sitt slut. Birger Borglund meddelade att de nu var framme vid "övrigt" och att det var dags att diskutera ett spa i den lediga lokalen.

En stol sköts ut och en äldre röst fyllde rummet.

– Om vi gör våtrum av lokalen kommer vi att förstöra den vackra inredningen för all framtid. Jag tycker att det vore fel.

Det var Oscar. Han hade suttit skymd så Boel hade inte sett honom. I lampans sken tittade han strängt ut över församlingen innan han satte sig igen och Birger tog vid. Han ville sondera intresset och föreslog handuppräckning för ja.

Först var det endast tre händer i luften. Förutom Clemens var två kvinnor på kortsidan av bordet för förslaget.

Clemens kammade osynligt hår på flinten och tittade sig besviket runt i rummet. Grannarna skruvade på sig.

En ja-röst till. Och så ytterligare några.

Efter en snabb räkning stod det klart att ungefär hälften var för ett spa.

– Jag skulle vilja veta vilka som *inte* önskar en härlig bastu och bubbelpool, sa Clemens.

Nu höjde resten av grannarna sina armar. Boel funderade på att sträcka upp handen, mest för att skynda på mötet. Men känslan av att vilja vara osynlig gjorde att hon inte rörde sig. Ordföranden harklade sig för att säga något men Clemens hann före.

– Hon då! utropade han och pekade på Boel. Har inte vår nya granne en åsikt?

– Jag vill påminna om att det är frivilligt, sa ordföranden. Och självklart kan vi inte ta något beslut redan idag.

Clemens tittade frågande på henne.

– Varför har hon inte presenterat sig?

Boel blev kall inombords samtidigt som hon kände att kinderna blossade.

Rummet var alldeles tyst. Det blev ordföranden som tog över:

– Ja, vi kanske ska hälsa vår nya granne välkommen och be henne att presentera sig.

Nu stirrade alla. Boel fann ingen annan utväg än att öppna munnen.

– Jag heter Boel och jag bor på fjärde våningen sen en vecka tillbaka.

– Jaha. Och mer? frågade Clemens.

– Mer?

– Ja, vad jobbar du med till exempel?

– Jag jobbar inte.

– Nehej ... okej. Men vem är du då?

Clemens var fortfarande inte nöjd.

– Jag är er nya granne. Och nu måste jag tyvärr gå upp till mig. Föreningen kan behålla termosen. Tack för idag.

Boel reste sig och skyndade mot dörren. Det var det här hon avskydde med grannar, ja, med människor överhuvudtaget. De kunde aldrig låta en vara ifred.

– Boel, vänta!

Det var Oscars röst. Hon vände sig inte om men hörde hur han drog ut stolen och reste sig.

Hon hade ingen lust att prata. Men Oscar hade skyndat efter henne ut i trapphuset.

– Det var hyggligt av dig att koka kaffe, sa han medan de inväntade hissen.

– Visst, svarade hon med en axelryckning. Hissen var nere och hon lät Oscar kliva in först.

– Det vore tokerier att bygga ett sådant där spa i den tjusiga lokalen på bottenplanet, dessutom skulle det bli väldigt dyrt att installera dusch och pool. Och man skulle behöva riva upp de vackra golven. Just nu finns det en enkel toalett längst in i ett hörn, men det är allt i vattenväg. De flesta i huset tycker det vore synd att förstöra lokalen med den typen av stora ingrepp. Bra att du höll med oss.

– Muhum.

Hissen kröp långsamt upp genom huset och passerade första våningen. Oscar fortsatte sin utläggning.

– Lokalen var förr om åren en pampig entré till banken. Folk blir naturligtvis hänförda då de stiger på, för så elegant är det. Men det tycks ändå omöjligt att få tag i hyresgäster. En butiksägare behöver förstås ett skyltfönster ut mot gatan för att locka in kunder. Vi har inget sådant fönster och dessutom är det ju ett järnstaket och en trädgård mellan gatan och dörren till entrén.

De passerade andra våningen och Boel nickade mot Oscar genom hissens spegel.

– Och att öppna café eller restaurang blir svårt eftersom lokalen saknar utrymme för lämpligt kök.

Tredje våningen, bara en kvar.

– Men någon typ av verksamhet borde vi kunna locka hit. Det måste vara en hyresgäst som nöjer sig med endast en liten toalett. Kanske har du några förslag, Boel?

Hissen stannade med ett knäpp. Hon drog gallerdörren åt sidan och klev ut.

– Nej, tyvärr. Jag känner inte så många här, jag kommer inte från Stockholm. Trevlig kväll, sa hon samtidigt som hon drog igen hissdörren och såg Oscar åka tillbaka ner.

Oscar

Han hade velat berätta för henne om huset, grannarna och närområdet. Tänkte att det skulle vara en trevlig gest mot denna unga och något märkliga kvinna som bodde under hans golv. Dessutom ville han förklara för henne varför det var viktigt att rösta nej till den där bastun.

Lite sherry skulle han ha bjudit på. Det var ett vin han kunde. Han hade i förbigående kunnat berätta att den traditionella sherryn skulle vara torr. Sedan hade de kanske kommit in på att de sötare sorterna egentligen var en ren idioti som härstammade från snobbiga engelsmän utan smak. Han hade kunnat servera henne sin bästa Fino och hon skulle fått uppleva en kruttorr och blek dryck. Och stark förstås, som all sherry. Dessutom hade han vid en påtår kunnat informera om att det inte hette sherry i annat än folkmun. Jerez är det spanska ordet.

Men nu blev det inte så. Boel hade först överraskat genom att rusa ut från föreningsmötet, sedan hade hon envisats med att stå med ryggen mot honom i hissen, trots att han pratade. Han hade givit upp.

Det första han gjorde när han kom in till sig var att skapa gångar av ljus genom lägenheten. Han gick från rum till rum och tände lampor som skulle stå på under dygnets mörka timmar. Sedan bytte han om till pyjamas och släppte löständerna i ett glas vatten. Utan tänder försvann läpparna in i munnen vilket gjorde att hakan blev mer framträdande. Huden hade inte bara blivit skrynklig. Den hade även antagit en ny nyans. Grå. Han kände inte längre igen sig själv.

Oscar lämnade badrumsspegeln och gick ut till hallen där de inramade familjefotona hängde. Alla fotografier var svartvita förutom bröllopsbilden som blivit kolorerad i efterhand. Han kom inte ihåg att hans hustrus läppar varit så blodröda när de viskat "ja" i kyrkan. Och inte hade hans hår varit så chokladbrunt heller. Färgerna var helt klart överdrivna. Men visst var de stiliga – uppklädda för präst och framtid. Hon rak i ryggen och med ena handen stolt om sin första gravidmage. Han med ett kisande leende mot fotografen och armen om henne.

Oscar släppte bilden och gick till köket. Han slängde en snabb blick ut genom köksfönstret. Gården låg öde och det var knappt några bilar på gatan. Han valde bland flaskorna i skafferiet och slog upp en whisky som han tog med till sängbordet. Glaset skulle stå där för säkerhets skull, om sömnen visade sig vara svår att få fatt. Han lade sig på rygg i sängen. Med en gång kände han kalla krypande kårar mellan skuldrorna. Kanske var ett regn på ingång. Eller oktobersnö.

I sovrumsfönstret igen. Det hade varit liv och rörelse nere på gården under morgonen. Som vanligt. Oscar kunde grannarnas rutiner. Han visste när de gick till sina arbeten, vilka som hade städhjälp och när brevbäraren brukade komma. Ibland hände det att låset till porttelefonen kärvade. Då brukade Oscar ta hissen ner för att öppna åt grannarna.

Mitt på dagen kunde det bli stilla där nere. Lugnet höll i sig ett par timmar, tills halvtidarna och de aktiva pensionärerna började röra sig hemåt.

Det hade varit intressant att få en skymt av Boel. En så ung människa hade inte bott i huset på år och dar. Han hade väntat sig att hon skulle ge sig ut, träffa vänner, gå på caféer, bio eller vad nu ungdomen hade för sig. Men hon tycktes hålla sig hemma.

Oscar fick nöja sig med att titta på fru Anderssons daltande med pudeln. Identisk procedur var morgon; klockan halv nio bars den lille stackaren ut. Alltid samma varv. Runt trädet, fram till järngrinden och sedan första strålen på bakdäcket till Oscars gamla cykel. Därefter genom busken och tillbaka till grinden för dagens andra drill. Fru Andersson stod med armarna i sidan och glodde på hunden tills den satte sig med krökt rygg vid lyktstolpen närmast staketet. Då tittade hon skamset över axeln och skyndade fram för att plocka upp högen i en svart påse. I fem minuter fick jycken röra sig fritt. Sedan var det dags för borsten som mer såg ut som ett rivjärn. Hunden var helrakad förutom på tassar, svans och huvud och fick utstå knyckiga drag tills borsten fyllts med ett grått pälsludd. Fru Andersson släppte luddet i vinden, lyfte upp hunden under armen och försvann in.

Gården var folktom men Oscar stod kvar en stund till.

Mörka moln gled in från öster medan vinden som slog i trädens kronor såg ut att komma från alla håll. Löven på marken rörde sig danslystet. Det fanns en längtan i luften därute. En längtan som inte rörde honom. För vad kunde vänta honom förutom en fortsättning på meningslösheten? Möjligen döden.

Han gick ut i köket, åt en halv ostfralla med en kopp kaffe. Han skulle just ta sig upp till läderfåtöljen i salongen på övervåningen då brevlådan smällde i hallen. Christina hade sänt honom ett vykort från London. Ett gigantiskt vitt pariserhjul med "många hälsningar till pappa" på baksidan. Han hade visst glömt att hon skulle dit på en nöjesresa, vad det nu fanns för underhållande med en musikal.

Under vykortet låg ett brev. Ett brunt kuvert med en handstil han aldrig tidigare sett. Oscar tog brevet tillsammans med morgontidningen och gick upp till övervåningen.

Han slog sig ner i sin fåtölj. Utsikten hade blivit dyster.

Vinden och de mörka molnen hade fört med sig ett kraftigt regn som gjorde fönstren randiga och hela staden gråblek. Varken Globen eller Högalidskyrkan gick att skymta bakom den tjocka regnridå som hängde över taken.

Tidningens första del saknade intressanta nyheter för den som struntade i om julhandeln skulle slå rekord i år eller ej. De andra delarna iddes han inte ens bläddra i utan lät dem halka ur famnen och ner på golvet. I stället tog han kroken på sina läsglasögon och sprättade upp brevet. Han förstod inte vad han läste, förrän han närmade sig slutet.

Detta lidande gör mig galen.

Eftersom du inte är här känns det lönlöst att förlänga livet. Tanken på dig gör att jag ändå kämpar vidare, än så länge.

En sköterska, Ritva heter hon, kom in till mig idag. Hon är min favorit. Ler aldrig i onödan. Du vet, vårdpersonalens alla falska leenden som tycker synd, gör att jag slutar vara människa. Vi är likadana där du och jag, vi känner oss förminskade när folk tycker synd om oss. Ritva ler ytterst sällan. Hon gör det hon ska snabbt och professionellt. Hon knackar, kommer in med mat, byter sängkläder, serverar piller eller vad det nu kan vara, sedan sätter hon sig en stund på stolen vid fotändan av min säng och berättar om vädret. Självklart kan jag själv se genom fönstret om det är blå himmel eller regn men Ritva kommer med detaljer. Hon redogör för mig om hon haft glädje av sitt paraply. Hon berättar om hur pollenhalten i luften ger henne snuva och hon talar om när det är för mycket snö på backen för att cykla.

Idag var det Ritva som gjorde morgon i mitt rum. Hon ställde ner frukostbrickan och gick sedan till fönstret och drog undan gardinerna. Sedan sa hon åt mig att äta. Det var leverpastejsmörgås idag och jag kämpade i mig hela.

Jag har fortfarande inte berättat att jag får kväljningar av leverpastej. Det skulle kännas märkligt att tala om det nu, efter så lång tid på avdelningen. Jag vill inte göra Ritva eller någon annan sköterska obekväm, de har ju serverat leverpastej flera gånger i veckan sedan jag kom. Ritva tittade på mig tills jag ätit upp och frågade om jag önskade en macka till. När jag viftade med mina tunna armar och sa att jag var rädd för att bli fet spände Ritva ögonen i mig och sa att det var livsviktigt att jag åt. Då skrattade jag högt och sa att det var dödsviktigt att vara smal. Inte ens det tycktes roa Ritva som snabbt reste sig och frågade om hon inte skulle leta fram en musikkanal på radion. Hon skruvade fram P3 och lämnade mig med en vänlig klapp på handen. Det är just det jag gillar med Ritva, hon köper inte min humor. Hon låtsas inte att hon är någon annanstans. Hon är på sitt arbete. Vi patienter är ju inte familj på söndagsmiddag. Vi är jobb. Det är befriande att tänka på, när man hela tiden kräver.

Älskade, om du bara visste hur en kropp kan begränsa. Förr ville jag se världen. Skapa minnen, lagra bilder, kickar. Idag vill jag bara resa inåt. Det enda jag har kvar att sträva efter är att förstå mig själv. Jag måste begripa vem jag varit. Boel, min högsta önskan är att du kommer på besök och talar om för mig vem jag var. Ingen annan skulle kunna bortse från det ynkliga skal jag blivit. Ingen annan skulle vara ärlig.

Mitt liv har hastigt förändrats och jag förstår om dessa rader förvirrar. Jag har på telefonen dygnet runt. Kollar posten, med förhoppningar om att få ett meddelande från dig. Men då du inte hört av dig måste jag be dig igen. Jag har något oerhört viktigt att berätta för dig. Hata mig gärna, men snälla hör av dig.

Kärlek

Din för alltid

Oscar tittade på kuvertet. Det var inte meningen att han skulle läsa detta högst privata brev som uppenbarligen kommit fel. Med darrande fingrar vek han ihop pappret och lade tillbaka det i kuvertet. Sedan greppade han käppen och reste sig.

Boel

Boel låg på soffan, inlindad i två ullfiltar. Hon hade just ätit en ljummen fabrikslagad rätt. Pasta med kyckling i gräddsås som smakade plast och gjorde henne mätt redan efter ett par tuggor. Nu längtade hon bort, behövde bara komma ner i varv först.

Hon slöt ögonen.

Visst önskade hon att hon vore som andra, att hon kunde ta saker och ting lite lättare. Livet hade varit enklare om hon gillat människor, om hon hade kunnat prata med vem som helst om allt och ingenting. Och om hon bara haft ett skratt hade hon kunnat framkalla det – även utan att ha roligt. Nu mindes Boel inte ens hur hennes skratt lät.

Men hon hade andra talanger. Hon kunde försvinna in i tanken i timmar. Inte tänka bakåt eller framåt. Hon kunde tänka i sidled. Flyta in i ett annat liv. För henne var det andra livet minst lika verkligt. Det var paradoxalt nog det som höll henne levande. För där fanns alla känslor, till och med glädjen. Ibland var det svårt att återvända till verkligheten.

I nuet blev Boel ofta irriterad, främst på andra människor. Till exempel på systern Lina som krävde att de talades vid i telefon minst en gång i veckan.

Boel hade besökt akuten för att få penicillin mot en envis förkylning. I stället hade doktorn skrivit ut ångestdämpande tabletter för att hon bättre skulle kunna hantera tillvaron. Men eftersom hon inte var intresserad av det hade hon struntat i att hämta ut medicinen.

I hennes inre slapp hon böket, där behövde hon bara umgås med folk om hon själv valde det. Och det konstiga var att hon gillade människor i sitt inre. Där klingade deras röster. I harmoni, utan falska toner.

Hon hade flyttat in i ett lugnt hus. Eftersom det låg en bit från gatan slapp hon trafikbullret även om hon valde öppet fönster. Inga lekande barn som väsnades i huset heller. Grannarna tycktes tysta och döva, hon kunde med gott samvete spela sin musik på hög volym.

En annan fördel var att fastigheten var vacker vilket gjorde stunderna i nuet lite mer uthärdliga. Här och var fanns lekfull ornamentik. Boel hade speciellt fastnat för takrosetterna. Hon gissade att de cirkelformade bladverken i gips föreställde ormbunkar. Tänk att man förr i världen till och med brydde sig om att skapa något vackert av en sak som främst skulle förhindra eldsvåda.

Hon hade alltid varit svag för vackra ting och tyckte skönheten låg i betydelsen, i funktionen, eller om man så önskade, uttrycket. Hon hade intresserat sig för konst långt innan hon visste vad skönhet verkligen var. Det intresset hade hon ärvt av sin farmor.

Farmor Lilly med silvrigt hår och ett skratt som ibland lät som hosta. Hon använde handkräm flera gånger om dagen. Ingen hade så mjuka händer som hon.

Boels föräldrar var båda hårt arbetande lärare. Hon såg dem alltid sitta i något viktigt telefonsamtal. Eller med rödpennan och en trave skrivningar vid köksbordet.

Hon fick inte störa då de satt där och rättade. Då kunde rätt bli fel, brukade hennes föräldrar säga.

Hos Lilly störde man aldrig. Där fick man prata om dagis, skolan och hur livet var förr. Man fick äta pannkakstårta, måla på lakan, hoppa i soffan och sova på en madrass på golvet. Boel älskade madrassen som placerades intill ett stort akvarium. Hon brukade ligga med täcket uppdraget till hakan och stirra på fiskarna som svävade där inne. Så klara färger hade inte ens hennes tuschpennor. Flera kvällar i veckan brukade hon sova över hos Lilly, alltid skavfötters med sin lillasyster Lina. Tillsammans tittade de in i akvariet. Lina tyckte synd om fiskarna för att de hade ett så litet rum och inga leksaker. Boel tyckte tvärt om. Fiskarna var lyckliga som fick vara viktlösa och färgglada. Och så fick de bo där hos Lilly. Lina hade en gång kastat ner en glasstrut i akvariet. Hon trodde att fiskarna skulle bli glada. Men det blev de inte, de dog under natten.

Lina hade gråtit. Inte så mycket för att hon saknade fiskarna som för att Boel var arg. Boel skällde på henne för att hon inte fattat att fiskar är sköra och att de inte tycker om glass.

Farmor Lilly hade hållit begravning bakom soptunnan på gården. Med begravningsfika med saft och kakor. Sedan hade hon lovat göra rent akvariet och köpa nya färgglada fiskar.

Varje lördag besökte de Göteborgs konstmuseum. Det ekade vackert i salarna. Men farmor Lilly ville inte att de skulle höras. På ett museum ska man smyga och viska, sa hon. Hon bar skor med gummisulor för att de inte skulle störa tavlorna. Endast ett frasande ljud från tyget i hennes kappa följde dem genom salarna.

– Det är viktigt att lyssna till konstverken. Speciellt lyhörd ska man vara för det kvinnor skapat. Förr om åren då jag var ung fanns inga kvinnor. Då var alla flickor, sa hon.

– Men det fanns väl tanter, påpekade Lina.

– Jadå. Men även tanter var flickor på den tiden. Alla osjälvständiga och instängda i sina kök. Det var först när flickorna tilläts bestämma över sig själva som kvinnor och tanter började dyka upp, sa Lilly.

Boel nickade fast hon inte riktigt förstod vad som menades.

Lilly visste mycket om tavlor. Hon brukade berätta historier om både bilder och konstnärer. Boel tyckte mer om dem än sagorna som fanns i barnböckerna hemma.

Under sommaren mellan femman och sexan reste Boels föräldrar till Stockholm och systrarna såg fram emot att få bo med farmodern under hela lovet. Efter två veckor tyckte Lilly att det blivit alldeles för varmt för att vistas i lägenheten. Dags för frisk luft, sa hon. De packade ner fiskarna i en vattenfylld plastpåse och tog tåget till Karlstad.

Lilly hade en stuga alldeles vid en sjö mitt i skogen. De stannade flera veckor, tills både vanor och dialekt var förändrade.

Stugan hade ett stort rum med öppen spis. Där, framför elden, satt de på kvällen. På pinnstolar på rad, med tårna i sotet på teglet, för att de skulle bli varma efter alla bad. Det fanns ett litet kök med ett fönster som immade igen så fort det regnade. Stugan hade också två små sovrum med lutande tak, Boel och Lina delade våningssäng. Det luktade källare och skog. Förutom på morgonen då en doft av farmors kokkaffe spred sig i köket. På väggarna hängde nästan lika många tavlor som i hela Göteborgs konstmuseum.

– Allt det här ska ni dela på en vacker dag, sa Lilly stolt och svepte med handen över vardagsrummet. Boel älskade tavlorna. Men kunde inte tänka sig att de skulle passa någon annanstans än just där i stugan.

Att ”en vacker dag” skulle komma redan under hösten i sjuan var ingen förberedd på.

Skolan hade slutat tidigt den dagen och Boel hade just kommit hem. Hon satt i köket och hade rört ner chokladpulver i en glas med kall mjölk då hon såg akvariet med Lillys fiskar stå på hörnbordet i vardagsrummet. Hon skyndade sig att ringa sin mammas jobb.

– Mamma, vad gör farmors fiskar här? hade hon ropat i telefonen fast hon redan förstått.

En granne hade blivit misstänksam över tystnaden i Lillys lägenhet och gått in med extranyckel. Döden hade överraskat, det kunde man förstå eftersom Lilly låg tvärs över köksmattan med öppen dörr till frysen. Hjärnblödning, det förklarade mamma när hon kom hem senare på kvällen.

Den gången blev det ingen begravningsfika för Boel och Lina. Barn ska inte behöva känna sorg, sa deras föräldrar utan att förstå att sorgen redan kändes.

Bara ett par dagar efter att Lilly kommit i jorden fick pappa en rektorstjänst vid ett gymnasium i Stockholm. Det beslutades att hela familjen skulle flytta från Göteborg. Trots att varken Boel eller Lina hade lust att lämna klasskamrater och skola fick de packa ner sina rum i flyttkartonger.

Boel anmälde sig till den nya skolans ungdomskör. Hon sjöng altstämma och visade sig ha mer kraft i rösten än hon trott. Dessutom fick hon höra att hon var skicklig på att hålla tonen.

Redan i oktober började de repetera julsånger eftersom körens luciatåg skulle få uppträda tillsammans med en riktig orkester på Solliden, Skansens stora scen. Boel hade aldrig varit på Skansen, men hon hade ju sett parken på tv flera gånger.

Hon skrev brev till sina gamla klasskompisar i Göteborg och berättade att hon snart skulle sjunga för publik. Hon skrev att hon saknade dem men att hon började trivas i huvudstaden. Hon skrev inget om att alla i familjen inte trivdes lika bra.

Mamma hade börjat stänga in sig i sovrummet. Hon hade klagat på migrän i flera veckor. När hon visade sig var det alltid i morgonrock. Vi har hamnat i den kalla staden, brukade hon säga.

En kväll samlade deras föräldrar dem i köket. Mammas fingrar darrade runt kaffekoppen och hon hade en filt om axlarna som om hon frös. Kanske var hon förkyld. Boel skulle just fråga då mamma tryckte en näsduk mot näsan och fräste. Pappa undrade om han skulle brygga mer kaffe. Då han inte fick något svar satt han bara tyst kvar. Plötsligt harklade sig mamma och med svag röst berättade hon att de skulle skiljas.

– Pappa ska bo tillsammans med en annan kvinna nu. Han har lämnat mig. Oss.

Boel satt alldeles stilla, i hopp om att hon hört fel. Hon sökte pappas ögon och en förklaring. Men han satt bara och tuggade på nagelbanden samtidigt som hans blick såg ut att försvinna in i väggens tapet.

Lina började gråta. ”Jävla gubbe” och ”jag hatar dig”, skrek hon och välte köksstolar på vägen ut ur rummet. Boel sa ingenting. Hon försökte lista ut vilken av tapetens blommor pappa stirrade på.

Sent in på natten satt hon på Linas sängkant. De pratade om framtiden, om hur det skulle bli med allt. Båda ville stanna i Stockholm. Men allt var redan bestämt. De skulle följa med mamma, tillbaka till Göteborg. Återigen tvingades de packa och ta farväl. Och det blev inget luciatåg på Skansen.

De flyttade till ett nytt område i Göteborg. Moderna höghus med aprikosfärgat tegel, mintgröna portuppgångar och inglasade balkonger där man kunde installera infravärme. Boel och Lina fick finna sig i att börja i ännu en skola.

Boel var osynlig då hon klev in i det nya klassrummet. De andra eleverna hälsade inte, gav henne inte ens en blick.

De var tjugofem elever. Tolv tjejer, tolv killar och så hon. Alla tjejerna umgicks i par. Som pendanger till varandra.

På rasten gick hon fram till två tjejer, Jenny och Stella. Hon hade sett hur de satt och skissade blyertsansikten i varsitt block.

Hon öppnade ett eget skrivblock och slog sig ner vid deras bord. Utan att säga något lät hon blyertsens spets gnugga fram ett ansikte på pappret. Hon suddade med fingrarna för att få fram skuggor, ett djup i bilden. Ganska snabbt stod det klart att hon ritat ett självporträtt.

Jenny och Stella sträckte nyfiket på sig när Boel vände sin teckning. Hon visste att den var bra. Speciellt nöjd var hon med ögonen som såg ut att just vara på väg att blinka.

– Oj! Hur gjorde du den där? frågade Jenny med uppspärrade ögon.

– Kan du inte visa på våra teckningar? frågade Stella och flyttade sig närmare.

Boel studerade deras skisser. Jennys skapelse såg ut som en småbarnsteckning ritad efter mall. Ögonen satt alldeles för högt och näsan påminde om en clownboll. Men Stellas porträtt var ganska bra. Alla kroppsdelarna satt där de skulle, även om ansiktet var alldeles platt.

Boel frågade om hon kunde få testa en sak varpå hon lutade sig över Stellas teckning. Med sina blyertssmutsiga händer suddade hon fram ett djup i ansiktet. Efter någon minut höll hon upp det färdiga resultatet.

Tjejerna bytte snabba blickar och var helt klart imponerade. Boel förklarade att det handlade om gråskalor och att det inte var särskilt svårt, om man inte var rädd för att smutsa ner händerna. Hon log och demonstrerade sina grå fingrar i luften.

Jenny skrattade till och skakade på huvudet som om Boel just visat dem ett trolleritrick. Stella såg mest förbluffad ut, och studerade sin teckning som tack vare Boel blivit riktigt bra.

– Jag kan visa er några fler knep i morgon, om ni vill, sa Boel. Tjejerna nickade, det ville de gärna. De bestämde att de skulle ses samma tid följande dag.

Innan Boel gick för att tvätta av händerna såg hon att

Stella signerade självporträttet och tejpade upp det på sitt skåp.

Nästa dag tog Boel med sig en ask kolkritor och en bok om skissteknik. Hon satte sig vid det bord där Jenny och Stella suttit. Hon lade ut papper och kolkritor och började rita upp ett rutmönster för att bättre kunna förklara hur man bygger ett ansikte.

Tjugo minuter in på rasten hade Jenny och Stella fortfarande inte dykt upp. När Boel tittade ut genom fönstret såg hon att de stod på skolgården och kollade på ett gäng killar som rökte. Boel hängde sin jacka över axlarna och gick ut, hon också, hon tänkte att bara de såg henne skulle de vilja följa med in.

Men Jenny och Stella hade ingen lust. Det är inte kul att sitta och rita varje rast heller, sa de.

Boel blev inte utfryst men inte heller inbjuden. Om hon någon gång sa något var det som om hennes ord bara for ut i tomma intet, inget hon gjorde fastnade hos de andra.

Hon började låsa in sig på toaletten under rasterna, där gick tiden fortare än ute på skolgården.

Hon ville helst inte ta i något där inne och fann två lägen. Sittande på toalettlocket eller stående framför spegeln. Någon hade klottrat med tuschpenna ungefär i höjd med pannan. ”Så jävla boooring” stod det. En passande rubrik. Ansiktet var trist. Barnsligt. Men håret var värre. Det låg som en beigebrun hästman slickad över ryggen. Hon såg ut som den grå massan. Nej förresten, värre än så.

Boels mamma hade efter skilsmässan börjat experimentera med sin hårfärg. Från brunt till knallrött. Till morot.

– Lite omväxling i barret piggar upp, brukade hon säga när hon speglade sig i badrummet. Och det stämde, varje gång mamma varit hos frisören var hon lite gladare.

På vägen till och från skolan gick Boel förbi en Konsumbutik. Hon brukade stanna till och köpa sura och salta droppar för sin veckopeng. En dag köpte hon i stället en flaska blondering för hemmabruk. Hon visste ingen i hennes ålder som färgat håret. Fast det egentligen inte var en stor grej. Håret skulle alltid växa ut igen.

Lina hjälpte till att pensla ut den lila illaluktande sörjan över hjässan. Och sedan var det bara att invänta resultatet under en duschmössa.

Håret blev inte bara blont, det lös som en lampa.

– Så här kan jag väl inte se ut, klagade Boel.

– Jorå, sa Lina. Du ser ut som Lili. Hon den söta i Lili och Susi.

– Jag var också blond när jag var liten, sa mamma.

De första stegen utanför hemmet var nervösa. Men ganska snart vande hon sig vid att folk tittade.

Till en början räckte det med att färgen stack i ögonen på omgivningen, men Boel ville ha mer. Mer hår. Mer för att uppnå kicken.

Hon lånade mammas kam och tuperade. Tuss för tuss, och sedan lite hårspray. Hon var inte nöjd förrän håret stod rakt ut från skallen som en yvig buske.

I den nya frisyren var hon aldrig osynlig i skolan. Och även om hon inte fick några nära vänner märktes hon i alla fall. Hennes lysande blonda hår markerade revir, uppmärksamheten hon fick gav en befriande distans. Och hon hade faktiskt börjat uppskatta ensamheten.

Hon reste sig ur soffan för att hämta ett glas vatten. Den nya lägenheten var kall om kvällen. Speciellt vid fönstren där hon kände kylan krypa uppför vaderna. I kakelugnen eldade hon lite tidningar, kartong och träet från en lastpall som flyttfirman lämnat kvar. Hon gick tillbaka till soffan och bullade upp en soffkudde under nacken. Så fort hon låg under filten igen kände hon värmen, den som kom inifrån.

Snart skulle lugnet komma och hämta henne.

Det var hög tid att sätta på stereon. Hon höjde fjärrkontrollen. Men just som hon förväntade sig den pampiga ouvertyren hördes ett skramlande från hallen. Hon hade aldrig hört ljudet tidigare men förstod att det var dörrklockan.

Oscar stod i trapphuset och såg allvarlig ut.

– Kan jag komma in en stund?

Hans röst var sansad, nästan viskande.

Boel tittade förvirrat på honom. Bar han pyjamas?

Oscars käpp hade redan passerat tröskeln. Han gick raka vägen till vardagsrummet och slog sig ner i soffan.

– Den tidigare ägaren hade sitt sovrum här, men jag tycker också att rummet gör sig bättre som finrum. Dessutom får du nu en kakelugn i sovrummet. Det tror jag kan vara bra i vinter. Får man besvära om en kopp kaffe trots att man kommit objuden?

Boel gick ut i köket och gjorde två muggar pulverkaffe. Av någon anledning delade hon även en chokladkaka på ett fat som hon bar ut till Oscar.

– Nu undrar jag vad du gör här.

– Jag förstår det, men jag har en sak som tillhör dig. Ett brev, sa Oscar och lutade sig fram och lade ett brunt kuvert framför sig på bordet. Sedan tog han en tugga av chokladen innan han fortsatte.

– Jag är hemskt ledsen men jag hann inte se att det inte var adresserat till mig utan öppnade kuvertet av misstag och …

Boel avbröt honom och drog brevet åt sig.

– Det gör absolut ingenting. Tack ska du ha, sa hon med sin lättsammaste röst och lade sedan ner brevet framför sig. Frimärket lyste som ett stirrande öga, Boel vek undan blicken.

– Ska du inte läsa det?

– Jag gör det senare!

Svaret studsade ur henne lite hårdare än hon tänkt. Oscar såg snopen ut.

– Du gör så klart vad du vill med din egen post, sa Oscar och smuttade på kaffet. Han såg inte ut att ha bråttom utan lutade sig lugnt tillbaka och såg sig omkring i vardagsrummet som om han letade efter något att säga. Boel tittade demonstrativt på klockan.

– Du har en fin lägenhet. Och vilka fantastiska tavlor.

Hans blick hade fastnat på samlingen som stod uppställd mot sovrumsväggen.

Boel tittade på konsten som hon lite slarvigt packat upp. Mest nutida svenskt. Men även några äldre tavlor som hon ärvt av sin farmor.

– I mina enkla ögon ser det ut som äkta konst, sa Oscar och pekade med käppen.

– Jo, det stämmer.

Oscar satt tyst en stund.

– Jag är egentligen inte den som brukar tränga mig på. Men hur kommer det sig att du som är bara ungdomen inte arbetar?

Kommentaren var märklig från en människa som inte gjorde annat än trängde sig på. Men Oscar verkade ändå snäll och Boel bestämde sig för att svara uppriktigt.

– Jag har tagit paus. Vilar upp mig efter en intensiv period. Jag hade egentligen tänkt jobba men har liksom inte kommit igång. Jag hade ett eget galleri, köpte och sålde konst.

– Jaså. Vad då för konst?

– Mitt galleri var mer en tavelbutik än ett traditionellt galleri. Ville nå de som i vanliga fall tycker att konst inte är något för dem. Ja, det var det jag sysslade med innan jag flyttade upp hit till Stockholm. Förutom de tavlor som är mina egna har jag en massa från galleriet liggande i garderoben.

Hon sög in läpparna och klämde ihop munnen för att få stopp på sitt babblande.

– Får man titta på dem? Jag är inte någon vidare konstkännare men vackra bilder har alltid intresserat.

Oscar satte i käppen, reste sig och var redan på väg mot klädkammaren.

– Vänta! Tavlorna ligger inpackade i skyddspapper. Vi får helt enkelt ta det en annan gång. Dessutom har jag en hel del jag måste göra här hemma, skyndade hon sig att säga.

Oscar stannade upp.

– Då ska inte jag störa mer idag då. Glöm inte att läsa det där brevet.

Han tackade flera gånger för chokladen och kaffet innan han lämnade lägenheten.

Boel öppnade klädkammaren och dumpade brevet oläst i skokartongen.

Oscar

Oscar stod inte ut med att se lägenheten förfalla. Snart skulle takfärgen singla ner om han så mycket som nös.

Målarskjortan hängde längst in i garderoben bakom vinterkläderna, styv av färgstänk i flera lager. Han tyckte sig känna doften av olja och lacknafta.

Han drog skjortan över huvudet och lämnade lägenheten.

Hissen hade så länge han kunde minnas kärvat på väg ner i källaren. Den tjöt och skakade som om den vore rädd för underjorden. Oscar höll sig i väggen tills hissen stannat. Han steg ut i ett kompakt mörker och vred genast på strömbrytaren. Elen smällde genom kulvertarna, ett ljusband längs de sammanlänkade bankvalven han själv låtit bygga förråd av. En naken glödlampa lyste upp skidor, stolar och lådor med gammalt skräp. Vinterdäcken till folkan som han sålde i slutet av sjuttiotalet stod lutade mot ena gallerväggen. Mellan extraskivan till matsalsbordet och en spegel låg papprullen. Kartongen med penslar och målarskrapor stod alldeles vid förrådsdörren. Han bar in det han behövde i hissen, släckte och åkte upp.

Han rullade ut pappen som ett täcke över golv och möbler. Två korslagda tejpbitar i varje hörn. Grunden var viktig för ett gott resultat. En bunke med vatten och såpa. Och en trasa att torka med.

Först tänkte han att det skulle gå att knacka ner färgen nerifrån golvet, med käppen. Han behövde bara något att stå på och gick mot sängen. Han skulle kliva upp direkt på sängkanten, den var ju trots allt bara en halvmeter hög. Men så fort han höjde foten protesterade höften.

I stället letade han fram golvmoppen som stod bakom dammsugaren och strykbrädan i städskåpet. Det rann gammalt skurvatten längs skaftet, städhjälpen hade varit där hela förmiddagen. Han tog med moppen in till sovrummet och höjde skaftet mot taket ovanför sängen. En blygsam knackning fick de första färgflagorna att lossna. Knack igen. Mer färg. Han sänkte moppen, flyttade sig några steg och höjde armarna igen. Men det var som om blodet inte räckte till. Det svartnade för ögonen och armarna föll ner. Han snubblade till och stapplade några steg i sidled. Han var inte rädd, han förstod vad det var frågan om. Kroppen hade blivit för svag, till och med för det allra enklaste arbete. Han lade ner golvmoppen i sängen och förundrades över hur den antog mänskliga drag. Den hade förvandlats till en mager och menlös krake, inte helt olik honom själv. Han satte sig i sängen och tittade mot taket som nu såg mer bedrövligt ut än tidigare. Något han skulle tvingas leva med. Liksom ensamheten.

Huvudet kändes tyngre. Kanske var det gamla minnen som vägde.

Den sista vintern som pojke hade börjat med varannandagsväder. Isande vindar från Bottenviken avlöste blötsnö. Det var som om klimatet inte riktigt kunde bestämma sig. När vintern väl kom låg ett lager knagglig is över marken.

Oscar gjorde lumpen som signalist vid Signalbataljonen S3 i Boden. På pappret skulle han dra kablar och installera telefoner och telegrafer. Men i stället hade han blivit en alltiallo, en informell vaktmästare som fick rycka ut på diverse olika struntuppdrag. Han var signalist-tattare. Det stora äventyr han hoppats på hade han inte sett röken av och nu hade fyra månader av tristess och hemlängtan förflutit.

Oscars sovsal hade fått besök strax efter reveljen. Ett befäl som de värnpliktiga i hemlighet kallade Snoken hade pekat på Oscar och beordrat skottning runt Kronans stora vapenförråd.

Det hade både snöat och blåst under natten. Snön hade lagt sig i drivor närmast husen. Sedan hade temperaturen dykt ner till tjugo minus, och snöflingorna hade förvandlats till hårda korn.

Oscar fällde ner öronlapparna på mössan och började gräva. De översta lagren var porösa och han fick snabbt in en rytm i spadtagen. Det var som att gräva upp högar av kaksmulor. Men sedan blev det värre. Det som låg underst var hopplöst tjocka lager av hårt packad snö som fick honom att tänka på drivisen som färdades omlott där älven var som smalast på våren.

Han stötte spaden mot marken med full styrka. Det var som att hacka i sten. Trots att Oscar var stark och jobbade utan rast tog det tre timmar att skotta upp hyggliga gångar. Då och då såg han Snoken skymta inne på vapenförrådets kansli. Karln hade mage att stå inne i värmen och flina åt honom.

Oscar kände den kalla luften bränna i luftrören samtidigt som svetten klibbade ovan svanken.

Trots att han hade använt både spade och spett och var noggrann lyckades han inte nå ner till barmark. Det var omöjligt att få ett bättre resultat.

Det sista han gjorde innan han gick in var att kontrollera att både bilar, pansarvagnen och kärror obehindrat skulle kunna komma fram till förrådets dörrar trots att en del is fortfarande låg kvar.

När han kom in var sovsalen tom, de andra hade gått till matsalen. Benen var trötta och han satte sig i våningssängen, snörde av sig sina kängor och nöp lite i de iskalla tårna.

Bara värmen kom tillbaka skulle han gå och ta sig lite mat.

Han kände Snokens närvaro i rummet.

– Signalist Kraft. Vi är väl inte nöjda än? Snokens röst kom bakifrån.

– Tyvärr gör isen att man inte kommer längre ner i backen, svarade Oscar utan att vända sig om.

– Isen gör arbetet svårare, menar du. Vi är väl inte lata när vi arbetar?

Oscar vände på huvudet och stirrade in i Snokens flin.

Innan han visste ordet av befann han sig med spett och spade utanför förrådet igen. Han gav det några ordentliga försök. Kände hur de stumma spadtagen högg i ryggen. Arbetet var fortfarande omöjligt och efter några minuter gick han in igen.

Den här gången hann han inte sätta sig.

– En klenare man får man leta efter. Kraft? Var det så du hette?

En ljummen tryckvåg från Snokens utandning träffade honom i ansiktet. Det var tur att han lämnat spettet och spaden i en snödriva utanför kasernen. För handen for upp i luften. Han fick in en fullträff över Snokens öra. Och sedan en till strax under vänstra ögat. Han såg honom falla bakåt mot en av våningssängarna. Sekunden senare hade Oscar greppat ytterkläderna och rusat iväg.

Han sprang med illa knutna skor, kände hur kängorna fylldes med snö i hälglappet. Över parkeringen, hoppade över två stora snödrivor, halkade till men lyckades hålla sig på fötter. Endast en gång vände han sig om, alldeles innan han rundat husknuten och kommit ut på gatan. Snoken syntes inte till. Oscar saktade ner och vandrade bort från regementet. Mot centrum.

Det serverades kaffe, bullar och smörgåsar i varje gathörn. Boden var cafétätast i landet, sas det. Och det var på caféerna de värnpliktiga umgicks. I lokaler som serverade alkoholhaltiga drycker välkomnades inte längre män under tjugofem eftersom stans bofasta befolkning hade ledsnat på stökiga gator om kvällarna.

Oscar hade hört att det gick att få spetsat kaffe bakom disk på caféet närmast järnvägen. Lite ånga i blodet var precis vad han behövde.

Utanför dörren låg en tjock matta av granris. Han gned och stampade kängornas sulor mot riset tills han kände doften av barr.

Bjällran på dörrhandtaget klingade när han drog upp dörren genom grusigt snöslask som fastnat på golvet. Caféet var halvfullt. Borden stod i prydliga rader med virkade vita bordsdukar och askkoppar i tunnbladigt porslin. Oscar gick fram till kassadisken. En dam med gråbruna tänder, grått hår och grå kläder tog leende emot hans beställning: en vetebulle och ett glas vatten. Han satte sig vid ett ledigt fönsterbord.

Det fanns inga bekanta ansikten i lokalen trots att många såg ut att vara värnpliktiga. Vid ett bord spelade man kort och rökte. Två unga män i uniform hängde över bakåtvända stolar och pratade med en grupp jämnåriga kvinnor som mest såg besvärade ut av deras närvaro.

På andra sidan av rummet satt en mamma och läste tidningen medan hennes fyra barn i olika åldrar lekte runt bordet. Vid ett fönsterbord satt ett par i medelåldern och stirrade ut mot järnvägen, de hade två stora koffertar och såg ut att vänta på tåget.

Oscar drack lite av vattnet och försökte komma underfund med hur man beställde det spetsade kaffet. Det fanns förstås inga skyltar och inga synliga flaskor. Inte heller berusade personer. Det fanns ingenting som ens antydde att det gick att få tag i sprit. Han behövde förhöra sig med någon. Men den grå damen i kassan såg ut att vara som hämtad ur Frälsningsarmén, så henne tordes han knappast fråga. Killarna med spelkorten var de enda som hade kaffekoppar på sitt bord. De var också de enda som såg ut att ens kunna tänka sig en styrketår. Men de hade avslutat spelet, rest sig och nu satt på sig ytterkläder.

Oscar åt upp vetebullen och kände att de blöta sockorna var på väg att bli varma. Han tänkte på Snoken och den blåtira han antagligen orsakat honom. Kände hur irritationen ännu kliade i kroppen. Han hade repressalier att vänta för det han gjort, men han orkade inte bry sig. Inte nu. I stället funderade han på om det där ryktet om sprit kanske var taget ur luften. Eller kunde han ha blandat ihop stället med något av fiken längre upp på gatan?

Han tömde det sista vattnet och skulle just resa sig då han såg ett ansikte kika fram bakom draperiet som hängde bakom disken. En blick som hastigt svepte över borden. En ung kvinna. Hon stod delvis i dunkel men han kunde uppfatta att hon hade ett sött ansikte med pigga ögon som reflekterade ljuset från fönstren, likt två glimrande stenar. Två böjda nymånar.

Så klev hon ut i dagsljuset i rummet med några travar kaffekoppar som hon ställde mot kassaapparaten.

Hon var inte kraftig, men allt på henne var liksom rundat. Benen, höfterna och axlarna. Kinderna, näsan och så munnen. Hennes läppar var slutna i något som skulle kunna vara ett leende. Hennes hy var rosa och lite flammig och nu i ljuset såg han att hon var mer än bara söt. Hon var en mycket vacker kvinna. Oscar kände att han stirrade men kunde inte förmå sig vika undan blicken.

Den äldre grå damen sa något som fick den unga kvinnan att nicka och kvickt försvinna in i dunklet bakom draperiet.

Oscar lutade sig tillbaka i stolen, han kunde inte gå nu.

Han körde ner högerhanden i jackfickan och kände att han hade några mynt kvar. Han försökte känna igen pengarna med fingertopparna, femöringarnas släta kanter, kronornas räfflade. Om det var som han trodde hade han fyra kronor och femtiofem öre kvar. Det skulle gott och väl räcka till en kaffe. Han satte handflatorna mot bordet och skulle just resa sig och gå fram till disken när han hörde en dämpad röst bakom nacken.

– Får det lov att vara något mer?

Hon stod lutad över honom så nära att han kunde känna hennes kroppsvärme. Han greppade mynten och lade dem framför sig på bordet.

– Ja, en kaffe. Kanske.

Hon log.

– Önskar ni starkt kaffe?

Han kände hennes doft. Söt vanilj. Nästan som vetebullen han just ätit.

– Nej tack, vanligt kaffe blir utmärkt.

Han tyckte sig se besvikelse i hennes ögon innan hon vände på klacken och gick bort mot disken. Först när hon börjat hälla upp kaffe ur kannan insåg han sitt misstag. Hon hade naturligtvis undrat om han ville ha sitt kaffe spetsat. Han rodnade över sin egen dumhet.

När hon ställde ner koppen på ett fat framför honom skyndade han sig att säga:

– Vad skulle det krävas för att få kaffet *riktigt* stark?

Han sökte hennes nymånar och log ett menande leende. Först såg hon lite förvånad ut, men efter någon sekund nickade hon och vände sig mot disken. Då hon kontrollerat att den grå damen var upptagen med att servera sockerkaka lyfte hon upp hans kopp igen.

– Jaså, ni vill att jag värmer kaffet lite till! Det kostar förstås extra, tre kronor.

Så försvann hon in bakom draperiet i någon minut.

När hon återigen var på väg mot honom var hennes gång mer direkt och hennes leende större.

– Varsågod, sa hon högt varpå hon lutade sig över honom. Hon lade ner en kaffesked och ett par sockerbitar på fatet och viskade:

– Ni kan släppa ner kronorna i fickan i mitt förkläde. Nästa gång tycker jag att ni ska prova silverte. Det är riktigt gott. Men ni måste vara diskret och fråga efter mig. Jag heter Gerda.

Han gav Gerda kronorna och drog in hennes bulldoft. Han ville hitta något att säga för att hålla doften kvar. Men hann inte innan hon försvunnit. Han smakade på kaffet och kände värmen skjutsas ut i kroppen. Han visste att han skulle komma tillbaka.

Efter Snokens blåtira kommenderades Oscar att jobba över helgens permission. Han fick linda upp ett lager telekablar på stora spolar som skulle fraktas med tåget mot riksgränsen. Ett långtråkigt men inte särskilt tungt arbete. Hela tiden såg han Gerdas ansikte framför sig. Två nymånar som lyste upp mörkret.

Följande helg besökte han järnvägscaféet igen. Lokalen var full till bristningsgränsen. En tung dimma av rök vilade över borden och alla fönstren ut mot gatan och järnvägen var igenimmade. Ljudnivån var en annan, ett kraftigt och jämnt sorl av röster och skrammel, med höga skratt som satte hela stället i gungning.

Den grå damen syntes inte till. Gerda stod ensam framme vid kassan och tog emot beställningar. Hennes händer for stressat fram och tillbaka över bakverk, koppar, kaffepannor och kassan alltmedan hennes ansikte behöll ett lugnt leende. Oscar fick köa bakom ett sällskap äldre herrar som skulle ha kaffe och köttbullemackor.

När det var hans tur torkade Gerda av sina händer i förklädet och log.

– Jaså, ni är här igen. Vad får det lov att vara idag då?

Han kikade bakom ryggen innan han harklade sig i handen och lutade sig mot henne.

– Kanske man skulle ta och testa en sådan där kopp silverte? Ja, ett starkt te förstås, sa han med precis så kraftig röst att hon skulle höra honom. Hon höjde ögonbrynen i teatralisk förvåning och nickade. Det blänkte av svett i pannan och på nästippen men hon hade inte brytt sig om att knäppa upp några knappar i blusens hals. Genom cigarettröken fanns vaniljdoften där. Hon vände sig om, fångade en tekopp i farten och försvann in bakom draperiet. Efter någon minut var hon tillbaka med rykande tevatten.

– Akta, det är varmt, sa hon och ställde ner koppen. Han höll fram några mynt för att betala. Hon viftade undan hans hand.

– Det går bra att betala sedan, ni kanske önskar påfyllning. De blinkade till varandra i samförstånd. Sedan stod han kvar som förstenad, kände hur det spände i mungiporna. Han önskade mer av hennes doft, kanske ett leende eller mer av vad som helst som var hon. Men Gerda hade redan släppt honom med blicken och hälsat nästa kund välkommen.

Oscar blåste lite i koppen innan han lät den första klunken riva strupen. Jodå, det spetsade silverteet var inte så dumt. Men han kunde inte avgöra om det var alkoholen, den varma mjölken eller något annat som hettade i ansiktet. Han såg sig om i lokalen och förstod att han inte skulle finna någon ledig sittplats. Han hamnade stående invid tamburmajoren vid dörren. Besökare kom och gick. Många tycktes gladare efter ett par koppar av Gerdas dryck, och kanske gick det även att ana en svag spritdoft i lokalen. Oscar stod på samma plats i nästan en timme. Den grå damen var tillbaka, hon hade tagit över i kassan medan Gerda for runt bland borden för att samla ihop porslin.

Silverteet tog slut och han funderade på att köpa sig en

påtår, men då han såg att kön fortfarande var lång valde han att avstå. Han skulle just gå ut när han hörde hennes röst alldeles bakom sig.

– Jag har slutat för dagen, så önskas något mer starkt att dricka får jag hänvisa till hotellet på andra sidan gatan. Eller så får ni helt enkelt komma tillbaka en annan dag.

Det var som om en elektrisk ström for genom hans kropp. Hon hade sökt upp honom där i lokalen! För att vara vänlig och för att informera om att hon skulle gå. Sådana chanser hade inte växt på trän tidigare i hans liv, han borde självklart passa på att bjuda till. Visa sitt intresse tillbaka.

– Tack! Kanske jag kan få erbjuda lite promenadsällskap genom kvällen?

Orden hade kanske varit lite knöliga men rösten hade burit. Och visst hade han fått till ett trevligt leende, ett självsäkert och förhoppningsvis spännande leende.

Gerda stod med händerna i midjan och tittade oförstående på honom.

– Jag är inte ute efter sällskap. Jag står här för att jag vill ha mina pengar. För teet. Har ni redan glömt att ni inte betalat mig?

Han tappade leendet, fick lust att slå sig själv. Hur hade han kunnat vara så satans dum? Med darriga fingrar sträckte han fram mynten till Gerda och just som han släppt dem i förklädesfickan såg han hur det glimmade till i nymånarna. Chansen att ha henne framför sig på tu man hand kanske aldrig skulle komma igen så han bestämde sig för att försöka vinna lite av hennes tid.

– Någon som bär omkring på en hel förmögenhet i fickan kanske inte ska ge sig ut alldeles ensam. Vill ni ha promenadsällskap?

Han stirrade på hennes sammanbitna läppar, det var en avvaktande min. Men så sprack hon upp och knyckte på nacken i något som kunde tolkas som ett ja.

De började gå i riktning mot centrum. Gerda tog dubbla steg och drog upp tempot.

– Var kommer spriten ifrån? frågade han när de kommit en bit.

– Jag tillverkar den själv, har en speciell apparat som jag ärvt av min farfar. Den låg och samlade damm i hans potatiskällare och min faster tänkte slänga den. Jag sa att jag kunde rengöra den och sälja den som skrot. Det gjorde jag inte, förstås. Och nu tjänar jag hyggligt med slantar på törstiga militärer, sådana som du.

Hennes mun rörde sig fram och tillbaka medan hon pratade tills den stannade i en liten trut.

– Hur kommer det sig att du väljer att tjäna extra pengar just på ett järnvägsfik i Boden? Det låter inte som om du kommer härifrån.

Hon drog in luft och blundade, såg ut att slappna av.

– Du har helt rätt. Jag kommer från Sorsele, en norrländsk bussresa härifrån. Jag flyttade hemifrån när jag var sexton. Tanken var att jag skulle gå på husmodersskola, men jag tyckte att jag lärde mig mer genom ett riktigt jobb. Järnvägscaféet sökte en diskpiga och på den vägen är det.

Hennes röst var djup.

– Den där tanten med missfärgade tänder, förstår inte hon vad du håller på med?

– Gunhild? Jo, det gör hon. Men hon ser mellan fingrarna så länge jag promenerar hennes barnbarn till söndagsskolan. Dessutom fattar hon väl att mina tjänster är bra för hela verksamheten.

– Vad gör du om snuten får tag i dig? frågade Oscar.

Hon slog ut vantarna i luften.

– Det får de inte. Jag har bränt extra billigt till Bodens poliskår i månader. De där grabbarna festar ta mig fan värre än några andra kan jag intyga!

Oscar hörde sig själv skratta. Gerda var full av galenskap

och det älskade han. Han skrattade högt och länge medan han fick skynda på stegen för att hänga med i hennes tempo. De stannade vid en vägkorsning. Gerda skakade sakta på huvudet medan hon fortfarande log mot honom. Det såg ut som om hon letade efter något i luften, en doft eller kanske ett ljud.

– Ditt skratt är inte likt något annat som jag hört förut. Det låter inte mänskligt. Mer som en galen åsna, om jag ska vara ärlig.

De stod och skrattade båda två. Livligt och högt. Oscar tänkte att Gerda var alldeles självklar samtidigt som hon framstod alltmer som en gåta. Vacker som få. Liten, samtidigt som hon var modig och fräck som ingen annan han träffat.

När de blev allvarliga igen tittade hon på honom med granskande ögon, som om det fanns information att hämta i hans anletsdrag.

– Jag hyr ett rum i ett av husen närmast infanteriet. Jag ska svänga av här. Du ska väl över till andra sidan regementet?

– Jag har verkligen ingen brådska, om du skulle vilja hitta på något, skyndade han sig att säga.

– Jag har en potatismäsk att ta hand om.

Hon log brett. Och han lutade sig fram för att omfamna henne innan deras vägar skulle skiljas åt. Hon parerade men tog samtidigt tag i hans händer. Och tittade sådär intensivt på honom igen.

– Tror du på Gud, Oscar? frågade hon med en ny lite flickaktig röst.

– Om jag tror? På Gud?

Frågan hade varit så oväntad att han varit på väg att börja skratta igen. Men då han förstod att Gerda var allvarlig skyndade han sig att svälja skrattet.

Hon bet ihop käkarna i en ursäktande min.

– Jag var bara tvungen att fråga dig eftersom jag fick

en lustig känsla. Trots att vi inte växlat mer än ett tiotal meningar känns det som om vi känner varandra. Det är som om jag alltid gått och väntat på ditt åsneskratt. Det låter säkert konstigt, men något säger mig att jag måste få veta om du också tror på Gud!

Det var det där lilla ordet "också" som fick honom att ljuga. Om nu Gerda, hur märkligt det än var med tanke på hembränningen och hennes grova språk, avslöjat att hon var troende, ville han inte framstå som sämre.

– Jo. Jag tror. På Gud.

Hon hade bett honom följa med på högmässa i Överluleå kyrka. Förmiddagen bjöd tunna låga moln och allt var vitt. Kyrkan, träden. Till och med luften var vit.

I den glesa björkdungen nedanför kyrkan stod han och väntade. Han såg henne på långt håll. Hon bar en röd knälång kappa som gjorde stegen snäva. På huvudet satt en filtmössa som bara till hälften täckte öronen. Ena handen höll mössan på plats när envisa vindpustar försökte få tag i den.

Då de fick ögonkontakt sträckte han ut armarna och kommenterade hennes vinterbitna kinder. Hon skrattade och tog hans arm. Tillsammans gick de upp mot kyrkporten.

Han hade lånat några droppar rakvatten av Rydman, killen han delade våningssäng med och som tråkat honom för att han skulle på damträff. Enligt grabbarna på regementet skulle det vara omöjligt att träffa en flicka i Boden.

Trots kylan lät han jackan vara öppen ner mot halva bröstkorgen. Han visste inte om doften ännu hängde i men hoppades att hon tyckte att han luktade gott.

De satte sig i en av raderna längst bak. Gerda försåg honom med psalmbok och började genast leta upp första psalmen. Han sneglade på övriga besökare. Syntes det på honom att han inte var van? Visst, han var konfirmerad som de flesta i hans hemby. Men prästen hade varit modern och kanske inte så noga med förhören. Oscar hade burit korset och tagit emot nattvarden utan att tro eller ens förstå vad han gjorde.

Orgeln dundrade och kyrkoherden predikade. Församlingen sjöng och bad och så kyrkoherden igen. Oscar snappade upp ord som Jesus, evangelium, tro och hopp. Och syndernas förlåtelse. Det var härligt att sitta intill Gerda under det välvda kyrktaket.

– Dags att bryta bröd, viskade Gerda och reste sig. Hon gick med rak rygg mot altaret. Oscar följde efter. Med en oblat på tungan viskade hon:

– Vinet smakar piss. Jag kanske ska bränna lite och ta med till nästa söndag, om nu prästen kan tänka sig att betala.

Det var när de kom tillbaka till bänkraden som han drog henne till sig. Han hade naturligtvis inte planerat att göra det i kyrkan. Men eftersom hon inte heller hörde hemma i Boden vågade han. I ett moln av Gerdas vaniljdoft kunde han sedan inte låta bli att kyssa henne. Först så mjukt på kinden att det nästan kunde tas för en viskning. Gerda såg förvånad ut men när deras läppar sedan möttes tittade hennes nymånar in i hans ögon. Den torra vinsmaken från hennes tunga och värmen från hennes utandning gjorde att han nästan kände sig religiös.

En äldre man suckade och blängde irriterat från bänkraden bakom. Gerda flyttade sig genast en bit bort från Oscar. Men redan när hon bläddrade fram nästa psalm kände han hur hennes fingertoppar letade sig till ovansidan av hans hand.

– Du tror inte på riktigt väl? sa hon när de lämnat kyrkan. Han var ertappad.

– Gör det dig besviken?

– Nej, egentligen inte. Men jag är övertygad om att det kan vara bra för en människa att ha en tro. Man vet aldrig när man kan behöva förtröstan genom bön.

Först efter flera timmars resultatlöst letande i skogen kom polisen. De anlände i flera bilar och hade med sig hundar, megafoner, strålkastare och ficklampor.

Två poliser stannade i lägret medan de andra försvann ut i skogen. Poliserna gick ett varv bland tälten och satte sig sedan intill honom på en liggande stock utanför tältet. Den ene antecknade i ett block, den andre ställde frågor.

– Hur mådde gossen när du lämnade honom?

– Bra. Han var glad och såg fram emot tävlingen i morgon.

– Varför lämnade du honom ensam i tältet?

– Jag lämnade honom inte. Jag bara gick ner mot brasorna på stranden för att vi skulle finna en bra plats till middagen. Skyndade mig. Vi var hungriga och trötta och jag bad honom bädda.

– Hur länge var du borta?

– I högst tio minuter.

Poliserna nickade och såg ut att fundera en stund innan förhöret fortsatte.

– Hade ni bråkat?

– Va? Nej. Vi bråkar nästan aldrig.

– Känner pojken till området?

– Nej, vi bor några mil bort och vandrade hit. Han tycker inte om att vara ensam i skogen. Han är mörkrädd.

De omformulerade och upprepade samma frågor. Samtalet pågick i någon timme och kändes alldeles menings-

löst. Han tänkte att de borde hjälpa till att leta alla tre, i stället för att bara sitta och prata.

Men polisen sa att så länge det var mörkt var det bäst att endast personer med rätt utbildning letade, alltså poliser. Så fort solen gick upp skulle alla övriga få gå skallgång.

Poliserna tackade artigt för hjälpen och bad honom försöka gå och lägga sig i tältet. Just som de rest sig från stocken kom hela polisstyrkan tillbaka till lägret. Han sträckte på halsen men såg endast flackande ficklampor som närmade sig. Det var först när styrkan nått fram till polisbilarna som han såg att de bar på något. Han såg att det var en livlös liten kropp.

Boel

Hon låg på rygg med händerna mot höfterna. Under huden hade skelettet blivit allt tydligare. Knotigare. Fingrarna kunde gripa tag om höftbenen som om de vore handtag. Snart skulle hon kunna känna ryggraden om hon tryckte in ett finger i naveln.

Magen låg böjd likt botten på en skål. Det var läskigt att undersöka tomheten, låta fingrarna snudda vid huden på det som försvunnit.

Då var det bättre att fingra på skelettet. Något stabilt och oföränderligt.

Nätterna blev längre och mörkare. Hon kunde sova tolv timmar i sträck utan problem. Oftast somnade hon före midnatt i soffan. På rygg. Och vaknade på samma plats strax före lunch. Då visste hon att kroppen behövde näring trots att hon var oförmögen att känna hunger.

Hon försökte hitta rutiner. Fasta tider för mat och sömn. Tänkte att det inrutade skulle skapa trygghet. Men det enda som fick henne lugn förutom sömnen var timmarna hon tillbringade i sitt inre. Då hon hade makten över sina egna känslor.

Boel tog tag om knäna och rullade upp ur soffan. På vägen till badrummet öppnade hon fönstret och åt en banan. Hon lät duschen förbli kall. Obehaget och kylan sköljde över huden. Hon struntade i att blöta håret. På så vis vann hon tid. Och tid behövde hon för sin avslappningsstund.

På hallmattan väntade några räkningar, under dem ett

nytt brev. Samma brevpapper, samma handstil. Hon tänkte inte bli irriterad den här gången. Sansat tog hon upp brevet och gick mot klädkammaren där hon förvarade skokartongen. Ju snabbare brevet stuvades undan desto bättre.

När hon steg in i klädkammaren blev hennes strumpor våta. Först förstod hon ingenting, stod bara kvar och stirrade på vattnet som strömmade ut på golvet. Men när hon upptäckte att det regnade stora droppar från taket och att tavlornas omslagspapper blivit vått reagerade kroppen.

– Helvete, hörde hon sig själv säga innan hon skyndade sig att lyfta ut tavelpaketen.

Hon lade dem på golvet och i sängen. Skokartongen ställde hon på soffbordet i vardagsrummet.

Hon suckade och rullade upp byxorna till knäna. Därefter plockade hon fram en bunt badhanddukar och en hink. Efter att hon stått inne i klädkammaren och klafsat och torkat en lång stund insåg hon att det var lönlöst. Golvet fylldes snabbt med nytt vatten.

Boel ställde ut alla sina kastruller, sedan gick hon till hallen. Hon hade ingen lust men förstod att hon behövde be om hjälp.

Oscars dörr hade både ringklocka och dörrkläpp föreställande ett lejon. Hon ryckte tag i mässingsringen och bankade bestämt. Han öppnade nästan med en gång.

– Boel! Så roligt att se dig.

Hans leende gjorde kinderna kantiga. Boel suckade varpå han antog en mer allvarsam min.

– Har det hänt något?

– Översvämning! Det forsar in vatten i min lägenhet. Jag vet inte vad jag ska göra.

– Varifrån kommer vattnet?

– Från taket, i klädkammaren. Tavlorna är blöta.

– Vänta ska jag gå och se efter om läckan finns hos mig.

Oscar vände sig hastigt och gick in i lägenheten. Utan sin käpp. Boel såg att han höll sig i väggar och möbler. Hon tvekade innan hon steg in i hallen och drog in doften av en annan människas hem.

Oscar hade ett telefonbord med en grå kobra och en trave telefonkataloger. Ovanför bordet hängde en liten anslagstavla med handskrivna lappar fästa med knappnålar. Nedskrivna telefonnummer. Fotvården, akuten, hemtjänsten och taxi. En lapp var större än de övriga. Pethrahemmet. Intill anslagstavlan hängde en samling inramade fotografier. Familjebilder.

– Nej, vattnet kommer inte härifrån. Jag har kontrollerat badrummet och köket. Det betyder att det finns ett läckage i ett rör någonstans.

Oscar såg bekymrad ut.

– Vad ska jag göra? viskade Boel.

De tog hissen ner till entrén. I stället för att gå mot porten gick Oscar runt hissen och ryckte upp en grönmålad plåtdörr. Boel följde med honom nerför en smal stentrappa. Oscar stannade och drog i ett snöre som hängde ner från taket. Ett skarpt lysrör vaknade till liv.

– Husets hjärta och blodomlopp om man så vill, sa Oscar och tittade upp mot ett virrvarr av rör i taket. En del av rören var grova som trädstammar, andra var betydligt tunnare och Boel hade svårt att avgöra om några av dem i själva verket var elledningar. Det fanns rör som såg ut att vara inlindade i bandage, kaffeaktiga fläckar avslöjade att isoleringen antagligen hängt med under åtskilliga år. Och så fanns de som såg ut att vara alldeles nyinsatta.

Oscar kliade sig i ögonbrynen medan han följde rören med blicken. Få se nu, sa han tyst för sig själv och gick mot en samling ventiler.

– Det är som jag trodde, ett gammalt rör ställer till det för oss. I din klädkammare fanns ett tvättställ som man slet ut då man byggde badrum, det är därför rören passerar i taket just där. Röret fyller ingen som helst funktion längre och ska egentligen inte innehålla vatten. Någon måste ha råkat vrida på fel ventil.

Oscar pekade mot en ventil med röd ratt som satt uppe i taket.

– Där har vi boven i dramat!

De hämtade en stege och när Boel skulle klättra upp insisterade Oscar på att hålla hennes hand. Ventilen svarade på första försöket och Boel kände att det brusade till i röret.

– Nej, hojtade Oscar. Medsols! Du måste vrida den åt andra hållet.

Plötsligt var ventilen inte lika samarbetsvillig.

– Det går lättare om du greppar med den här, sa Oscar och sträckte upp en bomullsnäsduk. Boel virade näsduken runt metallen, hon fick ta i med båda händerna och hela överkroppen för att skruva åt ordentligt.

– Låt näsduken hänga kvar, så går jag ner sen och fäster en varningslapp över ventilen.

När Boel klättrat ner från stegen log Oscar som om de just vunnit en tävling.

– Nu ska det ha slutat droppa. Men vi måste ändå ringa efter hjälp. Föreningen har hantverkare som vi brukar anlita vid nödsituationer. Jag har telefonnumret uppe hos mig.

När de kom upp till Oscar igen gick han genast och hämtade en tio år gammal telefonkatalog och slog upp sista sidan, den för egna anteckningar. Här fanns ytterligare ett tjugotal handskrivna telefonnummer i prydliga rader. Han lät pekfingret glida längs högermarginalen tills det hamnat längst ner på sidan. Han lyfte luren, drog lite i telefonsladden och snurrade varsamt fram samtalet.

Han presenterade sig med både för- och efternamn. Sedan bokstaverade han adressen. Flera gånger upprepade han att läget var akut. Akut!

När han lagt på luren fattade han käppen och erbjöd sig att följa med ner för att titta på läckan.

En hantverkare knackade i väggen och taket med en skiftnyckel. Ett tränat öra kunde tydligen höra varifrån vattnet kom. Sedan plockade han fram en yxa ur verktygslådan och högg upp ett hål till rörledningarna.

Det visade sig att packningen till en skarv mellan två gamla rör hade luckrats upp och när man råkat vrida om ventilen hade det börjat läcka vatten. Några delar behövdes bytas för att förhindra eventuella nya missöden.

Oscar följde arbetet noga. När hantverkaren ändrade ställning eller bytte verktyg hummade Oscar. Jaså, jaha. Uhum. Boel fick känslan av att han markerade sin närvaro.

När det stod klart att hantverkaren inte var någon klåpare frågade Oscar om han fick hjälpa Boel med att kontrollera tavlorna.

De rev försiktigt upp det fuktiga skyddspappret. Oscar drog fingrarna varsamt längs ramarna, tavla för tavla. Alla verken hade mirakulöst nog klarat sig, det var endast ett par av ramarna i gips som blivit förstörda.

De ställde konsten på golvet längs väggarna. Oscar gick runt med käppen och stannade en stund framför varje ram. Boel gick efter och försökte se tavlan genom hans ögon, så som hon brukat göra med besökare i galleriet.

– Jag kan inte påstå att jag tycker alla målningar är vackra. Men jag har köpt in sånt jag vet går att sälja, sa hon. Oscar hade fastnat framför en målning föreställande en fruktkorg, signerad Lennart Jirlow.

– Den här är fin. Glada färger. Vad ska du ha för den?

Käppen for upp i en gest mot tavlan.

– Det är ett original. Ropade in den för fyrahundratusen. Det var rena fyndpriset, sa Boel samtidigt som hon tänkte att hon borde installera extralås på dörren och kanske ett inbrottslarm.

Oscar tittade på henne med höjda ögonbryn. Han såg ut att fundera över om han verkligen hört rätt. Han öppnade munnen för att säga något men blev avbruten av hantverkaren. Allt var klart och Boel skulle få låna en byggtork som skulle stå på dygnet runt i minst två veckor för att slippa fuktskador. Hon fick tydliga instruktioner innan hantverkaren tog sin verktygslåda och gick.

Torken dånade som ett godståg utanför köksdörren. Boel satte på kaffebryggaren medan Oscar höll sig vid köksbordet och tuggade bitsocker. Han hade vänt huvudet mot fönstret och såg ut att grubbla över något.

När hon ställde ner en rykande mugg framför honom tittade han upp på henne.

– Boel, hur känner du honom?

Ljuset från lamporna vid diskbänken gjorde hans ansikte skarpt. Hon såg att han hade ett nytt slags allvar över sig.

– Vem då? frågade hon trots att hon förstod vem han syftade på.

– Din vän, som skrev brevet.

– Du menar Daniel ...

Hans namn kändes trubbigt i munnen. Men av någon anledning kunde hon tänka sig att fortsätta.

– Daniel och jag var tillsammans under många år. Vi skulle gifta oss. Men det blev aldrig något bröllop. Kärleken tog slut. Så där som den kan göra.

Oscar nickade, men hon var inte säker på att han förstod.

– Hur träffades ni, du och Daniel?

– Det är en lång historia som bara skulle tråka ut dig.

Hon reste sig och gick mot hallen. Och precis som hon hoppats följde Oscar efter.

– Tack ska du ha, Oscar, sa hon. Det var verkligen snällt av dig att hjälpa mig.

Hon log och sträckte fram handen. Handslaget blev till en omfamning och innan Oscar lämnat lägenheten sa han att hon var välkommen att knacka på hos honom när andan föll på.

Oscar

Så fort bilen börjat rulla kände han att det skulle bli en lugnare taxifärd den här gången. Det var något med förarens bemötande och hantering av gas- och bromspedal.

Oscar stirrade på taxametern utan att förstå hur den räknade. Röda digitalsiffror som tickade på, till synes godtyckligt i ett oregelbundet tempo. Chauffören var pratsam och hade fastnat i en monolog om fördelarna med bilkörning på sextiotalet. Oscar hummade med utan att egentligen lyssna.

Att vara i Boels närhet var som att gå flera år bakåt i tiden. Det var något med henne som gjorde att han kände sig ung. Han hade noterat att hon visat motstånd inför sina minnen. Han hade velat tala om för henne hur värdefullt det var att ha haft förmånen att älska. Det var något att vara stolt över, oavsett vart kärleken sedan tog vägen. Minnen av kärlek skulle man bevara. Gerda hade jämfört minnen med dunbolster. Då och då skulle man lyfta fram dem. Vädra dem. För att de skulle kunna brukas när man behövde dem. Vilsna dagar. Oscar hoppades få tillfälle att säga det till Boel.

Taxichauffören slutade prata när de kom in på småvägarna. Han hittade utan att knappa på en sådan där larvig digitalkarta som taxibilarna allt oftare använde för att hitta till de mest självklara adresser. Bilen bromsade mjukt och föraren stängde föredömligt av bilmotorn varpå han hjälpte Oscar ur bilen. Den här taxichauffören önskade till och med en trevlig dag. Oscar fiskade upp en hundralapp som han tryckte in i chaufförens näve.

Ovanför ingången hängde en skylt vars budskap lovade omsorg och omtanke. Gerda hade själv önskat att hamna där, nära naturen och nära hem. Klara dagar kunde de dela minnen, titta på gamla foton och skratta tillsammans. Dessa stunder var Gerda övertygad om att hon var fullt frisk och Oscar fick påminna sig om att hennes sjukdom var obotlig och lömsk.

Andra dagar tittade hon frågande på honom. Då hade sjukdomen gjort honom till en främling, eller någon från hennes förflutna.

Smärtan över att se Gerda förvirrad eller att bli förväxlad med någon annan hade blivit allt tyngre att bära. Och sedan en tid tillbaka hade Oscar, på personalens inrådan, endast besökt henne efter att ha fått klartecken.

Just den här dagen var en bra dag. Personalen hade berättat att Gerda frågat efter honom redan vid frukost.

Han gick under lysrören med sänkt blick.

Han var bland de sina, jämngamla människor som skulle kunna ha varit kollegor och vänner. De hade följts åt genom nästan ett helt sekel. Upplevt ungefär samma saker i livet. Varit med och byggt det svenska folkhemmet, jublat åt Hitlers fall och sett hur plasten blivit allt vanligare. Man hade grubblat över månlandningen, kalla kriget, hot om ett tredje världskrig och Palmemordet. Gemensamt emanerade de ur en tid då apelsiner, bananer och vitlökens renässans ännu inte nått Sverige.

Nu var de inte många kvar. Och de flesta fanns på vårdinstanser, platser som liknade Pethrahemmet.

Oscar såg svaga kroppar och sorgsna ansikten. Då han mötte deras blickar kunde han ana en glimt av hopp; kanske var det här dagen då de skulle få besök? Kanske var Oscar någon som kommit för att slå sig ner för en pratstund. De flesta patienter på Pethrahemmet fick sällan besök. De hade både barn och barnbarn i närheten. Men vardagen krävde så mycket att familjen inte hade tid. Oscar hade sett det så många gånger. Den äldre satt och försökte äta sin skinkbit samtidigt som ett tåg av familjemedlemmar klappade på axeln och önskade god jul och gott nytt år. Sedan rusade släkten iväg för att inte missa Kalle Anka i ett riktigt hem, ett hem som inte luktade ålderdom och sjukhus.

Oscar höll hårt om käppen. Gjorde sitt bästa för att smälta in. Han var en av dem, men ändå inte. Han hade turen att kunna bo kvar hemma.

Gerda satt med knäppta händer på en stol utanför sitt rum. Hon såg ut att be en bön men reste sig och log så fort hon fick syn på honom.

– Min älskade, jag visste väl att du skulle komma, viskade hon in i hans omfamning.

– Ska vi ta en promenad nere på gården? Det är friskt ute idag, sa han och tog Gerda i handen.

– Nej. Jag tycker vi åker på en gång. Hjälper du mig att packa?

Oscar suckade och klämde hårdare om hennes hand.

– Gerda, hör på mig. Jag kommer inte att ta med dig hem. Du är här för att du är sjuk och det finns ingen möjlighet att jag kan hjälpa dig hemma. Tro mig. Du har det bättre här.

Gerda tittade sårat på honom.

– Jag känner självklart till att jag varit sjuk. Men nu är jag fullt frisk och vill åka hem. Du anar inte hur trött man blir på det här stället. Och alla dessa galningar som bor här!

Oscar kände hur det brände bakom ögonen. Men han log och kysste sin fru lätt.

– Lyssna på mig, Oscar. Jag kan inte sova på natten. De skriker.

Gerda hade fallit ihop som om luften gått ur henne. Hon tittade allvarligt på honom.

– Vilka då? Vilka skriker?

– De andra patienterna. Det har inte gått en natt utan att jag fått utstå dessa ohyggliga rop.

Oscar suckade.

– Jag ska prata med personalen om saken.

– Du måste ta hem mig.

– Vi går en sväng så får vi se sen hur vi gör.

Det var en klar dag för både himlen och Gerda. De slog sig ner i en varsin vilstol på den inglasade verandan i slutet av Gerdas korridor. Oscar tittade ut över skogsdungen som höll på att tappa höstens sista löv. Gerda brydde sig inte om utsikten.

– Men Oscar, du ser så förfärligt trött ut. Sover du dåligt nu igen?

– Äh, det är ingen fara. Jag behöver inte sova så många timmar.

Gerda flyttade undan en tovig ormbunke som stod på bordet mellan dem.

– Hur äter du då? frågade hon samtidigt som hennes hand sökte hans.

– Jag äter det hemtjänsten har med sig. Igår var det pannbiff i plastburk, svarade han.

Ett hasande ljud hördes bakom dem. Oscar vände sig om och såg en kvinna i rullstol som långsamt sparkade sig fram med fötterna.

– Hur är det med Stina då? frågade Gerda.

– Som vanligt. Hon har mycket att stå i. Nu renoverar hon badrummet. Och förra veckan var hon visst på någon ABBA-musikal i London.

Oscar ville inte berätta att Christina hälsat på honom samma morgon. De hade fikat och hon hade i mobiltelefonen visat foton på det nya kaklet i badrummet. Efter en liten kopp kaffe och ett hastigt varv runt i lägenheten var hon tvungen att gå. Oscar hade frågat om hon ville följa med till Gerda. Han förklarade att han trodde hennes mor verkligen skulle uppskatta ett besök. Men Christina skakade bara på huvudet och sa att hon blev deprimerad av hemmet. När hon lämnade honom hade hon haft en liten ask i handen, asken med silverskedar som han och Gerda fått i bröllopspresent.

– Visst är det skönt att Stina har det bra, sa Gerda med blicken i golvet.

– Jo, men hon är lite bortskämd. Hon beter sig som en tonåring. Vårt enda barn vägrar bli vuxet, svarade Oscar med låg röst.

– Säg inte så där. Jag blir så arg när du säger så!

Gerda släppte hans hand och tittade upprört på honom.

– Men hon är faktiskt bortskämd, är hon inte det?

– Jag menar att du ska sluta säga att hon är vårt enda barn!

Gerda hade höjt rösten och Oscar såg att hennes underläpp darrade.

– Förlåt. Jag försöker bara se till verkligheten. Du brukar ju säga att jag ska göra det.

Gerda lyssnade inte.

– Vi har en son också. John. Har du alldeles glömt honom?

Hon hade höjt tonläget ytterligare, det lät nästan som om rösten skulle spricka.

– Nej, självklart inte. Han finns på sitt sätt, sa han och suckade.

Därefter satt de tysta. Oscar sneglade på sin fru. I motljus såg hon likadan ut som för femtio år sedan. Samma haklinje och raka uppnäsa. Endast håret var annorlunda. Förr hade hon det alltid uppsatt i ringlande frisyrer på bakhuvudet. Nu var det kortare, utsläppt och fastkrokat bakom öronen.

Han återkallade bilden av en ung sprudlande Gerda.

Ingenting hade känts omöjligt på den tiden.

Gerda hade sett några av Oscars husskisser och sa att med den talangen vore det fel om han inte satsade på att bli byggnadsingenjör eller arkitekt. För honom hade tanken på en akademisk utbildning varit främmande. I hans släkt hade det varit tradition att satsa på hantverkaryrken. Men med Gerda vågade han drömma. Och med hennes hjälp lyckades han lämna in en korrekt ansökan.

Under åren på högskolan befann de sig nästan hundra mil från varandra och han saknade henne så intensivt att han emellanåt funderade på att ge upp alltsammans och ta tåget hem. Men Gerdas vykort var tydliga. Hon önskade att han fullföljde utbildningen.

Oscar hade sett henne redan innan han klev av tåget. Hon väntade på honom på perrongen. Klädd i vårkappa och skor med sommarsula trots att majsolen ännu inte besegrat kylan. Hon hade en vuxnare framtoning, men anletsdragen hade samma egenheter som då han för första gången såg henne, pigga ögon. En vaken blick som nu letade efter honom. Och så munnen. Oscar tyckte det såg ut som om hon tänkte med munnen. När Gerda inte talade höll hon munnen stängd och när hon hamnade i grubbleri rörde den sig fram och tillbaka, som ett pulserande hjärta.

Han hade omfamnat henne och viskat att de inte skulle vara ifrån varandra igen. Aldrig någonsin.

Oscar letade vidare i minnet. Hamnade på badstranden som de brukade besöka med barnen. Gerda kom upp emot honom från vattnet, med ett barn under ena armen och ett annat på ryggen. Det såg tungt ut, nästan omöjligt. Men Oscar tänkte inte erbjuda sin hjälp, han ville inte störa bilden. Alla tre var blöta med droppande hår. De skrattade och vinkade och skyndade emot honom.

– Pappa, John säger att jag är en fisk, sa Christina samtidigt som hon landade intill honom på filten.

– Jaså, gör han det?

– Visst kallade du mig fisk!

– Ja, det gjorde jag. Stina är en gösfis som fiser så att det blir bubblor i vattnet, fnittrade John.

– Fisa kan du göra själv! kontrade Christina.

– Nä, för jag är en gädda och gäddor fiser inte. Eller hur, mamma?

Gerda virade in sig i en handduk och grävde upp svartvinbärssaft och fyra muggar ur picknickkorgen.

– Nu, mina fisungar, ska vi dricka saft, sa hon.

Oscar hade tittat på sin familj. Barnen liknade inte bara varandra, de såg ut som miniatyrer av honom. Med kantiga kroppar, stora ögon och lockigt hår hade de ärvt Oscars mest markanta drag.

Gerda var sin egen sort som märktes så fort hon klev in i ett rum. Oscar hade blivit beroende av hennes speciella doft, som han ofta sökt upp även i stunder då Gerda inte var hemma.

Deras första år tillsammans var harmoniska. Mycket tack vare Gerdas glädje, som var stor och smittande. De hade byggt upp ett tryggt hem där barnen blivit den självklara medelpunkten.

Sedan hade Oscar ställt till det. Det var han som hade format Gerdas djupa rynka mellan ögonen. Det var han som svikit och orsakat det stora eländet.

Gerda lutade sig tillbaka i vilstolen. När motljuset försvunnit var illusionen borta.

Nuförtiden var även Gerda kantig. Hennes ögon var fortfarande smala, men mörka partier runt dem gjorde då och då blicken livlös. Och munnen fastnade allt oftare i ett gapande läge.

Men den största förändringen låg ändå i doften.

Pethrahemmet hade ätit upp Gerdas speciella doft.

Vaniljdoften var borta för alltid vilket på många sätt gjorde hans fru till en främling.

– Tvivlar du fortfarande på ett liv efter döden?

Gerdas fråga var så rak och plötslig att Oscar kände en stöt genom kroppen.

– Jag vet inte, svarade han uppriktigt. Gerda såg brydd ut.

– Men älskade vän. Hur ska du någonsin kunna bli tillfreds om du fortsätter att tvivla? Och nu när jag snart försvinner vill jag att du tror på att jag kommer finnas med dig. Jag vill fortsätta att älska dig även efter döden, sa Gerda. Hon log men han kunde inte avgöra om det var ett glatt eller sorgset leende.

– Du svarar bra på medicinerna nu, sa Oscar utan övertygelse i rösten.

– Jag är inte rädd för att dö. Jag har väntat på döden länge nu. Jag ser fram emot att möta honom igen.

På vägen ut hade han träffat en kvinna ur personalen – den sköterska som arbetat längst, kanske ett år. När han frågat om skriken på natten hade hon sagt att han inte skulle oroa sig, det var mycket vanligt att de äldre inbillade sig saker. Och om det ändå skulle inträffa att någon råkade skrika så fanns alltid larmet, och nattpersonalen var ju i närheten.

Under färden hem kände han sig illa till mods, som alltid då han tvingades fara med osanning. Han hade ljugit för Gerda för att hon skulle låta honom åka. Han, som en gång lovat henne att aldrig mer svika, hade sett in i hennes bedjande ögon och sagt att Christina var förkyld och behövde hjälp att handla. Han hade spelat på Gerdas moderskänslor för att hon skulle be honom skynda sig därifrån, utan henne.

Boel

Oscar hade knackat på och bett att få titta till byggtorken. Då Boel inte kunde komma på några bra undanflykter släppte hon in honom. Efter att han inspekterat torken, klädkammaren och taket i vardagsrummet bjöd hon på kaffe.

Då de satt mittemot varandra vid köksbordet såg hon att det var något med hans ögon. Ögonlocken föreföll tunga och blicken var aningen dyster.

Men innan hon hann fråga hur han mådde påminde han henne om att hon skulle berätta om hur hon och Daniel blivit ett par.

Hur mycket orkade hon gräva i det förflutna? Att prata om sig själv var inget Boel var särskilt bra på. Men hon skulle ge det ett försök, ta lite åt gången och känna av längs vägen. Hon sträckte sig efter sockerskålen och reste sig. Oscars blick följde henne till skafferiet. Sockerpaketet stod längst in. Hon vecklade upp flikarna och lät de vita fyrkanterna studsa ner i skålen.

Så började hon berätta.

De träffades två år efter studenten, på en fest hos en gemensam bekant. Salma, en kollega på galleriet där Boel arbetade, hade bjudit hem folk på fredagsdrink. Boel hade egentligen tänkt ha hemmahelg. På fredagseftermiddagen tog hon dubbla huvudvärkstabletter efter en segdragen mötesdag. Några av stadens gallerier hade inlett ett samarbete. Boel hade suttit bredvid sin chef och antecknat, spänd i nacken och allmänt beredd i fall någon skulle få för sig att fråga henne något. Hon hade varit stressad över att hon borde komma med egna idéer. *Något* borde hon väl klämma ur sig. Alla andra på mötet hade yttrat sig, flera gånger till och med.

– Det låter verkligen som en god idé, hade hon till slut replikerat förslaget om en konstrunda under Kulturnatta. En *god* idé. Inte *bra*. Inte heller *grym* som var mer dagligt språk för någon i hennes ålder. Som tur var hade rösten burit i alla fall.

Alla i rummet hade tagit in henne. Några hade till och med lett lite flyktigt. Sedan hade hennes chef föreslagit en marknadsföringskampanj och man hade diskuterat vidare, utan att Boel inflikat något mer.

Boel hade sedan högstadiet vant sig vid rollen som iakttagare. Hon upplevde inte att hon var utfryst, men trodde att människor tyckte att hon var ointressant. Hon var ett utseende i människors medvetande, inget annat. Att vara ett utseende var bättre än att vara luft, brukade hon tänka.

Huvudvärken ville inte ge med sig och hon hade tänkt strunta i fredagsdrinken. Men Salma övertalade henne att i alla fall dyka upp en stund.

Boel såg honom direkt när hon kom in. Kände igen honom från korridorerna under skoltiden. Hans sluttande axlar och yviga kroppsspråk. Lite mer skäggväxt sedan bilden i studenternas årsbok.

Han satt i vardagsrummets mitt och tummade på några skivor ur Salmas cd-samling. Omgiven av främlingar. Hon hade kunnat berätta för honom att de var gamla skolkamrater. Hade kunnat säga att han bar snygg kostym. Det hade varit en enkel öppningsfras och inte särskilt påfluget.

Hon gick ett varv i vardagsrummet, tog ett par salta pinnar ur en skål på soffbordet. Höll rak rygg och ett svagt leende hela vägen. Hon hade lärt sig maskera osäkerheten bland folk. Sminket och det upptuperade håret hjälpte till. Hon visste att människor valde att tro att hon var kaxig. Och det gjorde ingenting så länge hon fick vara blyg ifred.

I stället för att utmana blygheten och bli en del av festen smög hon ut till Salmas kök för att diska glas och hälla chips och ostbågar i skålar.

Efter någon timme blev hon röksugen och hämtade jackan i hallen och gick ut på balkongen. Då satt han där, ensam med en ölflaska i handen. Hon lyckades övervinna en impuls att vända, gick i stället rätt fram och fällde ut en trädgårdsstol. Han gjorde plats åt henne och tog initiativet genom att hälsa, ville låna en cigarett. Sedan satt de där och rökte alldeles tysta. Han fimpade i en tom ölflaska, reste sig och lämnade balkongen. Efter någon minut var han tillbaka i balkongdörren med två nya öl.

– Så det är alltså du som är skådespelerskan! Jag måste få skåla med dig, sa han. Han log samtidigt som han räckte fram en flaska.

Boel tog emot flaskan och tittade förvirrat upp mot honom. Folk brukade ta henne för punkare, men skådespelare hade hon aldrig hört förut.

– Salma sa att hon hade en skådespelande väninna som skulle dyka upp direkt efter en repetition. Min intuition säger mig att det är du! sa han med stolt röst.

Hon gillade hans språk, hans sätt att artikulera. För första gången tittade hon in i hans ögon. Trots att de var ordentligt uppspärrade var de lugna och vackra. Hela hans ansikte utstrålade att han kommit på något stort. Han fick henne att vilja le.

– Är det okej att jag lånar en cigarett till? frågade han samtidigt som han satte sig bredvid henne igen. Hon räckte fram sitt paket och hjälpte honom att tända. Hon skulle just berätta att hon inte alls var någon skådespelerska. Ville säga att hon förmodligen gjorde sig bäst som mimare, om hon skulle bli tvingad att jobba på en scen. Tänkte berätta att det allra värsta hon visste var att tala inför publik. Hon hade just öppnat munnen då han hann före:

– Det måste vara underbart att få gå in i olika roller. Jag gissar att det är ett tufft yrke, samtidigt som det kanske är som att leka på jobbet, sa han och gjorde en gest mot hennes ansikte. Han log vänligt och ryckte urskuldande på axlarna för att visa henne att han skojat men inte förväntade sig att hon skulle skratta.

– Jag är bara så oerhört imponerad av skådespeleri. Ni skådespelare blir väl överösta med såna här fåniga kommentarer.

Han tittade ursäktande på henne, kliade sig i huvudet. När Boel trodde att han var klar bestämde han sig för att ösa på med mer.

– Det vore roligt att se dig utan smink, någon gång. Alltså, vad jag menar är att du är väldigt snygg sådär också. Antar att det är en del av jobbet, att ha mask.

Han såg lite osäker ut, som om han hade på känn att han var fel ute.

Boel kände hur kinderna hettade. Hon var inte arg, men hon hade blivit generad för hans skull. Hon skrattade lite artigt, tog en skummande klunk öl och bestämde sig för att genast få ur sig sanningen.

– Var ska jag börja? Jag jobbar inte ...

– Nej, men där är du ju! Vilken tur att du inte hunnit gå.

Det var Salma som avbröt. Hon stod på balkongen och tittade glatt på honom.

– Johanna är snart här! Men hon blir lite sen.

Hans ansikte förvreds i en förvirrad min. Salma fortsatte:

– Ja, hon ringde just. Genrepet drog över. Och hon ska bara sminka av sig och hugga en hamburgare på vägen. Jag lovar att presentera er så fort hon kommer.

Salma tog med några tomma ölflaskor och försvann in.

Trots att de endast hade ett fat med värmeljus på balkongen såg Boel att hans ansikte nu var sammanbitet. Han skämdes.

– Jag heter Boel och vi har gått i samma gymnasium, fast jag är lite yngre. Och ja, nu har du väl bilden klar för dig, jag är alltså ingen skådespelare och jag brukar faktiskt sminka mig så här. Till vardag och fest.

Hon försökte att ha en avdramatiserande ton i rösten, ville verkligen inte att han skulle må dåligt.

– Förlåt, viskade han och tittade skamset ner i knät. Jag såg dig så fort du klev in i vardagsrummet och tyckte att du verkade spännande. Och så fick jag höra det där med att det skulle finnas en skådis på festen. Jag drog förhastade slutsatser helt enkelt.

– Vill du ha en cigg till? Om du nu inte hellre går in och väntar på den riktiga skådisen.

Det tog ett tag innan han samlat sig. Boel fick så många ursäkter att hon till slut var tvungen att säga ifrån.

Hon tittade ut över balkongräcket, i ögonvrån kände hon hur han fastnat med blicken på henne. Han ställde frågor. Om hennes musiksmak, var hon bodde. Han undrade vad hon brukade göra när hon var ledig. Hon bollade tillbaka och fann att de hade en del gemensamt. Han målade, var en slav under sina penslar, sa han och himlade med ögonen som om han sagt något fånigt.

Det hördes ett sorl inifrån Salmas lägenhet. The Cures ”Friday I'm in love” hade fått gästerna att dansa och sjunga. Sista låten, hördes någon säga.

Han frågade om hon skulle med ut. Hon tittade in i hans ögon medan hon vägde för och emot. Det kändes som om han verkligen ville lära känna henne, som om han faktiskt sett igenom ytan. Han hade ju suttit kvar där och rökt med henne, inte för att vara artig utan för att han själv ville.

Visst hade det varit trevligt att tillsammans med honom gå vidare till någon av stadens barer. Samtidigt visste hon att utelivet var rörigt och kvällen kunde knappast bli bättre än timmen ute på balkongen. Så Boel skakade på huvudet, hon skulle hem.

De rökte en sista cigarett innan de kom ifrån varandra inne i hallen bland Salmas vänner.

Det var torsdag eftermiddag ett halvår senare. Galleriet höll stängt för besökare. Boel hade städat sedan tidig morgon. Alla fönstren mot Vallgatan var putsade och hon hade våttorkat golv och lister tills doften av Ajaxblöt parkett fyllde rummen. Gallerist Mika von Scheele var mycket noga med att hyra ut sin lokal i gott skick och brukade personligen överlämna nycklarna. Just den här dagen var Mika förkyld och hade valt att stanna hemma. Boel skulle ensam ta emot den som hyrt lokalen. Mika ringde stup i ett för att kontrollera det ena och det andra. Jadå, Boel hade både tvättat av dörrhandtagen och skakat dörrmattan. Och självklart hade hon skrivit upp sitt mobilnummer på en lapp som hon fäst i nyckeln, ifall det skulle vara något. Det enda Boel missat var konstnärens namn, men hon tyckte att det var onödigt att be Mika upprepa det. Konstnären skulle ändå presentera sig då han kom.

Klockan kvart i fem knackade det på fönsterglaset i dörren. Trots att det var mörkt ute kände hon genast igen honom. Han såg förvånad ut men log vänligt mot henne och steg in. Hon tänkte först ge honom en kram, vilket hade varit naturligt efter deras långa samtal sist. Men så bestämde hon sig för att vara professionell och tog ett steg tillbaka.

– Jag uppfattade aldrig att det var *här* du jobbade, sa han och tog av sig sina handskar. Han bar samma kavaj som han gjort på balkongen. En stor stickad halsduk låg virad runt halsen. Han hade fått längre hår, en snedlugg som hängde ner till ögonbrynen. I handen höll han en genomskinlig plastkasse. Boel såg att den innehöll färgtuber och penslar i varierande tjocklek. Hon hade inte haft en aning om att han var konstnären som skulle hyra galleriet.

Han gick ett halvt steg bakom henne när hon visade honom runt. Hon kanske inbillade sig, men visst fanns det något i luften?

Hon berättade att lamporna i taket naturligtvis gick att flytta efter hur han valde att ställa ut konsten. Hon visade vilka väggar som gjorde sig bäst i dagsljus och lyfte fram klaffborden och de vita dukarna om han nu önskade att servera vin. Sist gav hon honom nyckeln och koden till larmet.

– Hur många kommer ni att vara? frågade hon.

– Det här blir min allra första vernissage, så jag vet inte. Det beror på vad det blir för väder, antar jag. Är det soligt lämnar väl folk stan på helgerna.

Han ryckte på axlarna och slog ut händerna, hon skulle nå dem om hon bara sträckte lite på armarna.

– Jag tänkte på hur många som ska hjälpa dig med det praktiska. Att servera dryck, hänga tavlor ..., förtydligade hon.

– Det blir bara jag. Tror du inte det räcker?

Han såg sig om i lokalen och kliade sig på hakan.

– Hur många tavlor ska du ställa ut? frågade hon.

– Jag har trettiofem under presenningen på släpet. Och jag har mejlat inbjudningar till ungefär hundrafemtio personer. Men självklart är alla som vill välkomna. Eller blir det för körigt?

– Det låter som om du kommer att behöva assistans.

När Boel kom till galleriet på fredagen stod Daniel på en stege. I full koncentration fäste han ståltråd i listen närmast taket. När han såg henne sänkte han armarna och skakade ut blod i fingrarna.

– Det här med tavelupphängning är svårare än man tror. Vad är det för fel på att skruva upp vanliga krokar i väggen?

Han kliade sig i nacken och passade på att massera muskeln i ena axeln innan han vände sig mot listen i taket igen. Boel hämtade en tumstock och visade hur hon och Mika brukade få till rätt höjd och mellanrum mellan tavlorna. Efter det gick hans arbete betydligt lättare.

Hon hade lovat hjälpa till med placeringen, se till att verken hängdes i rätt ljus och rätt gruppering. Daniel hade sagt att det var två storlekar på dukarna och att alla hade tunn silverram. I övrigt hade hon ingen aning om vad det var för tavlor han skulle ställa ut.

Hon bad honom visa henne tavlorna, det hade varit intressant att höra honom berätta om dem. Men han hade inte tid att kliva ner från stegen. Boel och tavlorna fick klara ut det där på egen hand. Han litade fullt ut på hennes omdöme, sa han.

Konsten låg nedpackad i lådor. Med vita bomullsvantar tog hon tag i ramarna och lyfte varsamt fram dem.

Vid en första anblick tyckte Boel att de var stökiga. Daniel hade använt oljefärg. Och stora penslar som jobbat i små penseldrag. Han tycktes insnöad på betonghöghus. På höjden och tvären, i skiftande kulörer. Fula färgjättar. Men hon kunde inte sluta titta.

Uttrycket var ganska naivistiskt. Efter en stund kände Boel att det inte var huvudmotivet, höghusen, som drog ögonen till sig. Det hon fastnade för fanns utanför centrum. Täta bilköer, en mamma med barnvagn på väg över ett övergångsställe. Grönskande småbjörkar på rad intill en gigantisk lönn som i stort sett tappat alla blad. En lekplats, fylld av grå skuggor och utan barn. Kontraster. Daniel hade lyckats fånga en känsla av ensamhet trots att bilderna myllrade av detaljer, liv och rörelse.

Boel stirrade in i färgen. Märkligt nog var det som om hon redan vandrat omkring i hans fiktiva miljöer.

De möttes i galleriet tidigt på lördagsmorgonen. Boel hade bara sovit ett par timmar. Hon hade legat vaken och tänkt på Daniels tavlor. Hur de tekniskt hörde ihop. Hur de skulle spegla galleriets ljus. Och i vilken turordning de skulle möta vernissagens besökare. Under natten hade hon skissat upp hur de skulle hängas.

Det tog dem två timmar att hänga upp tavlorna i ståltråden. När allt var på plats tände Boel lamporna i taket och backade från väggen för att få en överblick. Daniels målade höghus hade obarmhärtigt vräkt ut sig, som svarta hål som sög i sig allt. Ögonen vandrade från bild till bild. Det fula hade blivit så vackert att det nästan inte gick att andas.

Daniels målningar hade fått galleriet att dofta olja. Det var bra. Oljemålningar skulle göra det, i alla fall om de tillhörde en debutant. Doften skulle ge publiken känslan av att vara med från begynnelsen, att vara med och upptäcka.

– Vad ska de kosta? frågade Boel.

– Jag vet inte. Kanske borde jag låta spekulanter komma med ett bud bara. Om nu någon vill ha dem.

Daniel ryckte på axlarna.

– Du måste självklart bestämma pris. Besökarna förväntar sig prislistor när de kommer.

Daniel såg stressad ut.

– Okej. Tvåtusen för de stora och tusen för de små. Är det för mycket, tror du?

– Jag tror du är ute och cyklar, sa Boel och greppade skaftet på en lång styrpinne. Hon höjde styrpinnen mot spoten närmast ingången. Då kroken satt i lampans ögla knyckte hon till och en ljuspöl landade mitt på tavlans höghus. Hon backade några steg. Nu satt allt som det skulle.

Hon tog block och penna och vandrade runt i lokalen. Hon numrerade tavlorna och skrev därefter ner vad hon tyckte de skulle kosta.

1= 10 500 kr.
2= 7 000 kr.
3= 12 000 kr.
4= 7 500 kr.
5= 10 000 kr.

– Du är inte klok. Jag kan knappast begära så mycket som tolv tusen, skrattade Daniel då han insåg att hon sammanställde en prislista. Boel förklarade att han måste sticka ut. Hon bedyrade att målningarna skulle kännas mer exklusiva om priset låg högre än självkostnadspris. Med ett högre pris menade hon att tavlorna skulle vara enklare att sälja. Dessutom var det billigt i alla fall.

– Okej, Boel, vi gör så här: om du har rätt bjuder jag dig på middag. Och om du har fel så ...

– Daniel, jag har inte fel.

Oscars ansikte hade kråksparkar i riktning mot båda tinningarna när han log. Boel var inte säker, men kanske log även hon medan hon berättade. Muskulaturen i kinderna kändes i alla fall spänstigare än vanligt.

Oscar lutade sig stillsamt fram över bordet och lade sin hand på hennes.

– Men varför vårdas han på sjukhus?

Boel drog undan handen och tittade förvirrat på honom. Sjukhus?

– Jag förstår faktiskt inte vad du menar. Vem?

– Daniel. Det där brevet jag råkade läsa skrev han ju från sjukhuset. Hur är det med honom?

Hon var tacksam för att hon satt ner. Det kändes som om tröjan klämde åt vid halsen. Kroppen behövde mer syre. Snabbt, annars skulle hon svimma. Hennes armar for ut över bordet i en ofrivillig gest. En kaffekopp åkte i golvet och tappade sitt öra.

Hon gjorde ett försök att resa sig, men Oscar hann före. Han hämtade ett glas vatten och öppnade köksfönstret innan han plockade upp koppen från golvet.

– Sitt ner! Det där brukar hända mig också. Ibland störtar blodet från skallen. Vill det sig illa svimmar jag. Ska jag hjälpa dig till soffan?

– Jag behöver nog bara vara för mig själv.

Oscar granskade henne en stund innan han nickade.

– Men då får du lova mig att ta det lugnt. Jag tar med mig kaffekoppen och lagar den till nästa gång. Den behöver bara lite lim. Och för guds skull, Boel, ta hand om dig.

Hon hade stannat kvar vid köksbordet. Först hade hon stirrat rakt ner, sedan hade hon vänt blicken mot fönstret. Det hade tagit en lång stund innan hon samlat sig. Vad hade Oscar sagt egentligen? Att Daniel var sjuk? Tankarna hade farit fram och tillbaka och framkallat ett fysiskt illamående. Sjukhus kunde ju betyda vad som helst. En envis influensa som gått ner i lungorna, eller ett brutet ben. Det kunde till och med vara så att Daniel hittat på det för att få hennes uppmärksamhet. Först funderade hon på att gå upp till Oscar och fråga om han visste något mer. Men Oscar skulle säkert bara hänvisa till det där brevet igen. Hon orkade inte förklara varför hon inte läst det. Hon insåg att det bästa var att bara strunta i alltihop. Hon hade lagt ner så mycket kraft på att bli fri från Daniel att det inte var värt att rasera alltihop bara för att hon råkat snubbla över lite information om honom.

Hon hörde varje knäppning i huset, det var som om väggarna talade med varandra. Ett knak i golvet, en knäppning i väggpanelen. Ett sus i något rör fick svar av ett gnisslande gångjärn.

Hon hörde Oscar trampa omkring ovanför taket. Han rörde sig i sicksack mellan köket, sovrummet och hallen. Ljuden fick henne att nicka till.

Oscar

Första snön singlade ner över staden. På radion pratade man om trafikkaos och betydelsen av vinterdäck. Oscar satt i sin läderfåtölj och såg hur snön sockrade kullarna kring Münchenbryggeriet på Söder Mälarstrand, en av huvudstadens mest säregna byggnader.

När ljudet av klingande glasbuteljer ebbat ut i början av 1970-talet ville Stockholms kommunfullmäktige förändra Södermalms ansikte mot Riddarfjärden. Den gamla fabrikens långa brända fasad med dramatiska valv och nygotiska gavlar skulle jämnas med marken. Politikerna ville bygga moderna bostadskomplex. Protesterna spred sig från kulturetablissemanget och snart hade tjugotusen namnunderskrifter samlats in.

Oscar hade kommit på tal i förhandlingarna. Kritikerna påpekade att arkitekt Oscar Kraft skulle kunna omvandla det gamla bryggeriet till bostäder. Men han hann aldrig kallas till något möte, politikerna gick mot strömmen. Trots protesterna från allmänheten klubbade de igenom rivning.

Men det visade sig att sista ordet ännu inte var sagt. Ett politiskt maktskifte rev upp beslutet och 46 000 kvadratmeter fabriksgolv blev till slut gymnasieskola, danspalats, teater, konferensanläggning, kontor och balettskola.

Snön tilltog och snart var hela luften vit.

Stockholmarna tycktes tro att de bodde i en tropisk metropol eftersom de stod lika handfallna varje år när vintern slog till. Ändå var bara ett fåtal av Stockholms miljoner invånare urstockholmare. Där han kom från var snön ingen överraskning.

Han kunde drömma om att snöra på sig fodrade vinterkängor, att ge sig ut i knädjup snö. Några trevande steg innan den speciella rytmen landat i benen. Det skulle brinna i lårmusklerna och strupen skulle bli isande torr. Lite snö i skorna och hej och hå. Sedan skulle han vagga sig genom det kalla pudret. Inte skulle det gå snabbt, men där han kom från fanns ingen anledning att stressa. Naturen stressade inte.

Oscar visste att han aldrig mer skulle gå i djupsnö. Benen skulle inte ens orka lyfta tyngden av vinterkängorna. Och käppen, hur skulle den ta sig fram? En enkel snöpromenad i detta torftiga skick och han skulle falla ihop och begravas i en driva. Där i snön skulle han bli liggande och kylan skulle kännas som hetta tills livet runnit ur honom.

Oscar gick fram till det stora fönstret. Snöflingorna hade blivit tyngre. Ett tjockt lager nysnö låg som porös vadd överallt. Stockholm såg ut som en sagoboksbild, en stad av pepparkakshus. Snart skulle gubbar med spadar dyka upp som cirkusartister på de galvaniserade plåttaken.

Han drog för gardinerna i salongen på övervåningen och gick ner till undervåningen. Han hällde upp en whisky och ställde sig i sovrumsfönstret. Fru Anderssons dvärgpudel hade fått fnatt nere på gården. Den rusade som en ubåt genom snön och han gissade att det fastnade klumpar av snö i hundens krulliga päls.

Någon hade skottat upp en gång till grinden, men glömt att sanda.

Oscar gick ut i köket. Ett rytmiskt dunkande trängde upp genom parketten. Han stannade upp och hörde då musik nerifrån Boels lägenhet. Igen. Hon lyssnade på märklig pling-plongmusik hela dagarna och ibland en bit in på natten. På hög volym. I köket kunde han höra både takt och melodi trots att huset var väl isolerat. Tack och lov läckte inget ljud in till sovrummet för han hade blivit tokig om han hade behövt försöka sova i sådant oväsen. Det var över två veckor sedan han hade sett Boel lämna lägenheten. Kanske valde hon att spela denna obegripliga kakofoni för att överrösta byggtorken.

– Vilket skitväder!

Christina stod i hallen och stampade av snö från sina blanka läderstövlar.

– Du har väl bytt däck på bilen? sa Oscar när hon kom in i köket.

– Har inte hunnit det än. Men jag kör alltid försiktigt.

– Ställ bilen och åk buss. Det är halt på vägarna så här års. Låt inte olyckan överraska dig! Annars är det trevligt med lite vinter. Staden blir så mycket ljusare om marken får vara vit.

– Buss åker jag aldrig. Det är trångt och bökigt, dessutom avskyr jag att få slemhosta i nacken. Och idag råkar jag ha med en present till dig. Den hade varit jobbig att släpa på i en buss, sa hon med en ursäktande min.

– Det är väl inte julafton redan?

Christina gick förbi honom och försvann ut i hallen. Oscar skyndade sig att slå ut whiskyn i vasken och skölja ur muggen innan hon var tillbaka.

– Tyvärr passar den inte så bra ihop med ovädret. Men förhoppningsvis är snön borta redan nästa vecka och då kommer du få glädje av min lilla gåva. Varsågod, sa hon och sträckte fram ett avlångt paket.

Oscar vecklade upp pappret medan Christina tittade på med förväntansfull blick. Två mörkblå pinnar.

– Stavar?

– Det här är gåstavar som man har när man promenerar. Jättepoppis bland äldre. Du har ju klagat på att det är vanskligt att gå. Till och med med käppen. Och jag tänkte att du behöver komma ut och röra på dig och då blir de här gåstavarna perfekta.

Christina tittade stolt på de blå stavarna som nu låg i Oscars famn. Han funderade över hur han skulle förklara för sin dotter att denna present givits honom tjugo år för sent. Men Oscar kunde inte förmå sig att lyfta fram sin oduglighet. Inte inför sin dotter. Dessutom ville han inte låta otacksam.

– Tack, Stina. Det var omtänksamt av dig. Jag ska testa dem så fort snön försvunnit.

De fikade och pratade som vanligt om hemtjänsten en stund. Sedan skruvade Christina på sig och sa att hon behövde åka hem. De hamnade i ännu en diskussion om att hon borde låta bilen stå, i alla fall tills de sandat och hon i lugn och ro kunde köra den till däckverkstaden. Christina bokade en taxi först sedan hon fått en femhundralapp.

Kanske var det mörkret, eller den märkliga musiken från Boel som fortsatte läcka upp genom köksgolvet. Eller så var det helt enkelt de blå gåstavarna. Något hade fått Oscar att fundera över hur isolerad han blivit.

Gerda hade varit den som bokat biljetter till teaterföreställningar och sett till att de kom ut på söndagspromenader. Under många år hade Gerda dragit med honom till simhallen minst en gång i veckan. Och det hade alltid varit hon som bjudit in gäster till middag. Ingen familjefödelsedag hade gått obemärkt förbi. Inget barns, ingen vuxens. Och inte Johns. Alla bemärkelsedagar hade varit markerade med röd penna i en väggkalender i köket. Nu hade Oscar svårt att hålla reda på vilken veckodag det var.

Sedan Gerda flyttat var mycket mer än bara hon borta. Integriteten till exempel. Hemtjänsten kom varje vardag. De tvättade hans skitiga strumpor och kalsonger, de frågade om han fått frisk luft, såg till att han fick mat och talade om när han borde schamponera håret. I all välmening förstås, men han kände sig påpassad som ett barn.

Oscar hällde upp en liten whisky och kände den distinkta aromen fara fram genom lungorna. Han svängde runt drycken i glaset på samma vis som han sett Gerda göra så många gånger. Sedan höjde han vätskan för att studera den i motljus, även det väckte gamla minnen.

Han suckade. Förmodligen satt Gerda just nu alldeles ensam och förvirrad och tittade på snön. Kanske tänkte även hon på sin ungdoms vintrar. Hon som alltmer levde i det förflutna torde väl känna nostalgi inför den första snön.

Hans Gerda.

Nu var hon fånge i en egen värld och inrättad efter reglerna i sjukdomens bedrägliga universum. Hade han bara kunnat byta med henne hade han gjort det.

Oscar tippade glaset och svepte drycken. Sedan drog han ut kökslådan och plockade fram tuben med superlim som hemtjänsten inhandlat. Han skulle laga Boels trasiga kaffekopp.

Boel

Hon hade vant sig vid byggtorken. Det dånande ljudet kunde lika gärna varit en trafikerad gata, en kraftig havsbris eller fågelkvitter. Hon hörde det inte. Däremot hade hon börjat störas av den gamla väggklockan som hon ärvt efter farmor Lilly. Det tickande ljud som tidigare gjort henne alldeles lugn hade de senaste veckorna blivit outhärdligt. Boel hade slutat dra upp uret. Men trots att visarna nu stannat fortsatte det att ticka inne i huvudet. Det hade blivit allt svårare att ta sig in i den andra världen. Så fort hon satt på musiken och börjat komma ner i varv hade det tickande ljudet i skallen påmint om verkligheten och nuet.

Var Daniel sjuk? På riktigt?

Skokartongen med breven stod kvar i vardagsrummet och tittade på henne. Kanske borde hon läsa vad han skrivit. Men så tänkte hon att det skulle få henne att gå under igen, hon skulle få börja om från noll. Det orkade hon inte.

Soporna i köket luktade död mus. Fyra soppåsar hade det nu blivit. Stanken kröp ut och fyllde hela köket. Hon insåg att hon skulle behöva klä sig och gå till sopnedkastet för att odören inte skulle fastna i väggarna.

Just som hon fått på sig träningsoverall och skor ringde det på dörren. En lång enveten signal som aldrig höll på att ta slut. Boel kikade i titthålet, suckade då hon såg vem det var. Hon vred motvilligt om låset och lät dörren glida upp.

– Bobo, vad har du för dig?

Hennes lillasyster Lina såg närmast skräckslagen ut och tycktes inte våga sig in.

– Du har inte haft på mobilen i över en vecka. Och gud så mager du blivit!

Boel föste in sin syster i hallen och hängde upp hennes jacka på en galge. De hade bara setts som hastigast efter Boels halvår utomlands. Både Lina och pappa hade försökt att få till en träff, men hon hade inte haft lust att visa upp sig.

– Är du sjuk? Du ser lite blek ut, sa Lina och ställde ifrån sig sina skor.

– Jag är förkyld, ljög Boel.

Lina bad att få se lägenheten och gick på tårna som om hon var rädd för att falla genom golvet när Boel visade runt. Visst kunde det se lite rörigt ut, speciellt för någon som var pedant. Men hon var faktiskt nyinflyttad och inte förberedd på sin systers besök. Lina stannade framför en stor klädhög mitt på sovrumsgolvet. Oj, viskade hon.

– Jag har inte hunnit fixa garderoben än. Det tar lite tid att bo in sig.

De gick in i vardagsrummet. Lina slog sig ner på armstödet till soffan.

– Vad i helvete är det som stinker?

Linas näsa sniffade i luften.

– Jag skulle just gå med soporna, sa Boel och plockade upp påsarna. Sedan fastnade hon med blicken på skokartongen med Daniels olästa brev, alldeles bakom Lina.

– Vad är det? Gillar du inte min nya hårfärg? Soltorkad tomat kallar min frisör nyansen. Den påminner lite om en av mammas morotsperioder, sa Lina och fnissade samtidigt som hennes händer teatraliskt gnuggade håret vid tinningarna.

– Den är snygg, svarade Boel utan att egentligen notera håret.

Hennes fokus låg på skokartongen. Den började bli suddig, hon hade stirrat på den utan att blinka. Ett infall fick henne att gå förbi Lina och lyfta upp den.

Med soppåsar och skokartong lämnade hon lägenheten för första gången på flera dagar. Visserligen bara för att ta sig till sopnedkastet som fanns i trapphuset, men det kändes som en lagom utflykt.

Hon höll andan när hon släppte ner de stinkande påsarna i schaktet. Sedan pressade hon skokartongens hörn genom öppningen och väntade tills den hasat ända ner. Så stängde hon luckan och gick in till sin syster.

Lina stod framme vid farmors klocka. Hon snurrade den lilla veven och flyttade visarna tills klockan tickade igen.

– Tänk att den fortfarande fungerar. Helt otroligt. Förresten, har du haft översvämning?

Lina pekade på byggtorken.

– Ja, det är därför jag inte haft tid att svara, sa Boel samtidigt som hon kom på att hon naturligtvis borde skyllt klädhögen i sovrummet på översvämningen.

– Jag blev orolig då jag inte fick tag i dig. Man vet ju aldrig vad som kan hända. Pappa är också orolig. Han har försökt bjuda in dig till en föreläsning han ska hålla. "Ibsen – då och nu" eller något sådant. Han har reserverat två platser på tisdag. Jag tänker gå och lyssna. Du då?

– Tyvärr är det lite mycket nu ...

Linas blick var en misstroendeförklaring.

– Boel, tänk om du skulle ta och starta upp galleriet igen!

– Nej, sa Boel lite väl hastigt. Men jag behåller tavlorna så länge. Måste komma i ordning här hemma innan jag kan bestämma mig. I morgon hämtar de byggtorken och sen ska det målas om. Först därefter kan jag komma fram till något vettigt.

– Du förstår väl att du skulle må bra av att arbeta. Jag trodde att du själv skulle komma fram till det under ditt halvår utomlands.

– Det troligaste är att jag säljer av allt och gör något helt annat.

– Så du håller inte på och tänker på Daniel fortfarande?

– Nej, faktiskt inte, sa Boel och hoppades att hennes ansikte inte blivit illrött.

– Skönt att du äntligen gått vidare! Ett sådant svin är inte värd dina tankar. Ett tag trodde jag att du skulle bli riktigt tokig.

Lina skrattade ursäktande. Boel försökte skratta med henne men lyckades inte ens dra lite på mungiporna.

Den kvällen stängde hon av torken. Därefter lyfte hon ner farmor Lillys klocka från väggen. Under en filt i garderoben försvann dess tickande.

Boel satte på musiken och väntade på lugnet. Kroppen blev dåsig som vanligt.

Det hade känts självklart att kasta breven. En impulsiv symbolisk handling, ett styrkebevis. Hennes syster hade ju rätt.

Hon väntade på den fullständiga avkopplingen. Men lugnet ville inte komma.

Hon höjde volymen på stereon. Basgångens vibrationer brukade vara rogivande när inget annat hjälpte.

Hon bestämde sig för att testa något annat. Satte sig upp med rak rygg. Tittade på tv. Nyheter, en långfilm, och mängder av reklaminslag.

Vid midnatt gav hon upp. Ångesten landade i henne igen som ett fysiskt illamående. Hon ville gråta. Försökte med små snyftningar in i kudden, då inga tårar kom försökte hon klaga rakt ut. Men där fanns inte ens en begynnelse till klump i halsen. Bara ett ihärdigt illamående. Och bilden av Daniel.

Vad var det egentligen han ville henne? Varför hade han hört av sig efter all skada han orsakat? Svaret fanns förstås i breven. Trots att hon försökte mota bort nyfikenheten fanns den där.

All denna tid, allt kämpande och hon hade inte kommit någonvart. Hon var tillbaka på noll.

Under natten hade hon vridit sig mellan svettiga lakan. Benen vevade fram och tillbaka som om hon låg och cyklade. Det var omöjligt att sluta grubbla och hon hade fortfarande inte somnat då staden vaknade.

Med täcket runt kroppen gick hon upp ur sängen och parkerade sig i köksfönstret. Morgonens rutiner hade kommit igång nere på gatan. Gatubelysningen fläckade fortfarande marken och lämnade spretiga skuggor lite varstans, men snart skulle dagens ljus skölja bort alla ojämnheter.

Hon behövde Oscars hjälp och tänkte knacka på hos honom om ett par timmar. Men redan klockan halv åtta såg hon honom gå mot grinden i vinterrock, hatt, halsduk och handskar. Så försvann han nerför gatan i en taxi.

Om han skulle bli borta länge visste hon inte. Men eftersom han inte hade haft någon väska antog hon att han bara skulle iväg en kort stund.

Var och varannan minut kollade hon gården samtidigt som hon rörde en tesked i en tom tekopp.

Hon måste ha somnat sittande vid köksbordet för i nästa stund hade skuggorna bleknat och det var dagsljus i lägenheten. Kanske hade hon missat honom. Barfota gick hon uppför trappan och ringde på. Då ingen öppnade återgick hon till väntan vid köksfönstret.

Hon tvingade i sig en sen frukost, en macka med ost och en kopp te, medan hon bläddrade okoncentrerat i lokaltidningen. Sedan en sen lunch, bestående av samma sak som frukosten.

Nere på gården trampade grannen Clemens fram och tillbaka i cirklar. Han mätte med en tumstock och tycktes hålla sig mellan träden och buskarna.

Himlen rodnade. Ingen Oscar.

Hon stannade vid fönstret. Först klockan halv fyra rullade en taxi upp på trottoaren och bromsade in vid grinden. Boel väntade tills hon såg käppen sticka fram ur bilen innan hon störtade ut i hallen och slet åt sig jackan. Hon tog trapporna och mötte honom just som han klev in i porten.

– Boel, du ser ut att vara på språng!

Oscar log mot henne och tycktes inte notera att hon saknade skor.

– Jag behöver din hjälp, sa hon mitt i ett andetag samtidigt som hon höll upp dörren. Hans ögonbryn for upp i pannan.

– Jaså. Det hör inte till vanligheten att någon önskar hjälp av den här gamla kroppen. Låt mig bara hänga av mig så kommer jag med en gång, sa Oscar.

Boel såg honom försvinna upp i hissen. Själv tog hon trapporna.

Hon hann snabbvädra och stuva undan smutsdisken innan Oscar klev på utan att knacka.

– Hoppas du inte har något emot en stärkande tår, sa han och höjde en flaska sherry i luften. Boel tvekade men böjde sig sedan över en av flyttlådorna och fann två vinglas medan Oscar slog sig ner mitt i soffan i vardagsrummet.

Han skruvade loss korken på sherryflaskan och hällde upp två stadiga glas. De höjde glasen mot varandra. Boel fyllde munnen och lutade sig fram.

– Du kan en hel del om det här huset, eller hur?

– Jag känner till varenda vrå, jag har varit med och utformat lägenheterna. Jag är arkitekt.

Boel ställde ner glaset på bordet. Det här var bättre än hon vågat hoppas.

Oscar

Sopbilen brukade först tömma tunnorna hos kinakrogen som låg i kvarteret. Det var svårt att säga exakt, men Oscar hade aldrig sett bilen komma före klockan fyra och aldrig senare än fem. De hade alltså bråttom.

Han tryckte på ringklockan till ordförandens dörr. Då ingen öppnade knackade han med käppens handtag mot brevinkastet. Efter någon minut öppnade Solveig Andersson sin lägenhetsdörr mittemot. Hennes lilla pudel rusade genast ut i trappan och började skälla.

– Tyst, Mozart. Kom hit, väste fru Andersson och lyfte snabbt upp hunden.

– Mozart är egentligen en snäll kille, men han tror att han äger hela världen. Birger är bortrest den här veckan. Ni kan nå honom på mobiltelefonen om det brådskar. Vill ni kan jag hämta numret, sa hon när hunden tystnat i hennes famn.

– Nej tack, Solveig, det är mer brått än så, svarade Oscar och önskade fru Andersson och lille Mozart en trevlig kväll.

En halv trappa ner från bottenvåningen fanns tre dörrar. Den ena ledde in till föreningslokalen, den andra gick till det gamla valvet som nu blivit cykelrum. Den tredje dörren hade inget ordentligt dörrhandtag. Endast en hasp med ett ynkligt hänglås.

– Det här har jag inte gjort sen jag var pojke, sa Oscar och höjde käppen och bankade mot låset som nästan genast gav med sig. Dörren gled upp.

– Varsågod, damen. Det ska finnas en strömbrytare till höger, sa Oscar och lät Boel gå in.

Han tänkte att de flesta skulle kommenterat det anmärkningsvärda i att ett så tjusigt rum blivit soprum. Det var högt i tak med böljande stuckatur på en målad blå himmel. Väggarna täcktes av en blomstertapet. Rummet bar spår från flera epoker. Men den speciella jugendstilen måste ha tillkommit under bankens renovering som påbörjades 1901. Han hade naturligtvis hellre sett andra utvägar för sophanteringen. Men när huset skulle ombildas till bostäder var just den här platsen det enda stället att samla soporna.

Boel sa inget om rummets skönhet, hon tycktes inte ens reagera över den.

–Vilken tur att soporna är kvar, sa Oscar och såg hur Boel fokuserat tittade på de fulla soptunnorna. Hon började gräva i den som stod närmast. Plastpåse för plastpåse. En del påsar hade gått sönder och Oscar såg hur det rann vätska ner på hennes händer och underarmar. Men hon såg inte särskilt störd ut utan fortsatte leta. I nästa tunna fann hon en pappkasse med tidningar. Oscar lyfte irriterat undan kassen som egentligen skulle till den separata pappersinsamlingen som fanns i ett skjul nere i garaget. Vem i huset var så slarvig? Han lyfte lite bland tidningarna. Mest reklamblad och morgontidningar. Men en bit ner i påsen fann han ett kuvert. Han vände på kuvertet och blev kall då han såg sitt eget namn. Hemtjänsten hade alltså slarvat. Han skulle skriva en stor lapp och sätta upp i hallen.

Boel letade igenom fyra tunnor innan hon fann det hon sökte.

– Har jag gjort inbrott i mitt eget hus för en skokartong? Då får man verkligen hoppas att du glömt kvar ett par riktigt dyrbara skor i den.

Oscar skrattade till men Boel stod helt uttryckslös med ena armen om kartongen.

När de släckt lampan hörde de sopbilens motor. De hade alltså räddat breven i grevens tid.

I hissen på vägen upp hade hon som vanligt ryggen vänd mot honom. Han harklade sig.

– Jag säger till Birger att det var jag som bröt mig in i soprummet så inte grannarna börjar oroa sig för soptjuvar. Jag tror dessutom att jag har ett gammalt hänglås som jag kan avvara.

Boel svarade inte. Men när de närmade sig hennes våning vände hon sig om och tittade honom rakt i ögonen.

– Jag vill att du tar med dig kartongen. Den innehåller brev från Daniel. De flesta kuverten är oöppnade. Jag vill att du läser breven och återkommer till mig. Jag klarar inte av att gå igenom dem själv. Kan du tänka dig att hjälpa mig med det?

Oscar vaknade flera timmar före soluppgången. Utanför fönstret hände ingenting särskilt så tidigt på dygnet. Någon plogbil som skrapade ihop centimeterhöga vallar längs de nästan snöfria trottoarerna. Inga människor.

Han drack upp det sista kaffet och skrev sedan en inköpslista till hemtjänsten. Därefter formulerade han en kortfattad hälsning på en stor lapp om hur pappersinsamlingen skulle skötas.

Han tänkte på Gerda, hur morgnarna varit tillsammans med henne. De kunde sitta med varsin tidning intill varandra. Då och då kommenterade någon av dem en artikel. Efter en stund brukade Gerda vika ihop tidningen och resa sig för att sätta på radion. En bra dag kunde inte börja utan musik, tyckte hon.

När Oscar hade klätt sig blev saknaden efter henne för stor. Bra dag eller inte, han struntade i vilket. Han önskade hålla om sin hustru. Han lät bli att invänta Pethrahemmets besökstid och beställde en taxi.

Före rusning kom bilen fram på nolltid. Huvudentrén stod öppen. Oscar noterade att det var skiftbyte. Trött nattpersonal utbytte några meningar med den anländande dagpersonalen i trappan.

Ingången till Gerdas korridor var låst. Oscar knackade på och väntade någon minut. Då ingen ur personalen öppnade lutade han sig mot dörrens fönster för att kika in. Väggklockan visade tio över sju men lysrören i taket var fortfarande släckta. Hans mörkerseende hade med åren blivit uselt men han uppfattade att de flesta av dörrarna till rummen var stängda. Ovanför ett rum blinkade en brandgul lampa. Någon hade tryckt på larmknappen. Oscar räknade dörrar. Tre, fyra, fem ... Gerdas dörr? Han räknade igen. Visst var det hennes larmlampa! Oscar kisade och såg att dörren stod på glänt. Han knackade igen. Var höll personalen hus?

På andra sidan korridoren såg han att dörren till pentryt stod på vid gavel. Ett ljussken från en gatlykta utanför fönstret hade rullat ut en nästan osynlig ljusgul matta tvärs över korridoren. Då såg han två blekblå korvar på golvet. Han kände genast igen fårskinnstofflorna han givit Gerda i julklapp. Det var hans hustrus bara ben.

– Hallå! Gerda?

Oscar ropade. Rösten ekade i trapphuset och hans egen panik studsade runt honom. Gerdas ben låg alldeles stilla. Han knackade igen och slutade inte förrän en av Gerdas rumsgrannar, Edvind, förvirrat klev ut ur sitt rum och kom mot honom genom dunklet på andra sidan dörren.

– Hallå, öppna!

Edvind nickade yrvaket och började fibbla med dörren.

– Kan inte, sa Edvind.

– Vrid om låset bara.

Edvind tittade på dörren och skakade på huvudet.

– Edvind, vrid om låset på dörren! Skynda dig.

– Går inte, sa Edvind och såg förtvivlad ut.

Just då hördes fotsteg. Gnisslande gummisulor och en skramlande nyckelknippa närmade sig. En ung kraftig sköterska tittade frågande på Oscar.

– Vad är det som händer? frågade hon med lite släpig röst.

– Ja, vad sjutton är det som händer? Min fru Gerda ligger där på golvet! Och dörren är låst. Vi måste hjälpa henne. Nu!

Då blev det fart på kvinnan. Så fort hon fått upp dörren smällde hon till en strömbrytare på väggen och rusade fram mot pentryt. Hon stod böjd över Gerda innan alla lysrören hunnit blinka sig vakna.

– Gerda, hur är det med dig?

Släpigheten var nu borta och kvinnan talade med hög röst som påminde om den man använde till små barn.

När Oscar kom fram till pentryt såg han att Gerda var vaken. Hennes ögon var vidgade och hon såg ut att vara förvånad över allt ståhej. Nattlinnet hade hasat upp en bit på magen och Oscar såg att hans fru hade blöja. Det högg till i bröstet. Hans hustru som alltid varit så noga med hygienen. Hon som lärt honom att sitta ner och kissa för att slippa stänk på toalettsitsen. Hon, som alla år placerat små påsar med lavendel i garderoben för att kläderna skulle dofta gott, låg framför honom på golvet i blöja.

Han kunde inte minnas att Gerda haft problem med urinläckage, hon brukade vara noga med att gå på toaletten även under sina mest förvirrade dagar.

Hans första impuls var att vända sig om för att slippa se. Men så behärskade han sig och tog i stället av sig sin rock och lade den över Gerdas bara ben.

– Gerda, varför ligger du här? frågade sköterskan.

– Vatten, jag skulle ha ett glas vatten, mumlade Gerda.

– Har du gjort illa dig?

– Nej …

Först då hade Gerda upptäckt honom. Hon gjorde en ansats att sätta sig upp och sköterskan hjälpte henne.

– Pappa, vad gör du här? frågade Gerda och tittade häpet upp mot honom.

– Nej, älskling, det är ju jag, Oscar.

– Har du med dig John?

Då vände sig Oscar om i alla fall. Tårarna hade börjat välla över och han ville inte att vare sig Gerda eller sköterskan skulle se honom gråta.

När han samlat sig såg han till att Gerda fick kläder och frukost. Därefter följde han henne till hennes rum.

De satt intill varandra i sängen. Gerda ville varken omfamnas eller hålla handen men då och då tittade hon honom i ögonen och frågade efter John. Oscar plockade ner ett fotoalbum från bokhyllan och letade upp en bild av John och Christina. Båda uppklädda intill varandra i en soffa. Han hade för sig att bilden var tagen på Johns tioårsdag. Gerda stirrade länge på fotot, nickade för sig själv och slutade fråga efter sin son.

Innan lunch somnade hon med fotot kvar i handen. Oscar kysste henne försiktigt på pannan och viskade att allt skulle bli bra.

Han följde skyltarna genom korridorer och hissar till kansliet och frågade efter ansvarig sköterska.

– Chefen för Pethtrahemmet når du enklast via mejl. Adressen finns på hemsidan, blev svaret.

På väg hem ringde han från sin mobiltelefon.

Christina svarade efter tre signaler.

– Du måste mejla till Pethrahemmet. Tala om för dem att mamma behöver tillsyn. Säg att de måste ha personal på mammas avdelning dygnet runt.

Flanellpyjamasens ränder hade en gång varit mörkblå. Men eftersom hemtjänsten använde tvättpulver med blekmedel fanns det knappt några ränder kvar. Han hade struntat i tofflor och gick omkring barfota. Ordentliga knackningar dunkade mot tinningarna och skapade en nästan outhärdlig klang i skallen. Oscar var så upprörd att han hade svårt att fokusera. Han hade ringt avdelningen flera gånger på eftermiddagen och fått löfte om att allt var som det skulle och att det fanns personal på plats för hans hustrus räkning. Samtalen hade inte gjort att han kände sig lugnare.

Oscar behövde tänka på något annat och stannade till vid pardörrarna som ledde in till arbetsrummet. Han kunde inte minnas att han varit där inne på år och dar. Dörrhandtaget knäppte precis som förr.

En torkställning full av rena handdukar stod mitt på golvet, och på en stol hade någon staplat perfekt vikta lakanspaket. Framför bokhyllan stod mangeln som Gerda haft i sin klädkammare. Han visste inte hur länge rummet använts till tvätt.

Skrivbordet i mörkbrun amerikansk mahogny stod mitt i rummet. Även om det var stort var det långt ifrån så väl tilltaget som de moderna höj- och sänkbara ritbord som dagens arkitekter använde. Han vred om strömbrytaren till skrivbordslampan. Den gröna kupolen i glas spred ett varmt sken över rummet. Han hade haft en golvlampa med starkare ljus också, men den hade Christina tagit med sig då hon skulle måla om. Pennan fanns kvar, liksom radergummit och den lilla ritbordsborsten i elfenben som han fått i femtioårspresent av vänner. I den översta skrivbordslådan låg passaren, linjalen och T-linjalen där de alltid legat. Han kände med handen i lådan och fann pennskrinet i skinn. Brevknivens skaft stack ut. Han log åt minnet av hur han otaliga gånger sagt åt John och hans kamrater att absolut inte leka med brevkniven, trots att den såg ut som ett leksakssvärd.

Han tog med sig kniven och gick upp till sin fåtölj på övervåningen. Skokartongen som Boel hämtat ur soprummet låg bra på knäna, som ett litet bord.

Det var märkligt att Boel inte själv önskade läsa breven. Att hon ville att han skulle göra det. Han som bara var en granne hon precis lärt känna.

Han lyfte ur bunten med brev och började sortera dem i datumordning. Ett telefonnummer var nedklottrat under avsändarens adress på ett av kuverten. Oscar rev varsamt loss numret och lade lappen i skjortfickan. Han tittade på klockan. Snart tolv. Det stack i ögonen men Oscar tänkte inte sova. Han greppade skaftet på det lilla svärdet, fällde ner sina läsglasögon och sprättade det första kuvertet.

Kära Boel

Jag mår dåligt av att jag sårat dig. Om jag hade kunnat ställa tillbaka klockan och få den där idiotiska kvällen ogjord hade jag gjort det. Hoppas vi kan mötas snart. Jag förstår om du tycker jag är förmäten som begär det, men jag behöver verkligen tala med dig. Snälla du, hör av dig.

Daniel

Kära Boel

Jag bor inte kvar i din och min lägenhet. Ett ungt par som påminner om oss bor där nu. De fick vår gamla bokhylla, killen sa att han tyckte om den så jag brydde mig inte om att ta med den då jag flyttade ut.

Saknar frukostarna vi hade på balkongen och ljudet från grannbarnens lekar på gården. Framför allt saknar jag kvällarna med dig vid köksbordet, känslan av att ha all tid i världen.

Mina nya grannar frågade om jag lever ensam. Vet du vad jag svarade? Nej. Boel, jag nekade eftersom jag hela tiden lever med dig. De måste tycka att jag är märklig. Jag är inte intresserad av deras gemenskap, håller mig för mig själv. Sällan tar jag emot besök, vill inte att någon ska ta del av mitt ynkliga liv. Förstår om du tycker att det inte låter som jag. Min omättliga sociala sida är kvävd. Men det är väl inte den största förändringen jag genomgått.

Mitt nya hem består endast av ett rum. En vägg med några tavlor som jag stirrar på dagarna igenom, tills motiven förvrids och blir en färgvälling. En stol och en fåtölj, ett sängbord på hjul, tv på väggen och en byrå. Det är allt.

Jag har skrivit mig hos mina föräldrar. Men jag bor på ett sjukhus. Här kan man inte låsa dörren, men å andra sidan behöver jag aldrig städa själv.

Det finns en larmknapp också. En röd knapp på en dosa med lång sladd, jag har inte haft användning för den än. Men det kommer, säger de. Den där satans knappen skrämmer mig. Skulle vilja berätta för dig vad som hänt.

Ditt telefonnummer funkar inte längre. Har du bytt abonnemang? Snälla rara Boel, ignorera mig inte. Hör av dig!

Daniel.

Kära Boel

Idag är första dagen det gör riktigt ont att andas. Vid varje inandning skär en slö kniv mig i bröstkorgen. Men smärtan är inte det värsta, det som gör mig rädd är att jag känner hur min kropp inte får tillräckligt med syre. Det är lika bra att vänja sig, läkarna har sagt att det bara kommer bli värre. Jag har börjat snegla på larmknappen, den röda. Men jag har inte tryckt på den än. Jag inbillar mig att larmet blir slutet på mitt liv. Och jag önskar inte dö. Inte än!

Cancern finns nu överallt och jag står i kö för att bli förflyttad till ett hospice. De lär ha små röda larmknappar där också men i övrigt tror jag att det är bättre. Sjukhuslukten slipper man och även stressad personal med påtvingade leenden. Hospice, visst är det ett trevligt litet ord så länge man inte slår upp det.

Boel, jag tänker inte ge upp. Jag vill tala med dig och kommer fortsätta att försöka nå dig. Hoppas du mår bra. Hoppas du hör av dig.

All kärlek till dig!

Det hade varit en lång dag. Men Oscar blev sömnig först när alla breven var lästa.

Vad höll Boel på med? Varför undvek hon posten från Daniel? För första gången på länge ställde Oscar sin väckarklocka.

Boel

Hela natten hade hon sovit utan avbrott. Att ge breven till Oscar hade varit ett lyckosamt infall. Det var skönt att slippa ha dem hemma och ändå veta att de fanns kvar. Hon hade behövt ett filter, ifall breven skulle innehålla ren dynga. Oscar hade lovat säga till om de var onödiga att läsa.

Hon planerade att stanna i sängen, längtade efter att få flyta iväg i sina tankar. Men strax efter åtta stod Oscar utanför dörren. Han hade med sig skokartongen och Boels trasiga kaffekopp som han lagat.

De åt varsin tallrik fil under tystnad. En märklig känsla, Boel hade inte ätit frukost med någon annan än sig själv på månader. Hon frågade inte om han läst breven, det kändes som om han gjort det eftersom han såg ut att ruva på något. De förflyttade sig från köket till vardagsrummet. Oscar stannade till vid väggen där hon ställt ut sina tavlor på sockeln.

– Vilken är din favorit? frågade han.

Boel gick fram mot en liten oljemålning hon givit en central plats. Den föreställde en röd stuga omgiven av tät barrskog.

– Av dem som står här måste jag säga den här. Den är inte ett dugg värdefull, har man tur får man en femtilapp för den på loppis. Tavlan är egentligen ganska ful. Men den betyder mycket för mig. Den föreställer min farmors sommarhus. Jag och min syster var där varje sommar när vi var barn. Jag har aldrig badat i så mjukt och ljummet vatten som där.

Lärde mig simma nedanför farmors brygga. Inga hallon är så goda som de som växte bakom dasset. Du vet, alla har vi barndomsminnen som är extra fina. Mina bästa minnen är med farmor.

Boel lät fingrarna snudda vid målningen.

– Men den av mina tavlor som jag tycker är vackrast har jag ännu inte packat upp. Jag hade tänkt hänga den ovanför soffan, men så kom jag på att det skulle vara alldeles för smärtsamt att behöva se den varje dag.

Oscar tittade ner i golvet.

– Boel, jag har läst dina brev. Allihop.

Hon nickade och gjorde en gest mot soffan. Oscar placerade skokartongen intill soffans armstöd och satte sig själv som vanligt i mitten medan Boel slog sig ner på pallen.

– Du sa att kärleken tog slut mellan er. Men vad var det egentligen som hände?

Oscars fråga var självklar. Boel hade förväntat sig att han ville veta allt.

Hon satt i Daniels lilla etta. Fingrarna lekte med luggen, hon kunde inte bestämma sig för om hon skulle ha håret framför eller bakom öronen. Hon sänkte hakan för att kontrollera knapparna i sidenblusen. Kände sig proper, kanske lite överklädd.

Han hade lediga jeans och kortärmad skjorta och de bara underarmarna såg ut att vara stenhårda. Hon försökte att inte stirra på honom medan han pulade i köket. I stället lät hon blicken vandra längs väggarna.

Lägenheten var verkligen liten. Bara ett rum. Trots att det kändes välstädat var det lite rörigt och trångt, men samtidigt hemtrevligt.

Köket var öppet mot det kombinerade sov- och vardagsrummet. Köksskåpen var fullproppade, varje gång Daniel öppnade en kökslucka höll han upp händerna för att inte få något i huvudet. På väggen mittemot köket hängde tavlor. Hans tavlor. Färger i en salig blandning. Hon anade en bäddad säng ovanpå ett loft i alkoven. Nedanför den en liten brun manchestersoffa med några mönstrade kuddar. Under fönstret stod en avlång bänk med tv, stereo och förstärkare. Fönsterbrädan saknade blommor, däremot var den belamrad med prydliga högar av skivor, böcker och utländska tidskrifter.

Hon försökte få grepp om titlarna men blev avbruten då Daniel ställde fram en potatisgratäng som doftade smält ost och vitlök. Han krängde av sig förklädet innan han vred några drag med pepparkvarnen över två lövtunna köttbitar som han varsamt lyfte ur stekpannan. Han drog fingrarna hastigt genom håret och satte sig mitt emot henne.

Tända ljus, en karaff med vin och lite musik i bakgrunden. Det gick inte att missförstå; detta var en dejt.

Han satt alldeles stilla, som om han höll andan medan hon smakade på maten. Potatisgratängen smälte på tungan. Hon smakade igen.

– Jag tycker att du är mystisk, sa han och lade huvudet på sned innan han fortsatte.

– Du rör dig hastigt, nästan lite burdust. Kvinnligt men samtidigt lite kantigt. Du har klar röst och alltid svar på tal. Ditt utseende sticker ut och hela du utstrålar gott självförtroende. Men samtidigt så känns du försiktig. Kanske rent av blyg.

Boel rodnade och var säker på att han såg det. Hon tog en klunk av vinet för att få svalka men kände hur alkoholen bara bättrade på de röda kinderna.

– Jo, det kan stämma. Jag är nog lite blyg. Vilken god potatisgratäng, bröt hon av och skrattade till.

– Varför då? fortsatte han utan att låta sig distraheras.

– Varför? Man är väl som man är bara.

Daniel nickade utan att se övertygad ut. Han skar upp en

stor köttbit som han spetsade på gaffeln.

– Hur var du som barn?

– Jag var ett ganska glatt barn, tror jag. Jag var i alla fall full av fantasier. Men så dog farmor.

– Stod hon dig nära?

– Hon var den viktigaste vuxna personen för mig och min syster. När hon dog blev allt rörigt. Vi flyttade till Stockholm och jag tappade alla mina vänner här i Göteborg.

Just som Boel kände att samtalet blivit lite väl dystert släppte Daniel sin bekymrade min.

– Jag gillar inte Stockholm. Jag skulle också bli blyg om jag tvingades bo där, bland märkvärdiga stockholmare. Varenda jävel blir blyg i Stockholm.

Daniel skrattade till och höjde sitt glas.

– Skål för Göteborg. Och skål för dig!

Det var det Boel tyckte var så härligt med honom. Han kunde föra samtal. Vågade skämta. Han var nyfiken och ifrågasättande. Och han kände av när det var nog.

Efter middagen föreslog han att de skulle flytta ut till salongen och pekade mot soffan fem steg bort. Boel slog sig ner så nära ena armstödet hon kunde med en av prydnadskuddarna i knät. Hon undrade om Daniel också skulle ta plats i soffan. Men han gick bort mot stereon.

– Dofter och musik sägs vara det bästa sättet att bevara minnen. Vad sägs om att ge den här kvällen ett soundtrack?

Han satte sig på huk vid sina skivor och bläddrade ivrigt. Då och då tittade han på henne och log och vände inte bort blicken innan hon lett tillbaka.

– Jag väljer ut ett par låtar jag tycker om. Sen måste du välja några. Jag hoppas du hittar något du gillar, eftersom jag jobbar extra i en skivaffär tror jag att skivsamlingen är hyfsat mixad.

Daniel hade små högtalare över hela rummet och Boel kände basen slå i magen trots att volymen inte var särskilt hög. Hon lärde sig tycka om ett band som hette Mazzy Stars med låtar som "Fade Into You" och "Five String Serenade". Sångerskans drömska röst var så nära mikrofonen att Boel fick en känsla av att gruppen hade en spelning där, bara för dem.

Efter sammanlagt fyra glas vin kände hon sig ordentligt berusad och bestämde sig för att gå hem. Daniel tog hennes hand och följde henne till hallen.

– Jag har aldrig träffat någon som du. Du har en sällsynt närvaro och ett intellekt som jag tycker mycket om. Jag är lycklig över att jag har fått lära känna dig, Boel, sa han. Hon blev så rörd av hans ord att hon inte hittade något svar. Daniel såg osäker ut, som om han råkat säga för mycket.

Boel förstod inte riktigt hur det gick till, men innan hon visste ordet av ställde hon sig på tå och lutade sig fram mot honom. Det var hennes hand som höll hårt om hans nacke när deras läppar möttes. Och det var hennes tunga som ville in. Hon släppte kyssen när den var som intensivast, rädd för att hon gått för fort fram. Han sträckte sina händer efter henne och frågade om hon ville stanna kvar över natten. Trots att hela hon ville kasta sig tillbaka in i hans famn tog hon jackan och tackade för en underbar middag.

Nästa dag ringde han och sa att han hade jättemycket kvar av potatisgratängen. Han ville att hon skulle komma dit. Och han sa att han saknade henne.

De flyttade in i en trerummare i Linnéstan. Det var närheten till Slottsskogen och bilfria promenader och cykelstråk som avgjorde. Egentligen hade det räckt med en tvåa men eftersom Daniel ändå behövde någonstans att arbeta tackade de ja till lägenheten, trots att den var lite dyr. Daniel hade kvar sitt halvtidsjobb i skivaffären och målade resten av tiden. Boel arbetade fortfarande i Mikas galleri. Ingen av dem kunde väl skryta med en bra lön.

Daniels föräldrar hade sålt sitt landställe och kom över med en fullastad släpkärra. En soffa, soffbord, en gammal fåtölj och två byråar. Ett runt matbord, fem pinnstolar och lådor med köksredskap. Och så några trasmattor som Daniel hade tyckt om att rulla in sig i som liten pojke, berättade hans mamma.

Balkongen var en vädringsbalkong, alldeles för trång för att möblera. Men Daniel byggde en bänk och ett litet hopfällbart bord för att de skulle kunna sitta där med varsin tekopp och njuta av morgonsolen. På helgerna tog de med täcket ut till balkongen och tillbringade ibland flera timmar där medan de tittade på grannarna som kom och gick.

Daniel introducerade en lek som gick ut på att spana in roliga gångstilar. Monty Python-leken. En knuff i sidan för haltande gång. Ett nyp för släpande. Två hostningar för allmänt utstickande stil. Sådär höll de på tills de skrattade så att de nästan ramlade omkull.

– Du lockar fram det bästa hos mig, viskade han och kysste henne.

– Jag älskar dig tills jag dör, svarade hon in i hans famn.

Tillsammans med Daniel var hon självklar. Så hade hon aldrig tidigare känt.

Ibland fann hon en lapp, ibland var det ordlekar eller gåtor. Daniel tyckte om att då och då överraska henne med biobiljetter, båtturer eller enklare gåvor. Han hade många vänner och var ivrig att hon skulle träffa och lära känna allihop. På väg hem efter jobbet möttes de upp på något av Vasastadens caféer där Daniels vänner brukade ses. I början satt Boel och höll honom hårt i handen.

Men nervositeten släppte allt eftersom hon kände hur mån han var om att hon skulle få plats i varje diskussion.

– Boel har också bott i Stockholm. Kan du inte berätta om hur det var när du var en nollåtta?

– Hemma hos oss är det Boel som har koll på både verktygslådan och datorn. Vad heter den där tången som har två platta sidor nu igen?

– Om du undrar något om hur tavlor ska hängas måste du ta det med Boel!

Det hände allt oftare att Daniels vänner ringde för att prata med henne även om de visste att Daniel inte var hemma. Hans vänner blev hennes.

Första gången hon märkte att han kunde bli sådär låg hade de varit tillsammans i drygt ett år.

Det var fredag, hon kom hem efter en tio timmar lång arbetsdag. Hon var trött men nöjd. Det hade varit en bra vecka. Hon hade fått en flaska champagne av Mika efter att ha sålt tre stora målningar till en nyöppnad restaurang. Champagnen ville hon dela med Daniel.

Boel tog av sig skorna i hallen och knackade på dörren till ateljén. När han inte svarade öppnade hon försiktigt. Daniel satt på golvet i sina arbetskläder. En stor vit målarduk stod lutad mot väggen. Hon kunde inte se en droppe färg på vare sig duken eller hans händer.

– Älskling, hur går det?

– Åt helvete, svarade han utan att titta upp. Hon ställde ifrån sig champagnen och gick fram till honom.

– Men hur kan det gå åt helvete när du inte ens börjat?

Han fyllde lungorna och suckade ljudlöst.

– Jag är helt tom på idéer, saknar inspiration och har avslöjat min egen uselhet. Idag ringde jag och ställde in min medverkan på höstsalongen. Jag kommer inte hinna bli färdig, sa han utan klang i rösten.

Sedan reste han sig, drog av sig målarrocken och gick ut ur rummet. Hon stannade några minuter och skruvade på hattarna på de färgtuber som var öppnade. Sedan ställde hon penslarna i blöt i en gammal syltburk.

Han satt i vardagsrummet och riktade sin tomma blick mot teven.

Hon lät honom vara, tänkte att hans svacka var tillfällig. Men när helgen gått och dagar blivit veckor tittade hon i kalendern och kunde konstatera att Daniel undvikit sin ateljé i en hel månad. Då bestämde hon sig.

Hon lånade med två av hans verk till galleriet.

Mika blev lyrisk då hon fick se tavlorna som föreställde dalahästar dekorerade med urbana motiv. Fräsch popkonst, upprepade hon och bad om att få ställa ut verken på prov. Och utan Daniels medgivande hängde Boel upp dem. Redan första dagen dök det upp spekulanter.

– Jag kan tyvärr inte ge några prisuppgifter innan jag talat med konstnären, sa Boel.

– Hälsa att vi är mycket intresserade och att vi vill göra affär innan veckan är slut. För då lämnar vi stan och vill absolut ha tavlorna med oss.

Daniel såg mycket förbryllad ut när Boel förklarade vad hon gjort.

– Men tavlorna saknade ju ramar, sa han bara.

– Självklart säljer jag dem inte utan ditt medgivande. Jag ville bara bevisa för dig att du haft fel om din oförmåga. Nå, vill du sälja dem eller inte?

Då sprack Daniels ansikte upp. Han skrattade.

– Menar du på fullt allvar att mina tavlor går att sälja? Vad är det för blinda typer ni har som kunder?

Då skrattade Boel också. Inte för att hon betvivlade vare sig hans konst eller galleriets kunder utan för att det var så härligt att dela det kluckande skrattet igen.

Det var andra gången Daniels tavlor ställdes ut. Än en gång ville folk köpa hans konst. Mika var till sig och sa att Daniel var välkommen att ställa ut i hennes galleri så fort han önskade. Hon erbjöd sig till och med att representera honom i ett vidare samarbete. Men Daniel avböjde, ville vara oberoende, sa han.

Han hade fått ny inspiration. Och mod. Efter tre månader hyrde han ett större galleri i Malmö och satsade på både inbjudningskort och annons i lokaltidningen.

Oscars mun var ett stort leende. Han hade suttit tyst och alldeles stilla tills han tittade på klockan och ryckte till.

– Herrejösses. Din berättelse har gjort att jag helt glömt av tiden. Boel, ursäktar du mig om jag ringer ett samtal?

Oscar satte ner käppen i parketten i en ansats att resa sig.

Med krokiga fingrar knäppte han på sin mobiltelefons jättestora knappar. Sedan höll han den tätt mot örat och gick ut i hallen.

– Stina, det är pappa som undrar om du fick tag i den där chefen. Mamma behöver din hjälp. Ring mig när du hör det här!

Boel förstod att han talat in ett meddelande på sin dotters telefonsvarare.

– Vad säger du om att vi öppnar fönstret? frågade Oscar när han kommit tillbaka in i vardagsrummet. Han log igen och sjönk tillbaka ner i soffan.

Boel öppnade balkongdörren. Ett kraftigt dis låg som ett täcke över gården och hon såg framför sig hur det skulle börja välla rökliknande dimma in i vardagsrummet.

– Har du många barn? frågade hon.

– Nej. Christina bara. Och inga barnbarn har det blivit heller. Nu vill jag höra mer om dig och Daniel. Hur gick utställningen i Malmö?

– När jag gick igenom listorna efteråt såg jag att det var mest familj och vänner som köpt tavlor till rabatterade priser. Men Daniel hade fått en uppskattande recension i en dansk tidning och var nöjd, det var det viktigaste.

Gästerna runt bordet skrattade så att ljusen i ljusstaken fladdrade. Boel hade just berättat en anekdot hon snappat upp av en kund. Hon såg på deras vänner, alla vända mot henne. De hade tyckt att hon var rolig.

Daniel skrattade också, samtidigt höjde han diskret sitt vinglas mot henne. Han hade sett förändringen. Självklart hade han det. Blygheten hade sakta lämnat henne under åren med honom. Hon hade blivit bekväm med att ta plats i vilket sällskap som helst. Hon höjde glaset tillbaka.

I lägenheten hade det börjat dofta jord. Daniel hade gett sig på skulptur och kramade fram nakna ansiktslösa kvinnor ur blöt lera. Boel fann dessa skulpturer ganska ointressanta, men uppmuntrade honom i alla fall eftersom hon såg hur han trivdes. Faktum var att skulpturerna gjorde att hans måleri mognade. Lerans buktande form skapade på något vis känsligare penseldrag. Han hade dessutom blivit mer produktiv. Varje dag påbörjade han något nytt samtidigt som väggen fylldes med färdiga alster som stod och torkade.

I målandet koncentrerade han sig på just det skulpturerna saknade: ansikten. Nära. Ibland så nära att man bara kunde uppfatta ett öga eller en mun. Det fanns något ilsket över målningarna samtidigt som de var oskuldsfulla. Motsägelsefulla.

Boel hade fått ökat ansvar på jobbet sedan det visat sig att hon hade god hand med de konstnärer som galleriet hade långvarigt samarbete med. Mika sa att Boel hade öga för vad som går hem och bjöd med henne på inköpsresor och utställningar i Berlin och Köpenhamn. Boel funderade på vad det där ögat var för något, hur det kom sig att hon hade koll. Kanske var det blygheten. Hon var van vid att stå vid sidan om. Hon var en iakttagare. Dessutom hade besöken på Göteborgs konstmuseum med farmor Lilly lärt henne att med öppet sinne ta in det som skapats. Känn först och tänk sen, brukade Lilly säga.

I början av december bjöd Mika in till glöggfest för galleriets främsta kunder och några lokala konstnärer.

Det kom mycket folk och Boel fick anordna ett provisoriskt kapprum i förrådet. Hon hade just hängt upp den sista jackan på en galge då Mika ställde sig på en stol mitt i lokalen. Hon knackade med en sked i sin glöggmugg. Trots att det inte lät högre än en liten bjällra blev det knäpptyst.

– Jag skulle vilja inleda kvällen med att tacka alla för att ni kommit hit. Galleriet har i år haft sitt mest framgångsrika bokslut. Roligt att intresset för konsten breddats. Men jag tror inte att det är en ren slump. Jag har fantastiska medarbetare som gjort allt för att mötet mellan konstnär och köpare blivit tillfredsställande. Jag skulle därför vilja skåla för mina assistenter: Boel och Salma!

Boel höjde sitt glas och letade efter Daniel i folkmassan. Nästan genast mötte hon hans stolta leende. Ett sorl fyllde rummet, men avbröts av glöggmuggsbjällran igen.

– Mina vänner, efter många härliga år med galleriet har jag och min man bestämt oss för att flytta till Marbella. Vi kommer att öppna verksamheten i spansk tappning. Naturligtvis fortsätter vi samarbetet med våra konstnärer, de som önskar. Denna afton blir ett slags farväl. Eller om man så önskar en början på något nytt. Skål allesammans!

Ett sus gick genom rummet.

Boel höjde sin mugg trots att hon var förvirrad. Hade hon hört rätt? Skulle Mika stänga galleriet? Boel tittade ut över människorna i lokalen. Många av dem var kunder hon lärt känna under åren. En stor andel hade minst ett verk hon valt ut hemma på väggen vilket gav en speciell känsla av samhörighet.

Hon såg Daniel komma mot henne.

– Vad i helvete var det där? Visste du om att hon lägger ner?

Han viskade i hennes öra.

– Jag hade inte den blekaste ... jag har just förlorat mitt jobb.

De stod på balkongen. Det hade börjat skymma och några enstaka fyrverkerier smällde ovan hustaken. Som ett smattrande godisregn, små pigga färgstänk som påminde om gårdagen.

De delade en cigarr som någon glömt kvar. Puffade den kraftiga röken, rakt ut i det nya året.

Sedan gick de in i värmen och fyllde diskmaskinen, handdiskade matsilvret och torkade champagneglasen.

De sista gästerna hade lämnat klockan sex på morgonen. Hesa och glada i hatten, det hade de alla varit.

Tillvaron gick i slow motion så som det brukar vara den här dagen. De hade tittat på Nyårskonserten från Wien och sedan hållit på med städning hela eftermiddagen. Nu när de snart var färdiga unnade de sig en paus ute i vinterkylan på balkongen. Ett helt nytt år bredde ut sig framför dem. Ett år med löften, förhoppningar och en hel del frågetecken. Försiktigt hade de pratat om barn. Daniel längtade, han ville bli en ung pappa – för att hinna visa barnbarnen de hemliga världarna i Super Mario. De kom överens om att det blivit dags att försöka.

Inne igen hade de lyckats kväva lukten av surt vin med rengöringsmedlets kemiska citrondoft.

Boel hoppade upp på diskbänken för att nå översta hyllan i köksskåpen. Daniel stod kvar på golvet, räckte henne finporslinet. Innan allt var undanstökat lämnade han plötsligt köket. Hon antog att han gick för att hämta silverljusstakarna från vardagsrummet. Men efter bara någon minut var han tillbaka. Tomhänt.

– Champagneglasen, tack! sa hon. Han tittade allvarligt på henne, utan minsta ansats mot glasen.

– Nej, nu kan jag inte hålla mig längre. Jag skulle vilja

visa dig något, sa han samtidigt som han tog hennes hand och hjälpte henne ner. Hans ögon glittrade trots sömnbristen, ett begynnande leende. Hon såg att han var uppspelt.

De gick ut i hallen. Daniel öppnade dörren till sin ateljé. Den vanliga doften av oljefärg, papper och lera slog emot dem. Boel kunde även ana lukten av svavel från tändstickor. Över Daniels axel såg hon att han tänt deras silverkandelaber och rader med värmeljus på golvet. Han tog ett steg till sidan och lät henne gå in före. Genast fick hon syn på en stor tavla som hon inte tidigare sett. Han tände en spotlight riktad mot verket. En kraftig färgexplosion fick ögonen att vilja kisa.

– Varsågod, sa han och slog ut med armarna.

Boel närmade sig målningen. Den var vacker. Storslagen på ett sätt som var olikt honom. Hon såg att den föreställde en flicka. Nej, det var en kvinna, brösten skymtade under tröjan. Ansiktet tydligt. Ett tvekande leende och vakna ögon som stirrade rakt mot henne. Runt huvudet lös en gulvit eld. Ett blekt sken, nästan som en stor gloria. Eller var det håret? Hon stannade upp, vände blicken från tavlan till Daniel.

– Men herregud, det är ju jag!

Daniel nickade och en svag rodnad spred sig från kinderna en bit ner på halsen.

– Vad tycker du?

Boel tittade in i sina egna ögon på duken. Hon fick en oförklarlig klump i halsen och slog armarna om Daniel. När hon kände hans värme började hon gråta.

– Den är vacker. Och du är så otroligt begåvad, viskade hon och vände sig mot tavlan igen.

I sina egna ögon på duken kunde hon se genom vilken kärlek han avbildat henne.

– Vad är det du ser?

Han log.

– Jag ser ... jag ser mig själv, ett förädlat jag.

– Vad ser du mer?

Hon blinkade bort tårarna och studerade målningen en liten bit i taget. Huvudet på bilden lutade något som om hon var på väg att vända sig. Halsen blottad och utsträckt som på en dansös. Längs dukens kanter hade han öst på med färgprickar som gav bilden djup. Klara glada färger. Dutt, dutt, dutt. De kunde symbolisera blommor, Boel gissade på glädje. Han hade fångat hennes ena hand. Något böjd med sensuellt snuddande fingrar mot axeln. Handen var blek men full av liv, kanske var den på väg att sträckas fram mot betraktaren. Då såg hon att handen inte var bar. En tunn ring i rött guld prydde ringfingret. Vänsterhanden, hann hon tänka innan tårarna vällde fram igen. Daniel tittade spänt på henne och när han såg att hon förstod grävde han fram en liten ask ur jeansfickan.

– Boel, jag älskar dig över allt annat. Vill du gifta dig med mig?

De värmde på rester från gårdagen. Boel fingrade på sin nya ring och kände Daniels värme i hela kroppen.

Ett sommarbröllop ville han ha. Utomhus. Hon tänkte att det skulle vara häftigt att gifta sig tidigt på hösten då naturens färger var brända och luften frisk.

Men detaljerna spelade egentligen ingen roll, så länge hon fick fortsätta vara världens lyckligaste.

Samtidigt som glädjen bubblade kände hon oro.

– Jag är lite rädd för hur det ska bli med allt. Nu när jag blivit av med jobbet har vi kanske inte råd att bo kvar. Och om vi måste flytta har du ingenstans att arbeta, sa hon med så lätt röst det bara gick.

Han strök henne mjukt över håret och tog hennes båda händer.

– Boel, se på mig. Jag skulle kunna bo var som helst och

klara mig på vatten och bröd. Jag skulle faktiskt kunna vara hemlös bara jag får leva med dig. Vi kan gifta oss enkelt, bara vi gör det. Och vad gäller mitt arbete så har jag inte tänkt måla stora blaffor för alltid. Jag får väl ägna mig åt miniatyrer. Då behöver jag bara ett köksbord för att kunna arbeta. Och självklart ska även jag skaffa jobb, om mina tavlor inte säljer kanske jag börjar i någon skivaffär igen. Vi är ju två om att dra in stålarna.

Boel ville inte att Daniel skulle ge upp sin konst för något nytt extraarbete. Nu när det äntligen hade börjat lossna för honom som konstnär behövde han skapa på heltid för att få ett riktigt genombrott.

Hon började söka jobb. Hon inledde med att ringa runt till stans gallerier, men inget skulle nyanställa. Hon skickade in sina papper till olika muséer men fick inga svar. Hon sökte tjänsten som biträde på NK:s husgerådsbutik, som fritidsledare på en skola. Hon sökte även arbete som glass- och korvförsäljare i Slottsskogen. Men fick inget napp.

Hon satt ensam i soffan med datorn i knät. Det var glest mellan jobbannonserna. I stället sneglade hon på lägenhetsutbudet, billiga andrahandsettor i området.

Ett telefonsamtal avbröt letandet.

– Bobo, nu ska du få höra! Pappa har hämtat farmors alla tavlor från torpet och vill att vi väljer ut dem vi vill ha. Resten säljer vi.

Lina lät exalterad.

– Jag vill gärna ha målningen av stugan. Och väggklockan …

– Visst, inga problem. En annan sak; minns du den där tavlan med den fula gamla gumman?

Boel visste precis. Den hade hängt i ett mörkt hörn inne i farmors kammare. Hon hann inte svara innan Lina fortsatte.

– Pappa har tagit den till en auktionsfirma i Stockholm. Och vet du vad de säger? Jo, de säger att tavlan är en ...

Boel avbröt henne.

– En äkta Anders Zorn.

Boel försökte se målningens detaljer. Mycket välgjord, som ett fotografi. En rynkig spetsnäst gumma i säckiga kläder. Boel hade som barn tyckt att hon såg ut som en häxa.

– Visste du det? sa Lina med förvåning. Då Boel inte svarade sänkte Lina rösten.

– Hur som helst. Den är inte värderad än. Men visst lär det bli en hel del pengar?

– Jag behöver knappast säga att hans tavlor är högvilt när de dyker upp på en auktion.

– Det här är alldeles otroligt. Hur kommer det sig att farmor hade en äkta Zorn? Pappa säger att han alltid trodde att det där med Zorn var farmors påhitt.

– Hon sa att hon fick den när hon var ung, av bondmoran där hon arbetade några somrar.

– Tänk att den hängde där i torpet på landet i alla år! Hade hon ingen aning om vad den var värd?

– Farmor såg tavlan som en livförsäkring, en ekonomisk trygghet som hon ville att vi skulle ärva. Men även om hon såg hur oerhört skickligt målad den är så tyckte hon att den var ful som stryk, sa Boel.

– Visst är den ful. Asful. Vad säger du? Kan jag hälsa pappa att det är det okej att vi säljer tanten?

Det hade förstås varit roligt att äga en äkta Zorn. Hur ful den än var. Men nu var ekonomin körd i botten och Boel skulle ändå aldrig ha råd att köpa ut sin syster. Dessutom fanns bättre minnen av farmor Lilly. Väggklockan till exempel.

– Visst, sälj!

Oscar hissade upp sina ögonbryn i förvåning. Han harklade sig.

– Jag har egentligen inte med det att göra, men dina pengar kommer alltså från en Zornmålning! sa han och tittade på henne. Boel nickade.

– Jag och min syster delade på det vi fick för tavlan. Pappa hade väl dåligt samvete efter skilsmässan från mamma och ... ja, det var aldrig något snack om saken. Pengarna gjorde att Daniel och jag hade råd att bo kvar. Och han kunde fortsätta måla på heltid. Det var med Zornpengar jag öppnade mitt galleri i Haga.

Plötsligt började Oscars mobiltelefon vråla. En snutt ur Antonio Vivaldis ”Hösten”. Boel hade aldrig tidigare hört en så kraftig ringsignal.

– Den låter kanske lite hög för er som ännu inte har problem med öronen. Den är anpassad för seniorer. Och man slipper kamera, mejl och annat tjafs, sa Oscar ursäktande innan han svarade med stadig stämma.

En kvinnoröst läckte ut i rummet. En gäll röst som rabblade långa haranger. Oscar såg bekymrad ut samtidigt som han hummade med. När samtalet var över vände han sig mot Boel igen.

– Vården idag saknar empati. Det gäller att inte bli sjuk. Eller gammal.

Han lade ner telefonen på soffbordet. Boel undrade vad samtalet gällde. Men innan hon hunnit ställa frågan höjde Oscar rösten.

– Var var vi någonstans? Jo, du öppnade ett eget galleri!

Snön kom aldrig till Göteborg den vintern. En vårlik luft med ljumma vindar fyllde staden i slutet av februari och folk började klaga på höga pollenhalter redan i mars.

När pengarna dök upp på kontot fick Boel räkna antalet nollor flera gånger innan hon förstod. Rik. Det var alltså så det kändes att vara rik. En rad siffror på en dataskärm, friheten att göra vad hon ville. Hon önskade arbetsro för Daniel. Och hon drömde om att öppna eget.

Hon tittade på flera lokaler som lät bra på pappret. En före detta tobakshandel uppe i Landala med ljusa väggar men med för stort renoveringsbehov. Ett gammalt tvätteri i Majorna som hade rätt känsla men för få väggar och dessutom saknade ingång från gatan. Det bästa alternativet hade varit en utställningslokal för badrum och kök, på Södra vägen alldeles vid Heden. Boel hade tyckt om det generösa skyltfönstret och sett många hängningsmöjligheter i rummet men hyran hade visat sig vara för hög för att verksamheten skulle ha en chans att gå runt.

Så fick hon höra talas om pianoaffären som skulle läggas ner. Daniels morbror hade sålt klaviatur i hela sitt yrkesverksamma liv och beslutat sig för att gå i pension. I nästan trettio år hade han haft sin butik i stadsdelen Haga.

Boel kom dit efter stängning. En svart flygel av märket Steinway välkomnade henne i det första av rummen. Instrumentet blänkte och hon såg sin spegelbild i det när hon gick förbi. I det andra rummet var det rörigt och nästan omöjligt att ta sig fram eftersom det stod pianon överallt. Boel stannade i dörren men uppfattade de stora väggarna och takhöjden, det räckte för att bestämma sig. Hon hade hittat rätt.

Kontraktet skrevs och Boel hämtade nyckeln i mitten av april.

Väggarna var redan vitmålade men hon valde ändå att stryka på ett lager matt vitfärg. Daniel slipade golven som blivit ojämna av pianohjul. Därefter hjälptes de åt att skruva ihop spånskivor och bygga en disk som skulle fungera som galleriets samlingspunkt och kontor. Boel skruvade upp lister och krokar och lät en elektriker installera spottar i taket.

Hon träffade några konstnärer som hon samarbetat med hos Mika. Tre av dem var redo att ställa ut.

Lagom till maj blev allt klart och Galleri Lilly slog upp portarna.

Hennes enda strategi var att försöka ha kul, oavsett hur affärerna tog sig. Hon vågade faktiskt tro på framgång men lovade sig själv att inte jaga den.

Hon skulle njuta av att arbeta med det bästa hon visste.

Men framför allt skulle hon älska Daniel.

Boel tog cykeln varje dag. Hon höll stadigt i styret och rullade nerför Linnégatan. Fort. Alltid fortare än spårvagnarna, ibland fortare än vinden. Den öppna jackan stod som en mantel efter henne i backen.

Före Järntorget svängde hon in i den lilla stadsdelen Haga. Kullerstenarna gjorde att cykelns ringklocka och pakethållare skramlade så att det ekade mellan de pittoreska två- och trevåningshusen. Galleriet hade stora skyltfönster och låg i ett landshövdingehus mitt på Haga Nygata. Mellan ett café med jättestora kanelbullar och liten uteservering och ett antikvariat.

Arbetsdagen började alltid på samma sätt. Boel ställde ut en stor lerkruka utanför dörren. Röda pelargoner som hon fått av Daniel. Sedan bryggde hon en termos kaffe som skulle räcka till både henne och besökare. I och med det stora skyltfönstret mot gatan var hängningsmöjligheten i det första rummet begränsad. Men Boel såg till att utnyttja fönstret och hängde en ”indragare” i vajrar från taket.

Just nu hängde där ett abstrakt konstverk som var typiskt för yuppie-eran; några kvadrater, trianglar och cirklar i klara färger. Ingen skönhet precis, men Boel visste att retrostilen var väl så kommersiell. Tavlan hade nästan genast sålts till en japansk turist. Boel hakade ner målningen och paketerade in den i bubbelplast och papper. Sedan skrev hon köparens namn och hotellets adress på en etikett och ringde efter ett bud.

Daniel dök upp strax före lunch. Han kom emot henne och strök sina fingertoppar längs hennes kinder. Under några sekunder stannade allt upp i ett eget universum. Sedan släppte de varandra och återgick till världen.

Han hade lovat att hon skulle få testa ett av hans alster i skyltfönstret. En tavla hon älskade. De delade en mugg kaffe och hjälptes åt att skruva in öglor i ramens baksida. Sedan hängde de upp verket och gick ut för att studera resultatet från gatan.

Tavlan föreställde en man med ryggen mot betraktaren. Framför ett livligt hav. Som vore han en reslig fyr på väg ner i vattnet. De stålgrå vågsvallen såg ut att väsnas. Men Daniel hade fångat dem, stängt in ljudet i ett fruset ögonblick. Ju längre Boel studerade tavlan, desto märkligare blev tystnaden. Det var en mycket vacker tavla.

De gick in igen, justerade hängningen några centimeter innan Daniel var nöjd. Han plockade ihop verktygen, satte på sig sin kavaj och skulle just lämna galleriet då bjällran på dörrhandtaget klingade. En medelålders kvinna i rödbrunt läppstift klev in och började prata innan dörren slagit igen bakom henne.

– Finns den som hänger i skylten som litografi?

– Som litografi? frågade Boel och tittade på Daniel.

– Som litografi? upprepade han.

– Ja, jag har en liten presentbutik i Kungsbacka där jag säljer lite av varje. Det blir en hel del tavlor. Men endast litografier och inramade affischer, våra kunder brukar inte vilja betala mer än ett par tusenlappar. Jag tror att det där havet skulle gå hem.

– Jo, tavlan finns som litografi. Hur många vill du ha?

De bestämde sig för att låta göra fler litografier. Mannen vid havet och några höghus på rad. Litografierna fick hänga längst in i lokalen på vinst och förlust. Men det dröjde inte många veckor innan samtliga var slut. Boel lät beställa fler.

Hon gjorde inga stora vinster och vågade bara plocka ut en blygsam lön som precis räckte till mat och hyra. Men redan efter sommaren gick företaget runt. Galleri Lilly hade etablerat sig som en kaxig uppstickare. Ett fönster för unga förmågor. Ett bevis på att hon verkligen nådde ut var att nyutexaminerade från Konstfack och Valand hade börjat höra av sig. Samtidigt som många svenska gallerier satsade på att knyta till sig etablerade konstnärer och representera dem som agenter valde Boel att låta Galleri Lillys utställare vara oberoende.

De flesta som besökte galleriet tycktes titta in av en slump. De befann sig i Haga på helgutflykt, för att promenera, titta på fina hus och äta jättestora kanelbullar.

Folk sa att hennes tavlor hade en magnetisk dragningskraft. Speciellt Daniels verk. Då och då fastnade kunder framför hans målade världar. Daniel var ”den fräcka lokala förmågan”, som en västkusttidning kallat honom. Det gjorde mer vana handlare nyfikna. Varje dag ringde konstsamlare och bad henne reservera verk. När Daniels tavlor sålts brukade hon höra av sig hem och berätta det. Då sa han att han var världens lyckligaste som hade henne.

Det föll sig så att hon höll öppet sex dagar i veckan.

Först hade hon tänkt att galleriet skulle vara stängt lördagar, söndagar och måndagar. Men ganska snart hade kunder önskat lördagsöppet. Och då det visade sig bli veckans bästa dag testade hon att ha öppet även några timmar på söndagen. Ibland, om hon inte hade något annat för sig öppnade hon även måndagar.

Daniel jobbade hårt i sin ateljé. In på sena natten kunde

hon höra ljudet av penseln mot duken.

Han frågade om hon blev störd av hans nattarbete. Men hon tyckte bara det var rogivande att somna till.

De såg till att äta middag ihop, med tända ljus, kanske musik i stereon. Skratta. Det fanns alltid något att prata om. Kunder, vänner, andra konstnärer, musik eller bara framtiden.

Men när deras karriärer snurrade allt snabbare, sida vid sida, hände det att Boel saknade de kravlösa timmarna ute på balkongen.

Han sa att det var viktigt för honom att klara sig även utan hennes hjälp. Så hon uppmuntrade honom att ta varje tillfälle i akt att åka runt och visa upp sina tavlor.

Hans konst efterfrågades, han började få inbjudningar och stipendier. Och han reste ofta.

Stockholm och Malmö, sedan vidare till Köpenhamn. Det hade uppstått ett internationellt intresse kring Daniel, hennes Daniel.

En ljummen söndag. Daniel var hemma mellan två resor och Boel var ledig. De hade promenerat genom årets första höstlöv i Slottsskogen och vidare ut till Saltholmen. Gått hand i hand och småpratat.

Klippan de valde var brant och bjöd fin utsikt över skäret.

Hon tog av sig kängor och strumpor. Rosenröda skavsår blossade på båda hälarna. Hon hittade några plåster mellan sedlarna i plånboken. Han hjälpte henne få på plåstren och höll sedan hennes fötter mellan sina händer som om värmen hade en läkande kraft.

Han föreslog att de skulle stanna en stund, njuta av septembersolen, för att sedan ta spårvagnen hem.

Hon kände att han blivit tankspridd, för mitt i en mening kunde han försvinna iväg i egna tankar för att i nästa sekund vara alldeles närvarande igen.

Hon fick känslan av att han behövde prata, att han ville säga henne något. Kanske handlade det om bröllopet. Kanske ville han enas kring en enkel vigsel?

De åt varsin skinksmörgås och delade en flaska juice. Hon lutade sig djupare in i hans famn. Hans pumpande bröstkorg mot hennes rygg och ljudet från havet. Hon vilade i lugnet.

Han flyttade sig för att deras ansikten skulle hamna mot varandra. Försiktigt lutade han sig fram, höll sina båda händer om hennes kinder och såg henne djupt i ögonen. Hans läppar gled isär, han tänkte säga något.

Nej, tänkte hon, inte prata sönder den här fina stunden.

Hon hejdade honom med en kyss. Kanske lite trevande först. Men snart var de uppslukade i vana kyssar med tungor som inte gick vilse, med smaker och dofter som kändes bekanta.

De släppte varandra för att få luft. Hon sökte tecken i hans ansikte, fick kisa i motljuset. Hans ögon var fortfarande närvarande, vänliga och varma. De kysstes en gång till, något ytligare denna gång. Han avslutade med att låta sin mun fjäderlätt nudda hennes hals. Sedan lyfte han hennes händer och höll dem framför sig.

Boel väntade på att han skulle säga något. Nu var hon redo för samtal. Men efter att de suttit alldeles tysta i några minuter insåg hon att han hade svårt att öppna upp. Eller så hade han ändrat sig. Han försvann in i sig själv igen.

– Daniel, du vill prata. Jag känner det. Vad är det?

Han tittade på henne, först såg han förvånad ut men så fort ansiktet slappnat av nickade han. Höstens guld gjorde anletsdragen mjukare, vassa konturer suddades bort och han såg yngre ut. Hon noterade att hans ögon var sådär glimmande, som de var för sju år sedan då de blev ett par. Det halvlånga håret fladdrade i vinden och bjöd in hennes händer. Hon valde en lock i nacken och snurrade in sitt pekfinger.

– Älskling, kom ihåg att du kan berätta för mig. Vad som helst.

Han suckade, drog sig undan och vände bort blicken. Först då kände hon oron komma krypande. Något var fel och blodcirkulationen i hennes händer slutade fungera.

Han öppnade munnen.

– Det är så många som letar och letar utan att finna den, kärleken. Men jag, jag hade turen att få allt.

Det var som om han höll en skriven monolog ut mot havet. Inga farliga ord. Boel pustade ut och kände hur hennes händer åter fylldes med blod. Men något var fortfarande konstigt. Varför undvek han hennes blick?

– Jag har inte varit helt ärlig mot dig den senaste tiden, sa han.

Händerna blev iskalla igen. Hon fick in fingrarna under tröjan, försökte värma dem mot magen.

– Vad menar du?

Hon ansträngde sig för att låta mild, ville inte skrämma honom till tystnad genom att visa hur skärrad hon egentligen var.

– Jag har varit lycklig för din skull. Är stolt över dina framgångar med galleriet. Och jag är tacksam över att du lyft fram mig som konstnär. Jag vet så väl att jag inte hade varit någon utan dig.

Boel avbröt honom.

– Din begåvning och framgång är din egen förtjänst ...

Han höjde ena armen i luften i en avvärjande gest. Det var tydligt att han inte önskade bli avbruten.

– Nej Boel, där har du fel. För att man som konstnär ska lyckas behöver man någon som tror på en, någonstans att visa upp sig. Det är en ängslig bransch. Folk älskar att tycka och känna, de koketterar gärna med det. Men egentligen vågar de inte själva ta ställning. Hur begåvad en konstnär än är så kan han aldrig lyckas om det inte finns en garant. Någon som går in och intygar att det han skapar är bra. Och den någon har i mitt fall varit du.

Han tystnade och grävde fram ett cigarettpaket ur jackfickan. Med vana fingrar lirkade han fram en cigarett och satte den mellan läpparna. Han lutade sig från henne när han tände den. Hans ord hade gjort henne förvirrad, och att han nu satt och rökte gjorde allt bara värre. Han tycktes inte notera hennes förvåning.

– Men du har ju slutat med ciggen. Har inte rökt på över ett år, sa hon. Han hörde henne inte, eller så valde han bara att inte svara.

– Det jag ska säga nu skäms jag oerhört mycket över, sa han.

Hon stirrade på röken som steg ur mungipan på honom. Föreställde sig den pirrande känslan som kom just när det första nikotinet landade bland blodkärlen i lungorna. Det hade varit skönt med en egen cigarett. Inte alls gott, bara skönt att hålla något i handen och skönt att känna raspet i luftrören. Paketet låg där på klippan mellan dem och hon hade bara behövt sträcka ut handen. Men i stället satt hon helt stilla och väntade på att han skulle fortsätta.

– Du fixade allt. Löste pengarna. Startade galleri. Du ordnade till och med en karriär för mig. Samtidigt som jag tog emot din hjälp började jag tvivla på min egen förmåga. Jag började känna mig svag i ditt sällskap, samtidigt som jag beundrar din styrka och älskar dig för den.

Han tog ännu ett bloss och släppte ut ny rök innan han fortsatte.

– Det patetiska är att jag kände mig som svagast just då min karriär tog fart. Det har inte gått en enda dag under mina resor utan att jag tänkt tanken att jag fuskat. Jag har fuskat mig fram med hjälp av min blivande fru.

– Men du sa ju själv att alla framgångsrika konstnärer har någon som lyfter dem. Och i ditt fall råkade det vara din sambo.

– Jo, men jag har ändå tvivlat. Ett tag gick det så långt att jag började tvivla på oss. Eller rättare sagt på min kärlek till dig.

Han tog ett sista bloss och sprätte iväg cigaretten. Sedan tappade han hållningen. Han böjde ner huvudet och försökte dölja ansiktet i sina händer. Men Boel kunde se hur Daniels ansikte sakta förvreds. Hon kände inte igen honom, hon hade aldrig sett honom gråta så. Trots att hon ville omfamna honom, trösta honom som ett barn mot sitt bröst lät hon honom vara. Hans tårar rullade nerför kinderna tills de föll i famnen.

– Boel, jag vill inte såra dig. Men för att jag ska kunna fortsätta mitt liv måste jag vara ärlig mot dig. Jag älskar dig och hoppas att du kan förlåta mig och att vi kan fortsätta leva tillsammans.

Han tvekade lite. Var på väg att bryta ihop igen men tog ny sats.

– Jag har gjort något väldigt dumt. Och vet inte hur jag ska kunna berätta det här. Men det är viktigt att jag gör det, vi ska inte ha några hemligheter för varandra. Jag vill att allt ska vara som vanligt. Men det är det inte.

Hon kände hur hon blev alldeles kall, som om hjärtat stannade och blodet inte räckte överallt. Hon behövde röra på sig, väcka kroppen till liv. Men hon satt kvar och väntade.

– Jag träffade någon när jag var nere på Österlen. En kvinna. Vi hade en … grej. Som jag bittert ångrar.

Han vände sitt förtvivlade ansikte mot skyn. Som om han väntade sig någon sorts hjälp från ovan. Ett regn? En Guds förlåtelse? Så vände han sig mot henne. Det var en underlägsen blick. Han svalde och öppnade munnen igen.

– Jag var fåfäng i min osäkerhet och behövde uppmärksamheten. Men jag har aldrig haft mer fel i hela mitt liv.

Hans mun var kletig av gråten. Slemmiga strängar glittrade mellan tänder och tunga. Hans händer var blåaktiga, de darrade och såg ut att behöva vantar. Solen hade gömt sig bakom eftermiddagens första moln och det var kallt på klippan nu. De hade för lite kläder.

– Boel. Jag kan inte tänka mig ett liv utan dig. Jag älskar dig mest av allt på jorden. Det är dig jag behöver och jag äcklas av mig själv. Jag önskar allt det där ogjort. Jag vill att du förlåter. Mig. Jag vill ha en nystart. För oss.

Han skakade på huvudet och tystnade. Det var så mycket ord att hålla reda på. Träffade. Någon. Älskar.

Boel tittade på havet. Horisonten suddades ut. På nolltid försvann den där mystiska gränslinjen och hon kunde förstå alla förfäders skräck inför världens eventuella slut någonstans mitt i havet. Hon kände att hon skakade, att kroppens muskler börjat krampa. Magen drog ihop sig som om hon skulle kräkas, men det kom inget.

”Någon”. Vilket ord. Meningslöst och iskallt. Hur kunde ett litet ord som ”någon” ha så stor betydelse?

Hon kämpade för att hålla läpparna på plats, de fick inte skaka som på ett besviket barn. Inte alls enkelt, men det var en lagom utmaning att ta sig an medan världen kraschade.

Det hade känts bättre att gråta. Men inga tårar var på väg trots att det gjorde ont precis överallt.

Och fortfarande kände hon smaken av honom och hans varma kyssar. Han hade suttit där och hånglat med henne fast han varit otrogen.

Oscar satt alldeles tyst i soffan. Boel tänkte att han kanske lyssnade till farmor Lillys väggklocka, men så kom hon på att hon tagit ner den från väggen och att tickandet endast fanns i hennes huvud.

– Vad hände sen? viskade Oscar.

– Ja, vad hände? Det var kaos. Daniel hade varit så självklar. Och pådrivande i vår kärlek, jag trodde aldrig ... jag blev chockad. Och rasande. Daniel hade själv under våra år tillsammans kritiserat min pappa som lämnade min mamma för en annan kvinna. Otrohet är misshandel, brukade han säga. Jag skrek åt honom, men minns inte vad jag fick ur mig. Allt är blankt tills jag samma kväll packat mina väskor. Då sa jag åt honom, lugnt och stilla, att jag aldrig mer ville se honom. Jag sa att jag aldrig mer ville höra från honom.

Boel tystnade och försökte minnas i detalj vad som hände där i hallen sista gången hon såg honom.

Medan Boel packade hasade Daniel efter. Aldrig längre ifrån än någon meter. Ibland sträckte han ut sina armar efter henne, bad att hon skulle stanna, bad om förlåtelse. Men hon knuffade undan honom. Hon kunde se skräcken svälla under hans hud.

Han hade bett att få koka te, ville att de skulle sätta sig i köket och prata. Men Boel hade ingen lust att höra mer. Det var för sent och hon hade redan bestämt sig.

Det sista hon såg av honom var hur han låg på hallgolvet. Som ett litet knyte, ett skadat djur. Han grät så mycket att hans ansikte var oigenkännligt, hela tiden med blicken på henne. Men hon tvekade inte. Och hon grät inte. Hon stängde bara dörren.

Hennes syster Lina hade tagit emot henne, bäddat ner henne på en skumgummimadrass på golvet.

Boel sov dåligt och åt dåligt. Men hon gjorde vad som behövde göras i galleriet. Hon öppnade och stängde som hon skulle, och log mot besökare. Daniels tavlor var nedplockade och hon trodde först att det skulle räcka med det. Men ganska snart upptäckte hon att hon hade fått svårt för bilder. Det kunde räcka med en viss färgnyans, ett särskilt motiv eller en speciell teknik för att hon skulle få andnöd. Vad som helst som påminde om Daniel gjorde henne svag.

Hon lärde sig stänga av känslorna. Började se på tavlorna kliniskt. Det funkade ett tag. Men så kände hon hur hon blev mer och mer irriterad. Allmänt irriterad på kunder, konstnärer, förbipasserande människor. Och när hennes kunder började tjata om att hon skulle ta in Daniels konst igen insåg hon att tillvaron blivit ohållbar, arbetet hade förlorat sin mening och hon fann ingen annan utväg än att stänga galleriet.

Först fanns minnena bara i kvarteret runt deras gamla bostad. Men snart upptäckte hon att de även fanns på stråken de brukat vandra, och på gatorna kring galleriet. Efter en tid var hela Göteborg förpestat. Och när Lina bestämde sig för att plugga i Stockholm följde Boel med.

Boel tystnade. Hon hade blivit torr i munnen och gick för att hämta en kanna med vatten och två glas. När hon kom tillbaka hade Oscar ställt upp skokartongen med breven på soffbordet.

– När började breven komma? frågade han och nickade åt kartongen.

– Först skickade han sms. Han ringde också. Men jag vet inte exakt hur ofta eftersom jag sa åt Lina att aldrig berätta för mig när han hört av sig. Så budade han över förlovningstavlan, porträttet av mig som jag nu har under sängen. Breven började väl dyka upp efter någon månad.

Hon hällde upp vatten i båda glasen. Hon tog ett par klunkar och hällde upp lite mer.

– Det kanske är konstigt att jag inte läst breven. Men jag vill helt enkelt inte ha med honom att göra. Vill bara glömma allt det fina som blev förstört, sa hon och ställde ner glaset.

– Varför är det viktigt? frågade Oscar.

Hon funderade en stund.

– För att jag egentligen inte kan leva utan honom, trots att han dödade så mycket hos mig. För att jag fortfarande saknar honom. För att jag inte kan förlåta.

Oscar

Oscar tittade ner i golvet. Boel grät, men verkade inte vara medveten om det. Han gick ut i köket och hämtade hushållspappret som han ställde fram på bordet mellan dem. Men hon rörde det inte.

Han tolkade det som att hon behövde vara för sig själv. Men innan han kunde lämna henne behövde han försäkra sig om att hon verkligen läste Daniels brev.

Han lyfte av locket på skokartongen och ställde den framför henne.

– Du måste läsa breven. Kanske kommer du ångra dig annars, sa han och sökte hennes blick. Hon nickade och drog kartongen till sig. Han reste sig och gick först när hon var inne i det första brevet.

När han klev in i hallen förstod han genast att hemtjänsten varit där. Alla lampor var släckta och någon hade pliktskyldigt signerat närvarorapporten som hängde i en plastficka på hallväggen. I kylskåpet fanns en folielåda med mat. ”Gourmetkyckling i ris” stod det på kirurgtejpen på locket. Oscar värmde maten i en kastrull och undrade när gourmet blivit likvärdigt med smak- och doftlöst.

Han ringde Pethrahemmet. En av sköterskorna svarade. Nej, Gerda mådde tyvärr inte bättre. Tvärt om hade hon varit mer förvirrad än någonsin. Men oh nej, Oscar skulle inte behöva oroa sig för natten. Patienterna var alldeles trygga. Och jodå, det fanns övervakningspersonal där dygnet runt. Låste dörren gjorde de bara för patientens eget bästa.

När han lagt på luren såg han framför sig bilden av Gerda i den ödsliga mörklagda korridoren, ensam och utslagen i blöja på golvet.

Han såg sin Gerda i stället. Hon var yngre än han, något år. Hon hade alltid varit piggare och friskare. De hade planerat att fira ålderdomen tillsammans. Fira, ja, det var just så de hade sagt. De skulle äta och dricka gott. Resa och hålla kroppen i trim. Så länge *han* orkade förstås. De hade skojat om att Gerda skulle hälsa på honom på hemmet. Komma med kakor, spetsat te och böcker. Att det var hon som skulle drabbas först hade varit helt uteslutet för dem båda.

Han tittade på klockan. Halv sex, än var det för tidigt att gå och lägga sig.

Han gjorde silverte. Tänkte först skippa de stärkande dropparna. Men då han smakade på drycken var den på tok för vek och han skjutsade i några rediga stänk. Han hann just stuva undan flaskan i skåpet då han hörde röster.

– Hallå, pappa? Du har besök.

Christinas kvitter kom från hallen. Oscar svepte sitt te och gick för att hälsa.

– Jag träffade din trevlige granne i porten. Clemens, visst är det så han heter? Han håller verkligen på med ett spännande projekt, pappa. En bastu och ett bad för alla här i huset. Visst blir det underbart med ett spa!

– Beslutet är fortfarande inte taget. Alla har inte bestämt sig, mumlade Oscar.

– Ja, men det borde inte bli några problem. Clemens berättade att det inte alls behöver bli något större ingrepp i lokalen. Och en badtunna utomhus planeras också. Pappa, det låter väl mysigt! Tänk att kunna bada utomhus även på vintern. Visst är väl du med på förslaget? Tänk, då kan jag komma hit och bada när jag vill!

Oscar tittade på sin dotter. Det var något hos Christina som gjorde att han aldrig kunde säga nej. Så hade det alltid varit.

– Att bygga bastu kräver väldigt stora ingrepp i de fina golven, man måste till exempel ha golvbrunn med avloppsanslutning. Och självklart vill man kunna duscha i anslutning till bastun. Jag är tveksam.

Han råkade se Christinas sammanpressade mun och bestämde sig för att hålla tillbaka sina tvivel.

– Okej, jag får fundera på saken.

Christina nickade och gick före honom in i vardagsrummet. Hon hade blivit så fladdrig, trots att hon inte hade något att stressa upp sig för gick allt i hennes värld fort. Händerna kvicka som på en gnagare, och det där talet som smattrade ur henne så fort hon öppnat munnen. Ibland undrade han varför hon hälsade på honom. De fick egentligen ingenting sagt.

Christina stack ner fingrarna i jorden i en blomkruka som stod i fönstret. Medan hon fyllde vatten i Gerdas gamla vattenkanna berättade hon att hon mejlat och ringt Pethrahemmet flera gånger under dagen. Hon hade meddelat att hon var upprörd över nattpersonalens frånvaro i Gerdas korridor och hon hade tydligt talat om att hon önskade en förklaring från ledningen. Men hon hade inte fått något svar. Hon stannade till vid varje krukväxt och ett kluckande ljud hördes från kannans pip när vattnet strömmade. Hon betonade att det antagligen var en tillfällighet att personalen låst in Gerda och de andra. För så kunde de väl ändå inte göra varje natt? I så fall skulle ju fler reagera, det hade självklart blivit folkstorm!

Oscar hummade åt sin dotters resonemang, men den obehagliga känslan i kroppen ville inte ge vika.

Det var morgon och han hade just stoppat in tandprotesen då det knackade på dörren. Först tog han henne för ett barn. Hon såg ut som en liten flicka. Hennes ögonlock var blålila och det blonda håret låg slickat mot kinderna.

– Vad ska jag göra? frågade hon lamt.

– Kom, sa Oscar och visade henne in i vardagsrummet. Boel föll ihop i en fåtölj.

– Får jag bjuda på något? Frukost?

Hon skakade på huvudet.

– Vad i helvete ska jag göra?

Hennes röst seglade rakt ut i luften. Ögonen var uppspärrade men såg inte ut att se.

Oscar sträckte sig efter en apelsin ur fruktskålen som hemtjänsten envisades med att fylla på vid varje besök. Han tryckte in tumnageln i skalet och drog in den stickande citrusdoften.

Stackars liten. Han hade förstått hur isolerad hon var. Hon tog aldrig emot besök. Gick hon ut var hon endast borta korta stunder för att återvända med kassar från närköpet.

Själv hade han haft så mycket glädje vid den åldern. Fru och två barn. En massa vänner och kollegor. Ja allt! Utom möjligen insikten att han var mitt uppe i den, den förgängliga lyckan.

Oscar reste sig och hämtade Daniels kontaktuppgifter som han rivit loss och sparat från ett av breven. Ett telefonnummer, en postadress och en besöksadress. Han snyggade till kanterna på lappen och lade den i Boels hand. Sedan tog han fram ett kuvert med presentkort till tågbiljett som han hämtat upp efter att han besökt Pethrahemmet.

– Ska du sitta här och bara låta livet passera? Jag har varit med tillräckligt länge för att veta när det blivit dags att ta itu med sina bekymmer. Du kan inte gömma dig från honom längre. Boel, du måste åka dit, sa han och gav henne kuvertet.

Hon såg på honom som om hon inte begrep. Han lutade sig fram och sökte hennes blick.

– Det är en biljett, allt du behöver göra är att reservera sittplats. Som jag förstår det har Daniel inte all tid i världen. Det är bråttom, Boel!

Han rev loss det sista skalet från apelsinen innan han delade den och räckte över ena halvan till henne.

Hon stoppade en klyfta i munnen och tuggade långsamt. Sedan nickade hon och reste sig. Hon lämnade lägenheten utan att stänga dörren efter sig.

Han stod vid sovrumsfönstret och inväntade skymningen. Passade på att gymnastisera, små tåhävningar ner i den mjuka mattan. Nadja från fotvården hade varit där och hyvlat bort halva hälen. Tånaglarna kapade hon med en liten elektrisk såg. Gula skivor som påminde om torkad ost hade hamnat i en hög på golvet. Han hade skämts då Nadja samlat ihop skräpet. Fötterna kändes främmande. Inte bekväma, mer som nya skor man bör gå in.

Snön var helt borta. Ett grått filter hade landat över kvarteret och det hade blivit betydligt kallare. Folk gick med sänkta huvuden och höjda axlar för att skydda sig mot snålblåsten. Men det fanns ljusglimtar för den som tittade upp. Varje dag glimmade nya adventsstjärnor i fönstren. Staden gjorde sig redo att ta emot julen. Han hade också bidragit, ställt fram ljusstaken som varit med i säkert trettio år. Två lampor hade slocknat, det brukade vara Gerda som höll ordning på julpyntet.

Han kunde sin omgivning, kände alla husens fönster och hade antagligen kunnat måla en exakt avbild av utsikten från sovrummet. En helikopter kom flygande över hustaken med en enorm gran som sänktes ner i Gamla stan. Julgranar stora som höghus skulle finnas på varje litet torg trots att det ännu inte hunnit bli första advent.

Boel hade inte pyntat. Oscar förstod att hon hade annat att tänka på. Han kände sig nöjd med att han lyckats få henne att åka och hälsa på Daniel. Vissa saker måste helt enkelt redas ut och ibland behöver man en liten knuff. Oscar lät fingertopparna snudda vid fönsterglaset och kände hur kroppen fylldes med ny energi. Även han hade saker att uträtta.

När gatlyktorna tänts ute på gården började han packa. Först letade han fram en gammal koffert som han lade med öppet lock på sängen. Men ganska snart insåg han att den var onödigt stor och skulle väcka oönskad uppmärksamhet. Det skulle faktiskt räcka alldeles utmärkt med en helt vanlig plastkasse.

Det var inte alls mycket han behövde ha med sig. Den speciella tandkrämen som var anpassad till proteser. Morgontidningen som han ännu inte hunnit öppna. Läsglasögon, kam och en stickad kofta. Sist hämtade han en flaska ur skåpet, i fall han skulle vilja ta sig en skvätt.

Klockan sex gick han uppför rampen till Pethrahemmet. Besökstiden var sedan länge över och det var skiftbyte. De sista ur dagpersonalen vandrade mot busshållplatsen och nattpersonalen kom. Det fanns kvällspersonal också, de hade ungefär två timmar kvar på passet.

Oscar ville inte riskera att behöva svara på frågor i en delad hiss och valde därför trapporna till Gerdas korridor trots att knäna protesterade.

Han struntade i den automatiska dörröppnaren som han i vanliga fall använde. I stället öppnade och stängde han den tunga glasdörren försiktigt för hand. Han nickade för sig själv, ingen hade sett honom. Med små steg började han gå längs väggen där korridoren var som mörkast.

Gerda satt lite för sig själv med hemmets filt om benen. Hon tittade på ett underhållningsprogram på tv. Någon hade stängt av ljudet trots att det var ett musikprogram. Han ville så gärna gå fram och ta med sin fru därifrån, rädda henne från den tysta musiken. Men i stället passerade han rummet så försiktigt han kunde och fortsatte bort till slutet av korridoren. Han öppnade dörren till städskrubben, ett lysrör i taket tändes automatiskt. Bland skurhinkar, golvmoppar och balar av toalettpapper fanns en stol.

Mitt i natten. Poliserna hade suttit med honom utanför tältet. Först för att ställa fler frågor, sedan för att trösta. Någon hade kommit med varmt kaffe i en termosmugg. Drycken brände på tungan men smakade absolut ingenting. Runt omkring honom rörde sig människor fram och tillbaka och han hörde röster utan att uppfatta några ord.

Kroppen hade varit enkel att identifiera. Hans kläder, hans hår och hans ansikte hade varit detsamma. Att han var död gick inte att se, han kunde lika gärna ha sovit.

Tiden gick, dock för sakta. Människor, ansikten, poliser runt omkring. Ständigt var de på honom, sa saker, rörde vid honom. Han var säker på att han svarade dem, han hörde sin egen röst. I övrigt var det spöklikt tyst. Helt logiskt, det som inträffat kunde bara vara en parentes. Ingenting var verkligt. Inte ens fukten från marken som trängt sig igenom hans byxor. Beviset för att det inte kunde vara på riktigt var att han inte frös, detta trots att händerna var bortom all kyla han tidigare känt.

Men pojken borde vakna ur sin sömn nu. Upp med dig, dags att gå hem!

Död. Ett ord som vägrade lämna honom.

Död, död. Aldrig mer.

Efter många timmar hade poliserna hunnit förhöra alla tänkbara vittnen. Ingen, inte en enda hade lagt märke till att pojken lämnat området.

Polisen vågade konstatera att en olycka bragt pojken om

livet, han hade förmodligen gått iväg för att uträtta sina behov i skogen. Han hade antagligen gått lite längre än han först tänkt för att få vara ifred. Så hade han gått vilse, blivit stressad av mörkret och börjat springa. I mörkret hade han fallit ner i ravinen och slagit huvudet i en vass sten. Många olyckliga omständigheter hade samverkat. Men för säkerhets skull skulle dödsfallet utredas en gång till, men troligen med samma resultat. Ville han förresten ha skjuts av polisen hem?

Hem?

Hur skulle han kunna åka hem till familjen utan sin pojke?

Boel

Träden rusade förbi utanför fönstret. Bondgårdar med vintertömda kohagar. Sjöar, kullar och öde lekplatser. Små glömda samhällen avlöste varandra som i ett pärlband.

Hon hade fått fönsterplats och satt och tittade ut när konduktören kom för att kontrollera biljetten.

Hon böjde sig mot golvet och plockade fram den väska hon hade fått med sig, vad hon packat i den hade hon ingen aning om. På vägen hemifrån hade hon ryckt upp lite kläder ur en flyttkartong, hon var inte ens säker på om det var sommar- eller vinterplagg.

När Oscar kommit med biljetten hade hon inte haft något att sätta emot. Ett besök hos Daniel var nödvändigt, för att reda ut allt.

Hon tänkte på hur det skulle bli att möta honom. Om hon skulle börja gråta. Eller skälla. Eller kanske sjunka djupt ner i en bottenlös avgrund.

Det hade gått mer än ett år, men de där ödesdigra orden på klippan hade konserverats. Han hade tagit precis allt ifrån henne. Hem, vänner, galleriet. Tilliten och självförtroendet. Hennes skratt var försvunnet och hon hade tappat sin framtid. Men framför allt hade hon förlorat honom, sin del av honom. Det var Daniel hon saknade, men endast den Daniel hon känt innan han hävde ur sig de där orden.

Vad hade han skrivit i breven egentligen? Att han var sjuk, väldigt sjuk i cancer. Och döende? Första gången hon läste det hade hon intalat sig att hon inte brydde sig. Hon hade ändå tänkt på honom som död.

Men så hade hon läst igen och tänkt på den gamla Daniel, den enda människa som fått henne att tycka om sig själv. Den man hon älskat och fortfarande saknade.

Det dundrade när ett mötande tåg passerade på spåret intill. Boel blev förvånad då hon såg sin egen spegelbild i fönstret. Tillbaka till Göteborg, var det verkligen så?

Oscar hade i alla fall lovat att ringa Daniels hospice och meddela hennes ankomst.

Hon fällde bak sätet, lutade sig tillbaka. Det var nog som Oscar sagt. Att träffa Daniel var hennes enda chans att komma vidare.

Det regnade och blåste kraftigt från hamnen. Rullväskans hjul slamrade rytmiskt över kullerstenarna, i tretakt. Hon skyndade den korta vägen mot taxin. Chauffören knappade in adressen på sin GPS. Bilen tog höger från Nils Ericsonplatsen och ut på leden förbi Nordstan, Göteborgsoperan och kasinot. De svängde upp vid Järntorget och närmade sig hennes gamla kvarter. Kiosken som serverade pannkakor med choklad och banan fanns kvar, den gamla trävillan likaså, men pizzerian hade blivit wok-restaurang.

De fastnade vid ett rödljus alldeles framför hennes och Daniels gamla hus. Hon lutade sig mot rutan för att spana efter balkongen fast hon mycket väl visste att den inte gick att se från gatan.

– Vallmolundens hospice sa du. Hospice, är inte det livets slutstation för dem med otur? sa taxichauffören just som det slog över till grönt. Det lät förfärligt. Fast hem för döende lät inte mindre hemskt. Inte heller palliativ vård.

Boel visste inte om chauffören förväntade sig ett svar. Hon valde i alla fall att hålla tyst.

Bilen rullade längs Slottsskogen och därefter genom ett industriområde. De passerade ett par rondeller, ut på en mindre väg och in i ett villaområde. Hon hade tappat orienteringen men hörde grus under däcken strax innan taxin bromsade in. Hon satt kvar i baksätet och stirrade ut genom rutan. Lugn på utsidan medan insidan bankade och levde om. Hon såg en byggnad utan att ta in den.

Taxichauffören skruvade på sig och frågade om de kommit rätt. Hon nickade och betalade med kreditkortet utan att titta på slutsumman. Medan chauffören gick runt bilen för att öppna hennes dörr drog hon jackans kapuschong över huvudet.

Så fort hon hoppat ur taxin och fått sin väska öppnades Vallmolundens ytterdörr. En kvinnogestalt i mörkblå jeans och ljusblå jeansskjorta stack ut huvudet och frågade om hon skulle komma med ett paraply. Boel tackade nej och skyndade sig in. Jeanskvinnan hade varma händer och presenterade sig som Anna-Carin, föreståndare.

– Välkommen hit. Daniel sover just nu, men han vaknar säkert snart. Han kommer att bli mycket glad över att se dig. Jag har förstått att ni står varandra riktigt nära.

Anna-Carin log.

Vi stod varandra nära ja. Inte längre, ville Boel säga, men lyckades inte öppna munnen.

Anna-Carin pratade på, om Vallmolundens speciella rutiner, om att hennes främsta uppgift som sköterska var att se till att de som bodde där fick ett så smärtfritt och värdigt slut som möjligt. Hon visade en flaska med handsprit i en ställning på väggen. Den kalla spriten skulle gnuggas in i händerna och på underarmarna, ja, ända upp till armbågen.

Boel gick som i ett töcken, med Anna-Carins blå jeansskjorta alldeles framför sig.

– Vi eldar nästan varje kväll så här års. Det brukar vara uppskattat att efter middagen sitta och titta på brasan. Ja, för dem som orkar. Jag kanske ska börja med att visa dig ditt rum?

De hade stannat i en korridor.

– Mitt rum?

– Ja, för du bor väl över? Det är jag säker på att Daniel vill. Du som kommer ända från Stockholm ska inte behöva betala dyra pengar för hotell. Vi har väldigt trevliga gästrum. Inte med egen toalett, men det finns alldeles utanför.

Boel hade inte tänkt att bo över. Att ta in på hotell eller åka tillbaka till Stockholm samma kväll kändes spontant som ett bättre alternativ. Anna-Carin hade redan tagit hennes rullväska och börjat gå mot gästrummet. Boel följde efter och fick veta att hon var varmt välkommen ut till matsalen där det serverades fika med äppelpaj. Hon valde att vänta ensam inne i gästrummet.

Nervositeten kröp som insekter genom kroppen. Men snart skulle väntan vara över.

Anna-Carin visade vägen till Daniels rum. I hallen passerade de en ung kvinna med elegant frisyr, slang i näsan och syrgas på en ställning. Boel nickade en hälsning och fyllde instinktivt sina lungor med luft.

– Du kommer helt klart att märka att han är mycket sjuk. Sista dörren till vänster är hans. Du behöver inte knacka, han vet ju att du kommer.

Anna-Carin log vänligt innan hon vände om. Boel saktade ner på stegen, ville försvinna samtidigt som hon önskade att redan vara framme.

Hon knackade försiktigt på dörren och väntade några sekunder innan hon öppnade.

Oscar

Första timmarna i städskrubben gick ganska fort. Oscar läste morgontidningens alla delar samtidigt som han försökte lyssna till ljuden i korridoren utanför. Kvällspersonalen hade hjälpt till med nattbestyren innan de gick av sina pass. Klockan var bara lite efter sju när de första började göras i ordning. Skrubben låg vägg i vägg med ett av badrummen. Han hade hört tydligt hur personalen såg till att de äldre uträttade sina behov, fick på sig blöjor och borstade tänderna.

– Ska du inte passa på att pinka lite till när du ändå har chansen? Jo, nu gör du som vi säger. Pinka! Annars får du ligga i nerkissad blöja. Vi har ingen tid att springa och serva dig hela kvällen. Pinka nurå!

Innan klockan åtta hade samtliga patienter kommit i sina pyjamasar och lagts i sina sängar för natten. Han hörde hur kvällspersonalen gick hem. Oscar öppnade försiktigt dörren till skrubben. Bara en liten springa ur vilken han hade fri sikt över hela korridoren. En kvinna, förmodligen nattpersonal, gick från rum till rum och tittade till gamlingarna. Hon stannade några sekunder i dörren innan hon släckte i taket. Några protesterade.

– Nej, Anton. Ingen radio så här sent. Nu är det natt och då ska du ju sova.

Sköterskans röst var bestämd, som en skolfrökens.

– Vi har ju redan gett dig din medicin, Doris, har du redan glömt det?

I Gerdas rum var det tyst, sköterskan stack snabbt in

huvudet och släckte lampan innan hon stängde dörren.

Klockan kvart över nio hämtade hon sin axelväska, plockade fram en stor nyckelknippa på ett snöre som hon hängde om halsen. Sedan gick hon ut genom den tunga glasdörren. Oscar hörde nycklarna vrida om låset och såg genom glaset hur sköterskan försvann uppför trappan.

Först tänkte han att hon kanske skulle komma tillbaka eller att någon annan skulle komma i hennes ställe. Men efter att ha stirrat mot dörren i nästan tjugo minuter insåg han att det inte skulle komma någon. De var lämnade ensamma.

Några svaga lampor längs korridorens golv visade vägen, annars var det mörkt. Först gick han med försiktiga steg, ängslig över att bli påkommen. Men ganska snart vandrade han obekymrat runt med sin käpp. Pentryt och samlingsrummet var städat och lysrören släckta. Ljuset kom från gatlyktorna utomhus. Patienternas rullstolar och rollatorer stod i en rad vid kapprummet. Det var alldeles tyst, inga väggar eller parkettgolv som knäppte, inga avlägsna röster, inget trafikbuller från gatan.

Oscar gick fram till glasdörren. Pressade ner handtaget. Genast stod det klart; dörren kunde endast öppnas med nyckel från utsidan. De var alltså inlåsta! Oscar kände först för att trycka in närmsta larmknapp, men kom på att han var där för att få veta sanningen och då krävdes det att han fick hela bilden av en vanlig natt.

Han gick bort till tv-rummet och satte sig i en nött soffa. Den röda lilla lampan på on/off-knappen på teven stirrade på honom som vore den ett ont öga. Han väntade, men visste inte riktigt på vad. Det stack i ögonen och han blundade en kort stund.

Han kände genast igen Gerdas lena händer. Hon smekte alltid sin tumme fram och tillbaka på översidan av hans fingrar. De var hemma i byn. Gerda, Christina och han satt i köket. Christina sjöng någon visa och Gerda höll takten med naglarna mot bordet. De åt jordgubbar med socker och mjölk. Fanns ingenting skrämmande i närheten. Men Oscar kände sig nervös. Halv. Han satt med ryggen mot dörren och oroskänslan tvingade honom att vända sig om stup i ett. Han ville inte äta sina jordgubbar så länge han kände sig halv. Så kom John äntligen in från hallen, rosig om kinderna och glad. Oscar reste sig kvickt, kroppen var ung och pigg och han sprang mot sin son. Men just som han skulle rufsa pojken i håret blev han avbruten. Ett obekant ljud hade tagit sig in i köket. Ett oljud. En främmande röst som ropat något. Han tittade förvånat på John, sedan på Christina och Gerda. Gerda nickade bekräftande, hon hade också hört. Så kom ljudet igen.

– Ajajajaj.

En barnslig och plågad röst. Någon hade ont. John? När Oscar sträckte ut armarna för att trösta var pojken försvunnen. Med ens lämnade alla krafter kroppen och Oscar tappade balansen.

Huvudet föll bakåt mot soffans mjuka rygg, hjärtat rusade. Han kliade sig i pannan och ögonen, det tog några sekunder innan han uppfattade den lilla röda lampan på teven och mindes var han var. Den plågade rösten hördes igen. Tydligare den här gången.

– Ajaj. Kan ingen komma och hjälpa mig?

Nu hörde han att det var en kvinna som jämrade sig. Han greppade käppen, reste sig upp i mörkret och följde efter ljudet.

Det kom från ett av rummen närmast Gerdas. Oscar knackade och gick in. När han tänt i taket såg han att Vera som var nästan hundra år satt upp klarvaken i sin säng. Hon hade en plågad min men blev tyst så fort hon fått sällskap.

– Vera, hur är det fatt? frågade Oscar.

– Jag kommer inte ur sängen för de där grindarna.

Sängen hade uppfällda järngrindar på båda sidor, inte helt olika spjälorna på en babysäng.

– Vad är det du behöver? frågade han.

– Någon måste tända Betlehemsstjärnan, vi går ju mot första advent, sa hon och pekade mot fönstret.

Bakom en fördragen bomullsgardin fanns både en adventsstjärna och en adventsljusstake. Båda släckta. Oscar drog undan tyget och tände stjärnan. Ett rött varmt ljus fyllde rummet.

– Det är så ohyggligt att ligga här inne i mörkret och ha ont.

– Var har du ont?

– I alla leder du kan tänka dig. Och det blir bara värre av att ligga still i sängen.

– Vill du komma upp en stund?

Vera fick på sig en morgonrock. Oscar tog stöd mot käppen medan han hjälpte henne stiga i ett par knälånga raggsockor. Vera höll honom krampaktigt i den lediga armen medan de sakta gick armkrok ut till pentryt.

Oscar värmde vatten i en kastrull på spisen och fick leta en stund innan han hittade tepåsar i ett av skåpen. De satte sig i matsalen.

– Hur känns det nu? frågade han.

– Bättre, men det är som om det kryper i alla leder, sa Vera och vred sina händer.

– Jag tror jag förstår hur det känns. Vänta här en stund, sa han och gick för att hämta sin plastkasse som låg kvar i städskrubben. Han skyndade tillbaka, slog sig ner intill Vera och lyfte fram sin flaska ur kassen.

– Du ska få några stärkande droppar i ditt te. Det brukar göra susen.

Han stänkte först i Veras kopp och hann skjutsa i lite åt sig själv innan tystnaden bröts igen. Den här gången var det ett larm. Det lät inte alls högt, betydligt lägre än hans mobiltelefon. Men Oscar hoppade ändå till. Vad betydde detta? Ett larm i natten skulle väl locka fram den osynliga nattpersonalen på nolltid. En orange lampa blinkade ovanför en av dörrarna. Oscar tvekade i några sekunder innan han tog upp sin mugg, flaska och plastkasse och började gå mot städskrubben. Först funderade han på att ta med sig Vera, han ville ju inte att hon skulle behöva sitta där i mörkret alldeles ensam. Men så insåg han att personalen skulle ta hand om henne så fort de kom och att det var bäst för honom att ensam skynda till sitt gömställe. Innan han lämnade allrummet tände han alla ljusen i en adventsstake på bordet framför Vera.

– Sitt kvar och drick upp ditt te du, så kommer det nog någon snart.

Han stängde inte dörren till skrubben utan stod kvar i glipan och tittade mot glasdörren. Nattpersonalen borde anlända vilken sekund som helst. Han väntade. Tittade på klockan och väntade lite till. Larmlampan blinkade som en sekundvisare i korridoren, men ingen kom. Så slocknade lampan. Korridoren blev alldeles tyst. Oscar skyndade sig för att kontrollera larmet. Han öppnade dörren in till Anton och möttes av en förfärlig stank. Endast avföring kunde sticka så i näsan. Oscar tryckte ner en kväljning och gick in. Anton stod upp vid sin byrå.

– Varför ska det alltid ta en sådan satans tid innan ni kommer? fräste han.

– Hej, Anton. Det är Oscar som är här, Gerdas man.

Anton tittade först förvånat på honom. Sedan med avsmak.

– Jaså, ser ni inte att jag behöver min rollator för i helvete?

– Var hittar jag den då?

Då Oscar inte fick något svar gick han ut till kapprummet. Alla rullstolar och rollatorer hade namnlappar.

Han lade sin käpp tvärs över rollatorns korg och gick tillbaka in till Anton. Anton hade klätt av sig. Alldeles naken stod han med nedsänkt huvud och huttrade. Hela den skrynkliga gamla kroppen skakade. Pyjamasen låg i en hög på golvet med blöjan överst. Stanken var nästan outhärdlig. Oscar såg att skiten smetats ut i långa spår längs båda låren, vaderna och ända ner till fotknölarna. Antons bröstkorg hävde sig oregelbundet, andningen blev till ljudliga suckar. Grät han?

– Vad säger du? Ska vi ta in dig i duschen?

Oscar gjorde allt för att låta oberörd. Men Anton såg ändå förlägen ut när han nickade och tog tag i rollatorns handtag och följde med ut till duschrummet. Oscar vred på riktigt varmt vatten i hård stråle och placerade Anton på pallen som stod ovanför golvbrunnen. Han riktade munstycket så att vattnet träffade kroppen.

– Kommer snart, sa han och innan han gick såg han hur Anton vände ansiktet upp mot vattnet.

Oscar gick ut till Vera som hade flyttat sig från matsalsbordet till en fåtölj. Hon log när han kom in.

– Det är så vackert med levande ljus, sa hon och nickade mot ljusen som nu brunnit halvvägs.

– Tror du förresten att man skulle kunna få lite mer av det där teet?

Oscar satte på en stor kastrull och gick därefter tillbaka till duschrummet. I ett skåp hittade han rena handdukar och några personalrockar. Antons kropp var alldeles rosa av varmvattnet och han såg ut att vara på betydligt bättre humör. Oscar stängde av kranen och räckte honom en handduk och en rock.

– Kom ut till matsalen när du är klar, sa han.

Klockan var kvart över elva. Nu var de tre som satt och drack Oscars specialte. Anton, Vera och Oscar.

Larmet gick igång igen. Oscar reste sig meddetsamma och ursäktade sig inför sitt sällskap innan han gick mot den blinkande lampan.

En ynklig liten man som Oscar inte kunde namnet på låg på sidan i sin säng med ryggen mot honom.

– Jag måste vända mig, kved mannen.

– Jag hjälper dig.

När Oscar vänt på honom passade han på att lufta täcket. Då fick han syn på ett stort sår från ena höften och upp längs ryggen. Såret var rosa och såg ut ungefär som en öppnad vattenblåsa. Oscar kunde inte särskilt mycket om kroppsliga blemmor, men visst var väl det där ett typiskt liggsår?

– Vad heter du? frågade Oscar.

– Jag heter Hans-Olov Olsson, sa den lilla mannen med en pipig pojkröst.

Det tog lite tid. Hade Oscars leder inte protesterat så fasligt hade det inte varit särskilt svårt att få upp Hans-Olov ur sängen, han vägde inte mer än en tioåring. Men Oscar fick sätta sig bredvid honom och baxa upp kroppen. Sedan välte han försiktigt ner Hans-Olov i rullstolen och när han väl satt på plats var det lika enkelt som att skjuta en fjäder genom korridoren.

Oscar serverade Hans-Olof lite utav sin alldeles speciella dryck och passade även på att slå upp en kopp till sig själv. Klockan var nästan tolv när han gick för att se till Gerda.

Han smög upp dörren till Gerda bara för att upptäcka att hon var vaken.

– Oscar! sa hon så fort hon fick syn på honom, utan att låta det minsta förvånad. Hon hade tänt sänglampan, gått upp och satt sig i sin fåtölj. Hemmets gula filt över benen.

– Älskling. Sover inte du? frågade han.

– Nej, det är ett sådant oväsen här på nätterna. Det har jag ju sagt.

– Ja, det har du ju sagt.

– Har du med dig Stina? frågade hon.

– Nej. Christina är hemma hos sig. Jag antar att hon sover.

– Bra. Hon ska inte vara ute på nätterna. John då?

– Nej, John är inte heller här, svarade Oscar och gick fram till henne.

Gerda nickade som om hon redan vetat svaret.

– Vill du ha lite te? Silverte?

Han svepte filten om hennes axlar och tog henne under armen.

Ute i matsalen hade Hans-Olov börjat sjunga dryckesvisor. Den svaga rösten var borta och ett brummande ljud pressades fram ur den klena kroppen. Lille Hans-Olov ruvade på en basröst utöver det vanliga.

Hur ska ja må
på ålderns höst
When I'm ninetyfour
Kommer nån sända
hemhjälpen hit
Som skurar, diskar och
torkar min skit

Får man bli vresig?
Får man bli ilsk?
Kanske lite pilsk?
Får man ta helan
och kanske ett rus?
I ett servicehus.

Ja, hur skall den bli?
Min ålderdoms höst.
When I'm ninetyfour.

Vera skrattade högt och applåderade. De andra följde efter. Hans-Olov nickade högtidligt åt den lilla publiken och inledde genast en ny snapsvisa, om vad livet vore utan nubbar och kvinnobröst. Nu hade även Doris och Edvind anslutit sig till sällskapet.

Oscar sneglade på Gerda, hon log. Ett skörare men lika vackert leende som då hon var ung. De satt intill varandra vid bordets kortända och drack silverte som om inget hänt de senaste årtiondena. Oscar tog hennes hand, mjuk och kall med tunt skinn som ett täcke över knöliga blodådror. Gerda tittade aningen förvirrat på honom då han smekte handens ovansida med tummen, men hon lät den vara.

Flaskan vandrade runt bordet tills den var slut. I sken av stearinljus och adventsstjärnan i fönstret satt de tillsammans och lyssnade till Hans-Olovs basröst till långt in på natten.

När morgonen kommit, och dagpersonalen med den, tog Oscar sin tomma flaska och smet obemärkt ut. Han anade att sköterskorna skulle höja ett och annat ögonbryn då de fann Anton sovande iklädd personalrock i allrummets soffa, eller då de såg Hans-Olov sitta i sin rullstol dubbelvikt över matsalsbordet.

– Du gjorde vad då sa du? bokstaverade Christina.

– Jag stannade kvar på mammas avdelning över natten. Christina, de håller mamma och de andra inlåsta utan någon personal som ser efter dem. Hela natten! Det kom inte ens någon då larmet gick. Är inte det förfärligt? Dessutom får de liggsår och dålig mat. Och ingen tycks ha tid eller vilja hjälpa till med hygienen. Allt är förfärligt på mammas avdelning.

– Pappa, är detta verkligen sant?

– Ja, tyvärr.

Polisbilen hade kört snabbt. Gruset studsade som pistolskott från däcken ner i diket. När de rullade in i byn bad de honom visa vägen fram till huset. Han stirrade ut genom fönstret och sa till när de skulle svänga. För honom hade de gärna fått sakta ner farten. Han visste inte vad han skulle säga till sin hustru.

Han tyckte sig se grannarna stå och titta bakom gardinerna. "Kom och se. Nu är bannemej polisen här." De frågade sig säkert vad som hänt, poliser hade inget i byn att göra. Poliser hörde hemma i storstan.

Hans hustru skymtade bakom krukväxterna i köksfönstret. Han undrade vad hon tänkte, hon var noga med att alltid göra rätt för sig.

Flickan hade skyndat sig ut på bron för att bättre kunna se sin allra första polisbil. Hon vinkade glatt och hoppade jämfota när de bromsade in alldeles framför huset.

– Ska vi följa med in eller vill du ta det själv?

– Jag måste göra det ensam.

– Då väntar vi här. Vi kommer in efter en stund, det brukar vara bra att vi är med och svarar på frågor.

Så var han ensam. Flickan blev glad att se honom och tycktes imponerad över att hennes pappa fått åka polisbil. Hon kom springande och kastade sig om hans hals. Han gav henne en hastig omfamning och bad henne gå upp till sitt rum.

Hon tittade på honom med besvikna ögon. Redan då

nedslagen, fast hon ännu inte kände till hans verkliga svek.

Hans hustru stod i hallen. Med en nydiskad järnkastrull och en kökshandduk i händerna. Hon såg rädd ut men väntade tills flickan försvunnit uppför trappan innan hon öppnade munnen.

– Vad är det? Har det hänt något?

Hennes röst var sammanbiten. Han stirrade på kastrullen och hennes händer. Hur skulle han börja? Han svalde och kände att strupen blivit torr och tungan alldeles för stor för munnen.

– Varför kommer du ensam?

– Han är borta. Vår son är borta!

Hans röst skar sig och han förstod att han varit otydlig, men å andra sidan hade han varit exakt så tydlig han just då förmådde. Att få ur sig de korta meningarna var det svåraste han gjort i hela sitt liv. Han lade sin ena hand mot sin hustrus axel. Det svartnade för ögonen. Han behövde hennes tröstande famn men visste att det nu var upp till honom att trösta.

– Vad menar du med borta?

Han tittade rakt ner i golvet och skakade på huvudet.

– Då får vi ju ge oss ut och leta!

Hon lät både förvånad, panikslagen och arg på samma gång.

– Jag gjorde det. Tro mig, jag letade efter honom så fort han försvunnit. Men det var polisen som till slut fann honom. Vår son finns inte mer. Han råkade ut för en olycka i skogen. Han är död.

Så. Där var det sagt. Han hade kommit med helvetet på jorden. Kanske borde han formulera en ursäkt, ett förlåt för att han varit en usel far. Han stapplade runt tills han hamnade intill en stol och sjönk ner på den. Men stolen var inte tillräckligt låg och han hasade ner på golvet. Ovanför honom hörde han ett vrål. Det lät som ett utdraget ”nej” men han var inte säker. Han visste inte ens om det var hans hustru som lät, hennes röst hade på ett ögonblick blivit avgrundsdjup och oigenkännlig.

Kastrullen föll i golvet och landade nära hans huvud. Han önskade att han fått den i tinningen.

Ögonblicket senare klev poliserna in. De förde hans hustru in i vardagsrummet. Han hörde hennes snyftningar blandas med polisernas lugna röster. Varför, hur och varför igen från henne. Poliserna upprepade "olycka". Det var en olycka. Olyckliga omständigheter. En tragisk olycka.

Han låg på golvet i säkert en halvtimme innan han kom att tänka på flickan. Trots att benen knappt bar honom tog han sig upp till övervåningen. Just ovanför trappan såg han ett par skrämda ögon stirra mot honom. Flickan hade aldrig stängt dörren till sitt rum. Hon hade hört vad som hänt hennes storebror. Hon satt hopkrupen mot väggen med tre nallebjörnar i famnen. Två var hennes egna, den tredje nallen tillhörde hennes bror.

– Han vill väl ha med sig nallen till himlen?

Boel

Spotlights, några vägglampor och ett stort fönster gjorde rummet ljust. De vita väggarna hade nästan osynliga blå och ojämna ränder, som rinnande vatten från tak till golv. Luften var frisk, utomhusaktig. Han måste nyss ha vädrat.

Hon hade med sig en påse lussebullar som hon köpt på ett café på T-centralen. Hon kände hur näven höll i påsen alldeles för hårt, knogarna vitnade. Men hon orkade inte lägga kraft på att försöka slappna av. Först några steg genom en kort korridor med kapphängare och dörr till badrummet. Sedan såg hon honom.

Han satt upp i sängen med benen uppdragna. Håret var kort och stod som en ryamatta åt alla håll. Borta var lockarna i nacken och han hade blivit smalare. Det låg en glansig hinna över ögonen, som av feber. Kinderna hade oregelbundna rodnader, som av eksem.

Leendet var detsamma.

De tittade på varandra en stund, som om de båda behövde begripa att de verkligen befann sig i samma rum.

Han sa hej. Ett avväpnande ord, lätt och lekfullt. Borde hon gå fram och omfamna honom? Nej, det skulle kännas fel. Hon nöjde sig med att nicka och gick sedan och satte sig på en stol vid fönstret.

– Det var värst vad det var svårt att få tag i dig, sa han och skrattade till. Det var ett luftigt skratt. Ett skratt man endast delar med någon man känner väl. Boel svalde sin irritation.

– Det är fint här, sa hon fast hon knappt uppfattat hur Vallmolunden såg ut.

– Ja, mycket bättre än det var på sjukhuset. Omgivningarna är vackra och man har möjlighet att komma ut. Hade det inte varit för allt knark de stoppar i en hade man kunnat tro att man befann sig på ett spa.

Han släppte ut det där skrattet igen.

– Hur mår du? frågade Boel.

– Jag mår som jag förtjänar …

Hans svar blev hängande i luften. Boel stirrade in i väggen mitt emot sängen. En grupp tavlor hängde så att Daniel skulle kunna se dem från sängen. Tolv stycken. Hon kände igen ungefär hälften.

– Ser att du fortfarande håller på, sa hon och pekade med lussebullspåsen mot målningarna.

– Nä, har faktiskt lagt av. Jag orkar inte längre. Tyvärr. Men jag målar här uppe, sa han och knackade med fingrarna på huvudet. Boel visste inte vad hon skulle säga.

– Vad säger du, Boel, ska jag visa dig runt? Det är en stor kåk jag bor i.

Skrattet igen. Nu kände Boel att hon inte kunde låtsas mer. Trodde Daniel att hon kommit dit för att småputtra och ha kul? Trodde han att det bara var att trycka på PLAY för att deras relation skulle vara tillbaka där den var innan han förstörde den?

– Jag trodde att du hade viktiga saker att säga mig. Jätteviktiga saker, det är därför jag åkt över femtio mil.

Daniel skrattade till igen, men lite förvånat den här gången.

– Jo, det har jag också. Men jag tänkte att du ville landa lite först. Jag trodde …

– Vad trodde du?

– Jag trodde att vi skulle ha god tid på oss. Det var ju så länge sen vi sågs.

Daniel hade inte fattat någonting. För honom var det som om ingenting hänt mellan dem. Han tycktes inte ha noterat all den kraft hon lagt på att ignorera honom, få bort honom ur sitt liv. Varken hans käcka skratt eller hemska sjukdom kunde sudda ut det han gjort. Hon hade hoppats på något helt annat.

– Daniel, jag tycker det är fruktansvärt att du är sjuk. Men om du tror att jag kommit hit för att hänga med dig, som en gammal kompis, så tror du fel.

Det kliade i hela kroppen. Hon behövde röra på sig och reste sig tvärt. Hon hade varit tydlig och nu hade Daniel alla chanser i världen att be om ursäkt och sluta fred. Hon gick bort mot väggen med hans tavlor. De motiv hon kände igen var litografier. Färgstarka. De nya hade skarpare kontraster och var målade i olja. Hon stannade till vid en som föreställde ett våldsamt vattenfall. Vattnet piskades mot vassa klippor och rörde upp ett yvigt vitt skum. Tavlan var både livlig och vacker. Hon föreställde sig att hon stod vid vattenfallets brant, med uppsträckta armar tryckte hon ifrån och flög i en stor båge ner mot skummet. Hon dök ner under vattenytan och tog ett spänstigt simtag genom de virvlande vattenbubblorna.

– De hänger lite tätt och förtar kanske varandra, sa han.

Fyra av tavlorna var det svårt att förstå varför han valt att sätta upp. Motiven var så obehagliga att de knappt gick att titta på. Olika stilleben från sjukvården. Hon uppfattade en spruta, en blek hand med ett finger på en larmknapp, en droppställning och något som såg ut som en pillerburk. Hon tänkte att de antagligen var dagboksmålningar och koncentrerade sig på den sista tavlan. En stor mängd röd färg i olika nyanser täckte hela duken. Penseln hade frikostigt stänkt och stänkt igen. Färgen låg i många lager och hade på sina håll stelnat som rinnande lava. Små vita cirklar svävade omkring i den röda massan. Skulle det kanske föreställa blod med vita blodkroppar? Hon ryggade tillbaka.

– Den röda festen har jag döpt den där till, sa Daniel som trots att hon hade ryggen mot honom uppfattade vilken bild hon betraktade. Hon vände sig om.

– Är det ... blod?

– Blod? Nej, fan heller. Det där är kärleken. Och livet. De vita cirklarna representerar en kedja av händelser genom livet.

Hon tittade på tavlan igen utan att bli klokare.

– Hur lång tid har vi? frågade han.

– Jag vet inte ...

– Men du sover väl över?

– Nej.

Han nickade nästan omärkligt, hon kunde inte avgöra om hon gjort honom besviken. Han exploderade i en rosslande hosta som tycktes komma från magen. Han sträckte båda sina händer efter ett vattenglas som stod på sängbordet. Glaset skakade och hackade mot tänderna när han förde det till munnen. Hela överkroppen darrade som om han fick elektriska stötar. Hon kände att hon borde ha hjälpt honom. Men i stället vek hon undan med blicken och började gå tillbaka till stolen vid fönstret. Så hördes ett svagt pipande ljud från Daniels strupe. Hon tittade på honom, gjorde sig beredd att fylla på nytt vatten men fann att hans ansikte var avslappnat. Pipljudet fortsatte samtidigt som han såg alldeles oberörd ut. Det kröp i henne. Och kanske blev hon rädd, hon hade alltid haft svårt att se sjuka människor. Hon reste sig upp igen, viskade att hon behövde låna toaletten.

Badrummet var helkaklat med elektrisk handdukstork, ljusblå badlakan i tjock frotté och en rosa pumptvål. Det såg ut som ett vanligt villabadrum fast med handikappanpassad toalettstol. Och så fanns det larmknappar både i höjd med toan och vid golvet.

Daniels vanliga parfym stod på handfatet. Hon lyfte på korken och drog in doften. Genast började det ila i bröstkorgen. Som en hunger. Hon hade förträngt hur mycket hon längtade efter hans doft. Efter hans famn och hud, efter hela honom. Fan ta honom och allt han förstört!

Hon stannade i badrummet tills hon trodde att han samlat sig. Sedan låtsasspolade hon och gick tillbaka ut.

– Boel, du ser strålande ut. Ännu snyggare än jag minns dig, sa han och log. Teaterpjäsen, där hon förväntades spela hans goda vän, pågick igen. Nu förstod hon att han inte tänkt be om ursäkt. Daniel hade redan sin frid och hon skulle behöva söka sin på annat håll. Hon suckade men han tycktes inte notera det utan log oförtrutet.

– Det märks att du har det bra och trivs i Stockholm.

Bra? Hon hade lyckats hålla sig strax ovan vattenytan, om det nu räknades som bra. Varför frågade han inte hur hon mådde i stället? Ville han inte veta? Eller trodde han verkligen att hon mådde sådär bra?

– Ja, jag trivs.

– Har du startat ett nytt galleri?

Hon nickade och söp in luft i munnen i ett viskande ”ja”.

– Härligt! Jag kan tänka mig att du är framgångsrik. Dessutom har ju nollåttorna mer kulor.

Hans skratt ekade mellan dem. Boel ryckte bekräftande på axlarna och funderade på vad pjäsen de spelade hette.

– Åh, berätta lite om din verksamhet! Vilka konstnärer har du satsat på? Finns det några stjärnskott som jag borde känna till?

Han tittade nyfiket på henne. Hon svalde.

– Det är mest samma gamla vanliga gäng, du vet …

Han nickade fundersamt. Hon töjde lite på tröjan vid halsen, började få allt svårare att andas.

– Har du träffat någon ny? Någon stockholmare?

Rummet snurrade samtidigt som hon fick tunnelseende.

Hon sneglade mot stolen vid fönstret. Kroppen behövde verkligen sitta.

– Jo, ja. Jag har träffat någon, sa hon och höll så stadig blick hon förmådde. Han svalde lögnen och svarade något mumlande.

Rummet ville inte sluta snurra och musklerna i benen förvandlades till gelé. Hon tänkte på Oscar och kände att hon blev arg även på honom. Det var ju han som hade lurat iväg henne. Han hade sagt att hon skulle få frid, om hon bara träffade Daniel. När all muskelkraft tycktes rinna ur henne försökte hon få tag i tapetens ljusblå ränder, men fingrarna halkade över väggen. Efter en enorm kraftansträngning lyckades hon nå fram till stolen. Hon hann precis sätta sig och få ner huvudet mellan knäna innan allt blod försvunnit från hjärnan.

Ett stötvis brummande hördes från korridoren och samtidigt som hon kände att hon återfick kontrollen kom Anna-Carin inrusande.

– Daniel. Hur är det fatt?

– Jag tryckte på larmknappen, men det är inte jag som behöver hjälp. Jag tror Boel är på väg att svimma!

Boel hörde träskor närma sig varpå en hand hamnade mellan skulderbladen. Det tjöt i öronen och allt slocknade.

– Boel! Hallå? Hur är det med dig?

Hon låg på golvet och kände något blött mot pannan. När hon slog upp ögonen såg hon Anna-Carins blå jeansskjorta.

– Är du vaken nu? Du svimmade, sa Anna-Carin och lyfte undan den blöta handduken från hennes panna.

– Blev lite yr bara, kan bli det ibland.

Boel höjde försiktigt på huvudet.

– Ska du inte ligga kvar på golvet en stund? frågade Anna-Carin.

– Det är lugnt nu. Tack.

Hon lyckades sätta sig med väggen som stöd för ryggen. Fortfarande hade hon suddiga fläckar i synfältet, men hon kände att hon skulle klara av att behålla huvudet upprätt utan att falla ihop. Daniel satt böjd som om han var på väg upp ur sängen mot henne. Han såg orolig ut.

– Du kanske behöver något att äta, föreslog Anna-Carin.

– Ja, Boel, vi går och äter. Du behöver bara få upp ditt blodsocker, sa Daniel.

– Nej. Jag behöver åka hem.

Så satt hon på tåget igen och upptäckte att hon fortfarande höll lussebullspåsen i handen. Russinen hade trillat av och bullarna var lite klämda och tycktes sakna saffran trots att de var klargula. Hon tvingade i sig en tugga.

Medan hon såg käkarna jobba i fönstrets svarta spegel tänkte hon på vad som hade hänt där på Vallmolunden.

Daniel hade inte varit sig själv. Han hade desperat spelat den han ville vara. Boel hade självklart sett igenom spektaklet. Men hon hade ändå tvingats in i hans skådespel. Den barriär hon lyckats bygga upp hade raserats under de korta minuter hennes besök varat.

Hon hade gråtit av ilska hela vägen till Göteborgs Centralstation. Taxichauffören hade hört hennes snörvlande och frågat om hon var förkyld. Hon hade känt sig som ett barn. Patetisk och sorglig.

Hon hade låst in sig på tågets trånga toalett. Fötterna klibbade i golvet och det luktade urin och blöta pappershanddukar. Tårarna fortsatte rinna och det hade börjat svida i ögonen, saltet fick huden att spänna. Hon kände sig uttorkad. Tåget krängde och tjöt, Boel tog tag i handfatet för att inte trilla.

Hon stirrade på sin spegelbild. Ansiktet var bedrövligt.

Fuktigt av tårar, missfärgat och uppsvullet som om det fyllts med sjövatten. Det såg ut som om hon drunknat och fått ligga till sig i dyn innan någon hittat hennes kropp, släpat upp den på torra land och på något vis lyckats blåsa liv i den, för att därefter dumpa den där på tågtoaletten.

Allt var Oscars fel. Det hade varit korkat att följa hans idiotiska råd. Naivt. Vad visste väl han om misslyckad kärlek, om hjärtesorgen som kanske aldrig gick över? Boel bestämde sig för att strunta i honom i fortsättningen. Hon skulle strunta i folk överhuvudtaget. Hur många gånger skulle hon behöva bli besviken innan hon lärde sig?

Tårarna glittrade på kinderna. Boel gapade och släppte ljudlöst ut sin gråt mot spegeln.

Hon hörde röster, någon ryckte i dörrhandtaget. Hon höll andan, hade inga planer på att lämna toaletten. Hon tänkte stanna tills ögonen slutat svida.

Oscar

Han gick snabbare än lederna egentligen mäktade med, det gjorde han alltid i Christinas sällskap. De hade parkerat vid Rålambshovsparken och promenerade under pilträden längs med Norr Mälarstrand. Han hade undrat hur det kom sig att de valt en mötesplats som låg så illa till men nu när de snart var framme såg han att valet varit logiskt, restaurangen låg nedanför Kungsholmstorg och bara några kvarter från Stockholms Stadshus.

Christina var vid gott mod. Hon hade kontaktat en gammal väninna, en oppositionspolitiker, som ville hjälpa till. De skulle diskutera fallet över en lunch.

– Monika Rosenlund är en bra kontakt. Är det någon som kan se till att det blir ordning på Pethrahemmet så är det Monika.

De passerade en bensinstation som låg alldeles vid vattnet och gick upp mot restaurangens stora terrass.

– Pappa, låt nu Monika ställa frågor. Sen förklarar du hur illa det är på Pethrahemmet, förmanade Christina innan de klev in.

De hängde av sig på väggkrokar alldeles vid dörren. Oscar funderade över om han skulle lämna sin käpp tillsammans med rocken, men då riskerade han en ännu värre smärta framöver.

Det var skränigt i lokalen, antagligen var den dåligt ljudisolerad. Han kunde inte se några dämpande plattor varesig i taket eller på väggarna. Men det skulle snart bli tyst.

Klockan var kvart i två och de flesta hade begärt in notan och höll på att avsluta sitt lunchmöte.

Monika Rosenlund var redan på plats. Hon väntade vid ett av de runda borden med utsikt mot vattnet. Med svart hår, svart blus och svarta glasögonbågar, som hängde som ett smycke i ett snöre runt halsen, smälte hon in i det svarta draperiet bakom ryggen. Hon reste sig kvickt och hälsade på Oscar med utsträckt hand.

– Jag tog mig friheten att beställa åt oss alla, annars hade vi riskerat att bli utan lunch. Köket stänger två. Hoppas att ni gillar blue cheese för det blir varsin Cobbsallad.

En servitris tog upp dryckesbeställningen. Bubbelvatten med citronsmak till damerna och ett glas husets röda till Oscar. De pratade om vädret, den annalkande julen och renoveringar av Stadshuset inför Nobelfesten.

När salladen serverats grävde Monika Rosenlund fram anteckningsblock och penna ur väskan. Hon tog sats och lutade sig över bordet.

– Det var ingen rolig historia du berättade om din mamma idag. Att de dementa hålls instängda och att ingen personal kommer på hela natten, inte ens om larmet går – förfärligt! Det är här vi politiker måste ta vårt ansvar. Och även om jag inte arbetar med just omsorgsfrågor är jag beredd att föreslå att vi lyfter fram ert fall som exempel i valrörelsen.

Hon stack ner gaffeln i salladen och stoppade en stor ostbit i munnen.

– Mmm, gott. Vad jag menar är att vi måste kunna visa fram exempel när vi talar till våra väljare. Om jag får använda er tror jag att frågan får en högre prioritet. Vi minns ju liknande fall. I Piteå tror jag att det var senast. När allmänheten fick reda på det blev det ett förfärligt liv och full fart på de ansvariga. Jag tänker mig att det här fallet kan få belysa hur mitt parti värnar om de svaga.

Hon tystnade och tittade först på Christina och sedan på

Oscar. Han kände hur händerna börjat darra i knät. När han lyfte upp fingrarna såg han att de liksom sprattlade okontrollerat. Han greppade sitt vinglas och koncentrerade sig på andningen. Monika Rosenlund log och tog en klunk vatten innan hon fortsatte.

– Jag pratade med killen som är projektledare för våra kampanjer direkt efter att Christina ringt, han blev eld och lågor.

Hon slog ut båda armarna och log ännu större.

Oscar kände att rummet blivit suddigt. Och varmt. Han förde upp sina darrande fingrar till översta skjortknappen och lyckades lirka upp den. Han såg endast någon meter framför sig. Resten av rummet låg som i en dimma. Monika Rosenlunds entusiastiska röst malde på.

– Samhället får inte svika våra gamla och sjuka, sa hon. Problemet är en konsekvens av majoriteten i stadshusets kortsiktiga politik. Så, vad jag behöver av er är hela bilden, så att vi kan måla upp eländet. Kanske kan vi få använda en bild av dig och Gerda då ni fortfarande var lyckliga? Det skulle nog väcka sympatier, visa att vem som helst kan drabbas. Så nu vill jag höra; vad är det som händer där på hemmet?

Genom dimman såg han hur Monika Rosenlund satte på sig sina glasögon, kanske tittade hon på honom. Han vände blicken mot Christina som såg mycket nöjd ut. Han fick tag i vinglaset och tömde halva.

– Tack för god lunch. Och ursäkta om jag upptagit er dyrbara tid, men jag måste tyvärr gå, sa han och reste sig.

– Men pappa, sa Christina och såg bestört ut.

Nästan framme vid dörren mötte han en servitör som tittade märkligt på honom. Rummet fortsatte att snurra. Det var som om allt blod centrifugerats bort från skallen. Oscar kände att han behövde något mer att dricka. Han såg en kanna vatten på en bardisk. Men varken knän eller ben bar honom. Efter bara ett par steg började han stappla. Han såg bardisken, servitörens ben och vita bordsdukar. Käppen gled ur näven, han föll handlöst mot golvet och blev liggande på mage.

Restaurangpersonalen insisterade på ambulans. Oscar hade försökt tala om för Christina att han bara behövde ligga ner och vila en stund. Men eftersom rösten knappt bar var det antagligen ingen som hörde honom.

Det hade fortsatt att snurra när han bars ut på båren och det hade snurrat i ambulansen. Även på sjukhuset hade det snurrat. Hur länge hans yrsel hållit i sig visste han inte. Men då han kunde fokusera blicken igen låg han i en sjuksäng. Christina satt bredvid honom.

– Nej, pappa, rör dig inte. Du har dropp i ena handen och sjuksystern har sagt att du ska ta det lugnt.

Oscar gnuggade ögonen och började minnas samtalet på restaurangen.

– Läkarna tror att du glömt bort att äta och att du svimmade av lågt blodsocker. Nu har du fått både vätska och energi och ska må bättre snart. Men med tanke på din ålder vill de hålla kvar dig över natten.

Oscar tittade mot lysrören i taket. Det hade äntligen slutat snurra.

– Hjälp mig upp, jag mår bättre, sa han. Christina tittade på honom med skeptisk blick, men bestämde sig ändå för att trycka på knappen som fällde upp sängen i sittläge.

Oscar bad om lite vatten och efter ett par klunkar kände han sig redo att berätta.

– Mammas situation på hemmet ska inte bli någon politisk cirkus.

– Pappa, vi behöver inte ta det här nu. Du är trött och förvirrad.

– Nej, lyssna. Politikerna får självklart agera. Men det

får inte bli någon valfråga. Vi ska inte samarbeta med din väninna.

Han tvingades hejda upprördheten som brusade upp inombords. Christina såg trött ut. Hon reste sig upp och suckade. Sedan lade hon en extra filt över benen på honom.

– Okej pappa, som du vill. Jag orkar inte bråka om saken. Du får vila nu och så kommer jag tillbaka i morgon.

Christina lutade sig över honom. Hennes kalla läppar kysste hans panna innan hon stegade ut ur rummet.

Han satt fullt påklädd på sängen. Väntade på att en läkare skulle skicka hem honom. Christina var tillbaka med ett leende.

– Du har mer färg på kinderna nu, pappa. Härligt. När kan vi åka?

– Väntar bara på en sista dom från läkaren. Sen vill jag att du kör mig till Pethrahemmet.

– Är det inte bättre om du åker direkt hem och tar det lugnt?

– Nej, jag vill till Pethrahemmet. Jag har inte varit där på två dagar. Och idag är det Johns födelsedag. Som du vet brukar vi alltid fira den ihop.

– Jag har ju sagt åt dig att släppa det där. I alla år har du varit som besatt av John.

– Det har jag väl inte.

Oscar höjde ett finger i luften och Christina suckade, hennes trotsiga ögon blänkte som glas.

– Jag har varit osynlig.

– Men, Christina. Det där är inte sant!

Hon satte sig på rummets enda besöksstol.

– Minns du inte hur det var? Jag målade teckningar till dig och satt i fönstret och väntade på att du skulle komma hem. När du dök upp lyfte du mig plikttroget för en frånvarande kram. Men du tittade knappt på teckningen. Jag fick själv sätta upp teckningen på väggen, intill fotona av John som du brukade stå och glo på.

Oscar nickade, jo, han mindes. Det var fina teckningar. Han hade tänkt rama in dem men Christina hade varit snabb med att kila fast dem bakom fotona på John, och när de väl satt på väggen hade inramningen inte blivit av. Några teckningar hängde fortfarande kvar.

– Mina skolfoton fick aldrig rum där på väggen. Bilderna på mig hamnade i byrålådan.

– Åh nej, mamma satte visst upp fotona. Minns du inte hur de hängde högt upp på hallspegeln?

Christina tittade frågande på honom och bytte sedan spår.

– Vet du vad jag önskade när jag var liten? Jo, jag önskade att jag skulle dö. Jag ville dö för att du skulle älska mig som du älskade John.

– Men lilla gumman, jag höll av er båda. Lika mycket.

Christina reste sig och gick mot fönstret. Även Oscar tittade ut. Motorvägen utanför sjukhuset såg ut som ett rinnande pärlband. Rusningstrafiken hade börjat komma igång och snart skulle det vara köer in till stan. Christina vände sig mot honom.

– Jag har förstått att du tänker på John så fort du ser mig. I hemlighet föreställer du dig honom, det är oundvikligt eftersom vi var så lika han och jag.

Han sträckte händerna mot hennes ansikte. Höll kvar dem tills hon slingrat sig en bit från honom.

Läkaren knackade, stack in huvudet för att meddela att allt såg bra ut. Oscar kunde åka hem och leva som vanligt.

I hissen på väg ner till parkeringen sökte Christina hans blick.

– Jag släpper av dig hos mamma.

Boel

Kalla vindar som färdats över Nybroviken träffade henne och rev som träflis mot ansiktet. Vit rök stod rakt ut från munnen. Hennes släta sulor halkade till ett par gånger över trottoaren på väg in. Hon drog av sig handskarna. Händerna var vinternariga, naglarna spröda.

Elden i den öppna spisen spred en doftlös värme, det var en amerikansk insats som i stället för ved eldade bioetanol.

Hon skulle vara kraftfull denna kväll, känna utan att känna efter. Med rak rygg och mycket luft i kroppen plöjde hon lokalen. Förbi lädersoffor, ledstänger och avskärmande växter.

Kvällens pianist hade varsamma fingrar, musiken gled över restaurangen och landade någonstans i den tjocka heltäckningsmattan.

Det var inte särskilt mycket folk vid baren och Boel slog sig ner på en barstol och beställde en dry martini. Som vanligt förutsatte bartendern att hon inte var svensk och tog emot beställningen på engelska.

Hon vred på huvudet, de övriga gästerna hade kommit i sällskap. I en soffgrupp mellan garderoben och toaletterna satt en grupp tyskspråkiga kvinnor och män. Alla brunbrända i prydliga frisyrer. Boel såg att tre av dem bar Lufthansas nål i kavajslaget. Inte förvånande, hotellet brukade vara populärt bland flygbolagens personal.

Närmast henne i baren stod två kvinnor i hennes ålder. Båda hade högklackade stövlar och likadana glasögon.

De pratade i munnen på varandra och skrattade högt med jämna mellanrum.

Boel fick sin drink och började med att gnaga på oliven. Som vanligt aktade hon sig för att få ögonkontakt med någon. Det brukade lösa sig ändå, bara hon satt kvar.

Lokalen fylldes på med folk. Ljudvolymen steg och pianisten jobbade hårdare. Boel beställde in ännu en drink men innan hon hunnit få den serverades hon ett glas champagne.

– From the gentleman over there, sa servitören och gjorde en gest mot en man i blårandig skjorta alldeles bakom henne. Han var något äldre, gissningsvis strax under fyrtio. Mörk, i medellängd och hade tätt sittande ögon. Egentligen ganska stilig om det inte vore för frisyren som såg ut att vara fönad för att få till en svallvåg över pannan. Boel höjde glaset och nickade. Mannen kom leende emot henne. Plasttänder, kritvita som sockerbitar på rad. Antagligen amerikan.

– Hi. You look too exciting to be sitting here alone.

Boel hade hört att hon skulle vara spännande förut och orkade inte ens spela förvånad. Hon sträckte fram handen och presenterade sig för mannen som hon nu visste var amerikan. Och gift eller förlovad. Han hade i alla fall en smal ring i guld på vänstra ringfingret. Också det som det brukade.

Han pratade på. Om resor och något läkemedel han sålde. Det hade varit roligt att vara i Stockholm, "the Swedes" var trevliga och bra på engelska. Jo, nu var det hans sista kväll, han skulle ta morgonflyget till Boston. Boel nickade och hummade lite också, hon behövde inte tillföra något.

Hans sockerbitständer hade kommit närmare, snart skulle de snudda vid henne. Hon drack en klunk av sin martini, blandade smaken med det som fanns kvar av champagnen.

Ovansidan av hans högra hand smekte bort en hårlock

från hennes hals. Sedan hamnade handen nära hennes. Först ett lekfullt pekfinger över hennes tumme, lite prövande. Sedan tog han hela handen. Hon letade efter alkoholen, ruset och bruset. Var fanns filtret, det som brukade ligga över hela världen sådana här kvällar?

Han luktade kola och pepparmint. Han sa att han gärna skulle vilja komma tillbaka till Stockholm på sommaren. Skärgården skulle vara fantastisk, hade han hört.

Hon tog hans andra hand. Varma bruna ögon hade han. Leendet fanns kvar, men sa något annat nu.

Kvinnorna med likadana glasögon exploderade, skrattet fick resten av lokalen att stanna upp för ett ögonblick.

Hans varma bruna ögon log nu mer än tänderna.

Men var fanns hennes längtan? Sista klunken av drinken ville inte samarbeta.

Han föreslog en ledig soffgrupp. Soffkudden var mjukare än den såg ut.

Han skojade om något, hon log. Han lutade sig mot henne, sa att de hade ett trevligt samtal. Han frågade om hon ville ha en ny drink. Hon nickade och lät honom gå mot baren och beställa. Hon passade på att gå på toaletten, lämnade handskarna i soffan för att reservera den. I kön kickade berusningen i alla fall in. Mattan gungade till och Boel tog tag i väggen för att inte snubbla.

Var det verkligen det här hon ville?

Amerikanen hade kommit tillbaka till soffan, han hade plockat upp hennes handskar och höll dem i famnen. Bakom honom hade fönstren ut mot gatan immat igen. Suddiga röda och vita ljus lät ana passerande bilar.

Boel behövde komma ut till trafiken, ut i luften.

Utan en blick bakåt lämnade hon hotellet.

Oscar

Det hade börjat snöa. Försiktiga flingor landade i ögonbrynen när han gick över gården och tittade upp mot rader av fönster.

Det lyste hos Boel och han noterade att hon var den enda av grannarna som ännu saknade adventsstake. Han undrade om hon varit i Göteborg. Varför hade hon i så fall redan kommit hem?

Han bytte hand på käppen, drog upp hissdörren och tryckte på femman, Boels våning.

Då hon inte öppnade satte han munnen mot dörren.

– Boel, det är Oscar. Jag har sett att det lyser och vet att du är hemma. Om du inte vill släppa in mig måste du i alla fall låta mig veta att du lever.

Han hörde steg från andra sidan och tyckte sig se hur det blinkade till i titthålet.

– Boel? Hur gick det för dig i Göteborg? Du kan väl öppna och tala om hur du mår.

Han knackade i dörrkarmen och väntade igen.

– Gå upp till dig. Jag orkar inte prata.

Hennes röst var svag men bestämd.

– Men var snäll och låt mig få hjälpa dig!

Då han inte fick något mer svar fanns där inget annat än att gå.

Det gick dagar utan att han hörde något nerifrån Boels lägenhet. Inga steg eller röster, ingen musik.

Tyst.

Tyst var det även från Pethrahemmet, trots att Christina legat på.

Midvintermörkret hade börjat kännas. Han kunde slumra till över tidningen i sin fåtölj, vid köksbordet, till och med i badkaret. Christina hade låtit installera ett handikappanpassat badkar. Ett monster med öppningsbar sida, halkskydd och bubblor. Han hade varit tveksam först men måste nu erkänna att karet var bekvämt att sitta i. Fakturan vågade han knappt titta på.

På fredagen hörde han Boels röst eka i trappuppgången. Han steg i sina tofflor och skyndade ut genom dörren. Hon samtalade med en man. Oscar gick tyst nerför trappan.

Först såg de honom inte, Clemens med en namnlista. Och Boel. Just som Clemens vänt sig om i hissen slängde han en blick upp mot trappan och Oscar.

– Men tjenare gamle man, är du ute och kutar i trapporna? Jasidan står stark, det kommer bli ett nytt föreningsmöte där vi kan klubba igenom ett spa. Men häng inte läpp, jag lovar att vi ska göra det suveränt!

Oscar grymtade en hälsning samtidigt som hissdörren gick igen och Clemens försvann ner.

Han kunde inte ta ögonen ifrån henne. Hon såg annorlunda ut. Mager och genomskinlig. Hennes hår stod inte åt alla håll som det brukade, utan var hopdraget i en tofs i nacken. Ögonen var små och kisande trots att hon försökte spärra upp dem.

– Du har gråtit. Har aldrig sett dig så sliten, sa han.

– Du ser inte heller speciellt pigg ut.

Hennes röst var klanglös och hon såg ut att ha alla sinnen på spänn.

– Jag har haft det lite kämpigt en tid. Men det är väl synd att klaga, sa han och tog tag i dörrkarmen.

Boel suckade.

– Det är inget fel med att be om hjälp, vet du. Man behöver inte alltid vara stark, sa han.

Boel svalde och sträckte på ryggen.

– Hur kan du vara så säker på det? sa hon med irriterad röst.

– Jag vet att det är så. Mitt långa liv har lärt mig ...

– Ditt långa liv gör dig inte till ett orakel. Det var ett misstag att åka till Göteborg. Din hjälp var inte någon hjälp. Jag borde ha förstått det själv. Vad vet du om hur unga människor fungerar?

Boel stirrade på honom som om hon förväntade sig ett försvarstal. Han ville förklara för henne att han bara menat väl, att han inte kunnat föreställa sig att ett återseende mellan två människor som en gång älskat varandra kunde gå så fel. Men han sa inget. Han stod bara tyst och tittade på henne. Så sträckte han fram sin hand och lade den på hennes axel. Först ryckte hon till, som om hon tänkt dra sig undan. Men något gjorde att hon ändå stod kvar och efter bara någon minut suckade hon igen och tog ett kliv åt sidan.

– Stig på. Men jag har inget annat att bjuda på än vatten och krossade tomater.

Han tänkte först tacka ja till ett enkelt glas vatten. Men då han i hallens dunkel såg de svarta ringarna runt hennes ögon kom han på en bättre idé.

– Boel, jag kan ha lagt mig i något jag inte har med att göra. Men jag har mina anledningar. Jag vill inte att du ska gå omkring och vara arg på mig. Jag ber dig att följa med upp till mig. Dessutom behöver du äta och jag har mat för hela helgen i mitt kylskåp.

Ett iskallt korsdrag med fladdrande gardiner mötte dem. Oscar hade glömt att stänga vardagsrumsfönstret. Ett lager snö hade letat sig in och det såg ut som om någon haft sönder en dunkudde.

Han gjorde upp eld i kakelugnen i matsalen och ställde en silverkandelaber mitt på ekbordet. De långa stearinljusen reste sig mot taket som utsträckta fingrar. Trots att Boel sagt att hon inte var hungrig värmde han på pannbiffen.

Han dukade och hämtade en pläd till henne. Sedan tog han fram en flaska sherry och när han ändå var på benen passade han på att ta med sig konjakskuporna och en flaska whisky. Han tände ljusen i kandelabern och Boel började försiktigt äta. Han tittade på hennes tuggande.

– Jag beklagar, sa han. Jag var säker på att det skulle gå bra för dig, bara du träffade Daniel.

Boel himlade med ögonen, släppte gaffeln ner i tallriken och tittade länge på honom.

– För Daniel var allt som vanligt. Det var som om tiden vi varit ifrån varandra inte existerat. Han hade förberett ett skådespel där jag fick mig tilldelad en roll.

Hon förde vinglaset till munnen och drack en klunk. Oscar nickade utan att säga något. Efter att de suttit tysta och tittat på varandra en stund sträckte Boel på ryggen.

– Är det hemtjänsten som förser dig med flaskor från Systemet? frågade hon.

– Jag betalar en städerska lite extra för det. Min dotter Christina skulle bli mycket besviken om hon fick veta att jag tar mig ett glas nästan varje kväll, även om jag inte blir särskilt berusad. För att inte tala om hur besviken hon skulle bli om hon fick reda på att hennes mor i alla år gömt en antik hembränningsapparat nere i källaren.

Han såg en antydan till leende hos Boel och höjde sitt vinglas i luften.

Hon pillade i maten. Med gaffeln sorterade hon undan de mjuka lökringarna i såsen tillsammans med några kokta morötter mot tallrikens kant. Hon fick upp en ynklig bit pannbiff och lite potatis på gaffelns piggar och doppade alltsammans i den nu lökfria såsen.

– Din lägenhet är enorm, sa hon innan gaffeln åkte in i munnen.

– Jag bor i den gamla bankdirektörens privata våning. Just det här rummet var avsett för representation. Det ser man bland annat på taket. Har du någonsin sett så vackra utsmyckningar? sa Oscar och nickade uppåt.

Ovan dem svävade ett gigantiskt konstverk i mörkt trä. Ett rutmönster av tusentals stavar. Det var som om någon spikat upp tavelramar i varandra. Motivet gjorde att taket såg ut att ha varierande höjd i form av kvadratiska kupoler. En elegant synvilla.

– Direktören hade god smak, sa Boel.

– Exakt samma tak finns nere i den gamla kundmottagningen, där det nu tydligen ska bli spa.

Han lyckades inte dölja sitt förakt i rösten. Boel koncentrerade sig på maten på tallriken.

– Hur kommer det sig att du bor här alldeles ensam? frågade hon.

– Min fru Gerda lever sen några år tillbaka på ett hem. Hon är demenssjuk och behöver någon som kan se efter henne. Det borde naturligtvis vara jag, hennes make. Men här sitter jag och kan bara se på när livet, alla minnen, ja allt som varit min hustru försvinner.

Som alltid när han pratade om sjukdomen ville han bita sig hårt i tungan.

– Jag använder inte alla rummen längre. Det här rummet använder jag till exempel nästan aldrig.

Han gjorde en svepande rörelse över matsalen. Han kände sig själv som en gäst där inne. Sedan Gerda flyttat hade han nästan glömt vilket fantastiskt rum det var.

– Hur ofta kommer din dotter hit?

– Christina är här någon gång i veckan. Hon har fullt

upp med sitt och hinner aldrig stanna särskilt länge. Även om hon inte har familj har hon att göra. Det är fixande med villan, kurser i yoga, teaterpjäser, resor och allt vad hon tar sig för. Jag förstår inte hur hon hinner med sitt arbete som sekreterare, men det är klart hon har bara jobbat halvtid de senaste tjugo åren. Hon klarar sig fint ändå eftersom hon fick huset och mer därtill vid skilsmässan. Om jag ska vara ärlig har vi aldrig stått varandra särskilt nära, hon och jag.

Hans röst lät mer sorgsen än han tänkt sig.

– Vad beror det på?

– Jag vet inte. Far och dotter är i det här fallet för olika. Vi firar till exempel inte jul ihop. Hon firar med vänner.

Oscar svalde lite mer vin och stirrade rakt in i kandelabern. Sedan flyttade han blicken mot elden i kakelugnen. Boel satt tyst en stund och såg ut att grubbla över något.

– Du berättade att ni förlorat en son. Får jag fråga hur det gick till?

Oscar fortsatte titta in i elden.

– Lille John var bara elva. Han och jag var ute och tältade. Vi skulle vara med i en fisketävling. Jag hade köpt fiskespön och John hade nya gummistövlar. Både han och jag trodde att vi skulle vinna. Men det blev aldrig någon tävling. John försvann från lägret och hittades den natten av polisen. Död. Ena stunden så levande med hela livet framför sig. Och så plötsligt bara död.

Oscar samlade sina händer på bordet och bet sig i kinderna. Han drog ett djupt andetag, det visslade i näsan.

– Det var mitt fel. Och det har inte gått en dag utan att jag tänkt på honom och på det som hände.

Boel satt tyst en stund, även hon med blicken mot kakelugnen.

– Var det verkligen ditt fel? frågade hon med försiktig röst.

– Ja. Jag borde förstås inte lämnat honom ensam i tältet.

Självklart är det mitt fel, även om det hela var en olycka.

– Vad dog han av?

– Han föll. Snavade i skogen och trillade ner i en ravin och slog skallen så illa. Han snubblade på något i mörkret och jag fanns inte där för att hjälpa honom.

Ljusen hade brunnit halvvägs och rummet började bli varmt. Oscar reste sig och lade in mer ved i elden.

– Hur tog din fru Johns död?

– Vi reagerade väldigt olika, hon och jag. Jag höll mig mest i skogen. Hela den sommaren gick jag planlöst omkring bland träden och trodde att jag skulle springa in i John på någon stig. Först långt in på hösten hade jag vant mig vid tanken att jag aldrig mer skulle återse honom och då ville jag inte finnas längre. Gerda skötte hushållet. Hon lagade mat, tvättade och såg till att Christina kom i säng om kvällarna. Jag såg inte ens om gräset behövde slås eller om något behövde lagas. Gerda fick säga åt mig. Allt fick hon påminna om. Till och med min hygien.

Oscar rynkade ihop ansiktet vid tanken. Men Boel såg inte speciellt förvånad ut. Hon nickade bara åt hans berättelse.

– Efter ett halvår hade Gerda jobbat upp en irritation. Så fort jag var i närheten fräste hon åt mig. Jag tänkte att jag gjorde bäst i att hålla mig undan hemmet mer och jag började stanna kvar på jobbet över nätterna. Jag begravde mig i mitt arbete och lyckades faktiskt rita flera objekt. Företaget blomstrade tack vare mig.

Oscar undrade om Boel orkade lyssna mer. Men då hon inte gjorde någon ansats att byta ämne fortsatte han:

– Strax innan jul det året fick Gerda nog. Hon skjutsade Christina till en släkting och sa åt mig att vänta i köket. Jag satt där och planerade för vår separation. Det skulle göra alla inblandade gott. Jag skulle inte ta med någonting förutom mina kläder och ett fotografi av barnen.

Han tystnade, det fanns så mycket som gjorde ont i minnet. Han sträckte ut händerna, de kändes allt klumpigare. Fingrarna hade blivit grova korvar som inte riktigt lydde. Han vek fingrarna bakåt tills smärtan fick honom att kippa efter andan och sluta ögonlocken.

När han öppnade ögonen igen var han redo att fortsätta.

– Att skiljas från min familj var det sista jag egentligen önskade. Men jag tänkte att det var det Gerda behövde. Jag kom fram till att det bästa alternativet skulle vara att göra slut på alltihop. Ja, mina funderingar handlade om att ta mitt liv. Hade redan valt ut en trädgren i skogen som skulle klara min vikt, sa han.

Det började rinna ur ögonen på honom. Han använde ena tummen för att torka bort fukten.

Han hade suttit i kökssoffan och funderat över var de förvarade repet då Gerda stormade in. Hennes nymånar var svarta och kinderna mörkröda. Hon var fly förbannad. Han ville resa sig upp och tala om att han höll med. Han var också förbannad, på att han låtit sig sjunka så lågt. Han hade blivit en belastning för alla, inte minst för sig själv. Nätterna var fasansfulla. Mörkret förväntades vara rogivande, sövande. Men de nattliga himlakropparnas outgrundliga sken fick hjärtats slag i bröstet att öka. Han tvingades röra sig av och an mellan ljus och dunkel. Tills han i bästa fall, av utmattning och ofta sittande, kunde slumra in.

Från andra sidan köket skrek Gerda att han var en idiot. Sedan kom hon mot honom.

– Du kommer och går här hemma som om du vore den enda som sörjer!

Gerda stod rakt framför honom och hennes röst skar i öronen. Han nickade och sträckte ut en hand. Tafatt förstås.

Gerda vandrade villrådigt fram och tillbaka i köket innan

hon bestämde sig för att sätta sig på en stol.

– Jag klarar inte av att ha det så här, sa hon med betydligt mildare röst. Oscar fortsatte nicka.

– Stina ska inte behöva växa upp med en far som inte går att lita på, en far som aldrig är närvarande.

Han skakade på huvudet, Gerda hade som vanligt rätt.

Det låg virkade dukar på köksbordet. Ett vitt nät av blåklockor, ett annat av näckrosblad. Det var Gerda som virkat dem. Hon brukade sitta i stolen i golvlampans sken en stund på kvällen. Händerna rörde sig snabbt hit och dit. Hon hade virkat utan förlaga. Oscar hade fascinerats av hur hon kunde få till så perfekta mönster utan någon beskrivning, hon såg inte ens ut att behöva tänka.

Han stirrade in i garnet. Han var en usel far. Det kunde gå dagar utan att han såg Christina. Trots att hon ofta rörde sig i cirklar runt honom. Christina lekte och levde om, precis som innan det hemska. Hon sörjde sin bror förstås, pratade om honom, frågade var han var. Ibland satt hon försjunken i långa samtal med sin änglabror. Christina hade helt enkelt barnets avundsvärda förmåga att leva vidare.

Att Gerda var besviken på honom var fullt förståeligt.

Mindre begripligt var hur han kunnat dra ut på det, han borde naturligtvis gjort slut på sig själv för länge sedan.

Gerda hade varit tyst en stund. Han hörde hennes andning, hon tycktes ha lugnat sig. Hon satt intill honom på sofflocket, lyfte upp hans hand och lade den i sitt knä mellan sina varma handflator. En märklig känsla, de hade inte rört vid varandra sedan Johns bortgång.

– Oscar, du måste gå vidare, sa hon.

Han nickade utan att titta på henne. Han inväntade den där impulsen som skulle få honom att resa sig, gå ut i garaget och hämta repet. Trädgrenen väntade.

Gungan, repet hade han använt till gungan!

– Du måste acceptera Johns död och du måste förlåta

dig själv! Det hade lika gärna kunnat hända då jag var med honom. Att John är borta är fullständigt obegripligt och smärtsamt. Vi kommer att sakna honom hela vårt liv. Vi kommer alltid undra hur han hade sett ut om han fått leva och hur han skulle ha reagerat vid olika tillfällen. Han kommer ständigt att finnas med oss. Jag har förlåtit dig och nu måste du förlåta dig själv.

Han vände ansiktet mot henne, mötte en blick fylld av kärlek. Hennes kinder bullade sig. Han såg ett försiktigt leende. Det var inget glatt leende, men inte heller särskilt sorgset. Hon log mot honom för att visa att de fortfarande hörde ihop. Så förde hon hans hand mot sitt bröst.

– Förstår du vad jag säger? Här i hjärtat, i våra hjärtan ska vi bevara John. Vi ska prata om honom och vi ska hjälpas åt att minnas. Och vi ska hjälpa Stina att minnas sin bror. Men vi måste ta oss ur mörkret nu. Jag måste veta att du är med mig och att du förlåtit dig själv.

Ett nästan osynligt regn som kunde förväxlas med dimma hade hängt i luften. En rad ungbjörkar han själv planterat hindrade lastbilen från att köra ända fram. Han bar möbler och lådor över grusgången, alltmedan fukten letade sig från nacken vidare ner på ryggen. Då lastbilen var full hade han tagit av sig arbetshandskarna och lagt dem på motorhuven. Sedan stretchat ut ryggens båda sidor med händerna upp i luften. Alla lyft hade gjort honom sned. Han tittade på armbandsuret. Snart lunch. De behövde komma iväg. Ju förr desto bättre.

Han gick över tomten mot huset. Rundade den stora stenen och stannade intill tallen med brädgungan. Gräsmattan var vanskött, det var han medveten om. Förr om åren hade han varit noga med att hålla tomten fri från sly. John och Christina hade sparkat boll, byggt kojor av rabarberblad och sprungit varv på varv runt sandlådan. De hade grävt i potatislandet tills jord och smågrus skavde under fingernaglarna. Och de hade skjutit småsten med slangbellor på uppradade glasflaskor och gillrat getingfällor i augusti.

Oscar lutade sig mot tallens grova stam. Tanken på att gräset skulle vika sig för en annan familjs fötter snuddade vid honom.

Det viktiga var att inte känna efter, inte tänka på gamla tider eller det som kunde ha varit.

Genom fönstret såg han hur Gerda for fram och tillbaka genom rummen. Hon hade skött det mesta av packningen. Rullat in porslinet i tidningspapper, lindat in tavlorna i trasmattor. Hon hade rensat böcker, kläder och minnen och nu höll hon på med den sista städningen.

De hade bestämt sig för att lämna bygden så fort Oscar erbjudits nytt jobb. Han hade aldrig trott att han skulle bli intresserad av någon annan tjänst än den som arkitekt på stugleverantören Norrlandshus. Men så hade han ställt till med elände och allt blev förändrat.

De tyckte om att drömma om Stockholm, både Gerda och han. Tanken på Stockholm hade givit dem ork att gå vidare. I en storstad kunde man gömma sig och börja på nytt. Bland bilar, brus och främmande människor kunde man leva och kanske tänka på framtiden.

Oscar knöt upp repen till Christinas gunga. Sedan gick han tillbaka till lastbilen och klämde in gungan mellan två fåtöljer. Därefter stängde han lastutrymmet.

Gerda mötte honom utanför huset. Hon log men han såg att hon hade nära till tårarna.

– Nu ska vi lämna det gamla och vi ska inte älta. Minnas ska vi, men vi ska blicka framåt. Du och jag, sa hon och ställde in det sista innan hon ropade på Christina. Oscar satte igång motorn.

De behövde verkligen komma iväg.

Eldens sprakande i den öppna spisen var för ett ögonblick rummets enda ljud.

– Så klok, viskade Boel.

– Ja, hon har alltid varit det, min Gerda, sa han och kände hur stämbanden knöt sig i halsen. Hela munnen hade blivit torr och tandprotesen skavde mot tandköttet.

– Gjorde du det, förlät du dig själv?

– Kanske inte fullt ut. Men det betydde mycket att Gerda förlåtit mig, det gjorde och gör att jag kan leva med Johns död. Det som är mest smärtsamt idag är att jag lovade henne att aldrig svika, att alltid finnas hos henne. Jag sa att endast döden kunde skilja oss åt. Det löftet avgav jag inte bara inför prästen. Jag bedyrade det igen efter att hon hjälpt mig stå ut med mig själv. Det är en plåga att inte kunna infria det löftet längre, sa han med en röst som knappt bar.

Då Boel satt alldeles tyst och tittade på honom kände han hur det ryckte i musklerna runt munnen. Han reste sig och gick ett varv runt bordet, stannade till framför elden. Så nära att värmen skulle bränna smalbenen. Han harklade sig ett par gånger för att samla sig.

– Hur var det att plötsligt bo i Stockholm? frågade Boel när han åter satt framför henne vid bordet.

– Vi fick en fungerande vardag, trots allt. Men det var helt Gerdas förtjänst. Hon fann nya vänner, åt oss alla. Hon hade förmågan att förlåta och hon hade kraften att få mig på rätt köl, mitt i sin egen sorg.

Boels blick hade fastnat någonstans bakom honom. Försiktigt höjde hon vinglaset och tömde det sista.

Oscar lutade sig fram.

– Får jag bjuda på lite whisky? frågade han och sträckte sig efter flaskan.

Boel

Stearinljusen i kandelabern hade sakta förvandlats till små stumpar. Oscar hade berättat om natten på Pethrahemmet.

Hon kunde inte låta bli att tänka på Daniel medan Oscar pratade om Gerda. Jämförelsen var oundviklig. Daniel och Gerda – båda i livets slutskede.

– Jag är över nittio år och än så länge hyfsat frisk. Men när som helst kan jag också hamna där på hemmet. Då hoppas jag att slutet är nära. Inte minst för min dotters skull. Hur olika vi än må vara så är det trevligt att vi ändå träffas. Hon skulle aldrig hälsa på mig på ett hem. Hon hälsar ju inte på sin mor. Christina har svårt för gamla sjuka människor.

Han skrattade ett kort ihåligt skratt.

– Det där känner jag igen, sa Boel. Jag kan liksom inte titta sjuka människor i ögonen. Det känns som om de ser vad jag tänker. Att jag själv är livrädd, att jag är glad att inte behöva vara i deras kläder.

Hon var förvånad över att hon sa saker som hon knappt vågat formulera för sig själv.

Oscar såg inte ut att hålla med.

– Hur ofta hälsar du på hos din dotter?

– Hur ofta? Jag har inte varit hemma hos henne sen hon renoverade undervåningen. Och det var flera år sedan.

Boel nickade och såg hur Oscar skruvade på sig i stolen.

– Boel, nu vill jag faktiskt veta hur du tänker göra med Daniel!

Hon suckade inombords. Alkoholen hade fått hennes tankar att haka upp sig och hon visste varken ut eller in.

Oscar såg bekymrat på henne. Han höll konjakskupan som en skål. Fingrarna krökta mot glaset som knotiga klor. Så ställde han ner drycken framför sig och sökte hennes blick innan han öppnade munnen igen.

– Boel, låt oss vara raka, Daniel är mycket sjuk och väntar på att dö. Efter att ha läst breven har jag förstått att han inte finner frid innan han fått tala med dig i lugn och ro. Har vi uppfattat saken på samma sätt, du och jag?

Boel nickade, osäker på vart han ville komma.

– Då måste jag fråga dig: hur skulle det kännas om han dog just nu, i detta ögonblick, utan att du träffat honom igen?

Frågan landade som en knytnäve. Hon fyllde lungorna med luft och höjde blicken mot taket. Hon andades inte ut förrän hennes kropp absolut krävde det. Då tittade hon på Oscar och knyckte försiktigt på axlarna.

Han harklade sig i handen. Det fanns en skärpa i hans blick som inte lät henne komma undan.

– Om jag hade blivit sviken så som du har, skulle jag konfrontera personen i fråga. Kanske måste du acceptera att du blivit sårad för att komma vidare.

Boel tittade på ljusstumparna på kandelabern. Lite stearin skulle just falla ner på bordet. Hon sträckte fram sitt pekfinger, fångade upp droppen och snurrade massan till en liten boll som hon tryckte tillbaka på stumpen, som ett tuggat tuggummi. Sedan lät hon fingret glida upp mot lågan. Hon höll fingerspetsen så nära veken att det gjorde ont. Befriande ont.

Vad menade Oscar? Hade hon accepterat att hon fått hela sitt liv förstört? Nej, det hade hon inte. Hade hon accepterat att den hon älskat svikit henne? Nej.

– Jag har accepterat att livet är som det är, sa hon.

– För att ta sig upp måste man ner och slamsuga botten.

Boel kände sig lite irriterad. Antydde Oscar att hon inte redan varit nere på botten? Hon hade ju fastnat där!

Oscar plockade upp glaset ännu en gång och snurrade runt drycken så att den nästan skvalpade över.

– Boel, du måste prata med honom igen.

– Jag har redan försökt. Det gick ju inte!

– Spela inte med i hans spel utan se till att ni får samtala i lugn och ro. Du bör vara helt ärlig, berätta hur dåligt du mått. Och därefter ska du lyssna på honom. Tänk om du faktiskt kan förlåta och hinner tala om det för honom. Jag är fortfarande övertygad om att det skulle ge dig frid. Förlåtelse är en banal sak innan människan verkligen ställs inför den, först då ser hon hur viktig den är. Åk till Daniel igen innan det är för sent.

Trots att de hade suttit uppe och pratat halva natten vaknade hon kvart i sju.

Eftersom alla morgontåg var fullbokade promenerade hon till macken och hyrde en bil.

Det började snöa i höjd med Södertälje. Hon tvingades krypköra i ett par kilometer innan hon fått fason på vindrutetorkarna. Trots att de for fram och tillbaka som sekundvisare över rutan fortsatte sikten att vara usel. Ögonen blev trötta av allt vitt och hon fastnade bakom flera plogbilar.

Vid Gränna slog vädret om. Klarblå himmel och fint väglag. Boel vågade trampa ner gasen och strax efter lunch rullade hon in på grusplanen vid Vallmolunden.

Hon satt kvar i bilen och tittade på omgivningarna. Jo, det var som Daniel hade sagt, vackert. Huset såg ut som en ombonad villa med spröjsade fönster, snickarglädje och vita knutar. En gullig röd stuga. Fast större. En väl tilltagen träaltan bredde ut sig längs ena långsidan. Nedanför stod två parkbänkar täckta med snö. Hon såg knotiga äppelträd, en skog. På andra sidan huset skymtade en sjö så liten att den antagligen var en anlagd damm. Hon såg en brygga med ytterligare en parkbänk. Automatiskt tittade hon efter svanar, de hade liksom passat in i miljön.

En doft av nybakat, bullar eller sockerkaka, hade spridit sig till hallen. Boel spritade händerna och klev in i ett ombonat rum som hon missat förra gången. En stor soffgrupp upptog halva golvet framför en murad öppen spis. Ena väggen täcktes av en välfylld bokhylla från golv till tak. Någon hade sorterat ryggarna efter ämne. Kartböcker, fågelböcker, sångböcker, kokböcker, sagoböcker och romaner i bokstavsordning efter titel, inte författare. En hylla för filmer. Mest amerikanska. Närmast golvet trängdes mängder av sällskapsspel. Monopol, Texas Hold'em och schack kände hon igen. Rummet hade en hel del krukväxter på piedestaler i varierande höjd. Några tavlor hängde i oval form på ena väggen. Akvarellfåglar och sommarlandskap. Installationer av drivved och torkade blomster fanns också representerade. Sådana som man köper i presentbutiker på svenska semesterorter. Det skulle vara en fin plats, om det inte vore för döden som lurade runt varje hörn.

I ett av allrummen satt en barnfamilj. Tre barn i åldrarna fyra till sju hade samlats över ett pussel på golvet. Föräldrarna satt intill varandra i en av sofforna. Kvinnan var mycket mager. På soffbordet stod kaffekoppar, saft och ett stort kakfat uppdukat.

– Vem är du? frågade det minsta av barnen när Boel försökte smyga obemärkt förbi.

– Teddy, schhh. Så säger man inte, sa mannen.

– Men pappa, jag vill veta. Vem är hon?

Boel log och plockade upp en pusselbit som hon råkat kliva på.

– Jag heter Boel och ska hälsa på en kompis som bor här.

– Vad heter din kompis? frågade Teddy och gick till soffbordet och hämtade en kaka.

– Han heter Daniel.

Barnet nickade fundersamt.

– Ska Daniel också dö? frågade han och kom tuggande emot henne.

Boel tittade på pappan i soffan och därefter på barnens mamma. Båda nickade.

– Daniel är mycket sjuk och ska ... dö.

– Då kommer han lära känna min mamma i himlen. Mamma ska dö. Eller hur mamma? Visst ska du dö?

Boel tittade förskräckt på kvinnan men fann att hon satt och log. Ett stolt varmt leende.

– Jo, lilla älsklingsgubben så är det. Men jag ska inte dö nu. Nu ska vi dricka mer kaffe och äta upp alla kakor.

Pojken sken upp och Boel gav honom pusselbiten innan han sprang mot sina föräldrar och syskon i soffan. Hon skyndade sig att lämna familjen innan hon skulle bli överrumplad med fler frågor.

Utanför Daniels rum mötte hon Anna-Carin i samma mörkblå jeans och ljusblå jeansskjorta som sist.

– Så fint att du kom tillbaka. Du ser lite piggare ut. Hoppas du ätit ordentligt. När vi senast sågs låg du avsvimmad i blodsockerfall på golvet, sa hon och log.

– Hur mår Daniel?

– Han blev väldigt svag då du åkte. Jag vill varna för att han är mycket sämre nu. Hans familj har just varit här. De skulle komma tillbaka i morgon. Daniel träffade en läkare i morse som sa att det nog inte är så värst långt kvar. Du ska veta att vi ger honom så mycket smärtstillande vi kan. Ibland är det svårt att nå honom. Det är väldigt vanligt att patienten inte är kontaktbar hela tiden, och det kan bero på både sjukdomen i sig och morfinet. Jag är hemskt ledsen.

Boel kände för att sjunka genom korridorens golv.

Hon sträckte på nacken och tackade Anna-Carin så vänligt hon kunde.

Innan hon klev in till Daniel funderade hon över vad Oscar sagt. För att gå vidare måste man konfrontera den som orsakat smärtan. Hon var bättre rustad den här gången.

Hon knackade inte utan smög in och viskade ett försiktigt ”hallå” för att anmäla sin ankomst.

Han låg på rygg i sängen och log med hela ansiktet så fort han såg henne. Ögonen var dimmigare men i övrigt såg han ut som sist.

Boel gick mot besöksstolen i fönstret. Men i stället för att slå sig ner drog hon stolen mot sängen. Hon satte sig så nära Daniel hon kunde.

– Hur mår du? frågade hon försiktigt.

– Jag har ont nu. Varje andetag förvånar mig. Men det blir säkert bättre, viskade han.

– Vill du att jag ska stanna?

– Det finns inget jag hellre vill.

– Behöver du något? Vatten?

Daniel skakade på huvudet och lade försiktigt upp ena handen på täcket. Boel såg hur fingrarna sakta kröp närmare. Hon tolkade det som att han ville hålla handen och lade sin hand över hans. Den var kall trots att rummet var väldigt varmt.

– Boel, jag önskar att du …

Han gjorde en paus och svalde.

– … jag önskar att du är helt ärlig mot mig. Du behöver inte sitta här och tycka synd om mig bara för att jag nästan är en grönsak.

Boel nickade och kände genast hur ögonen fylldes med tårar.

– Du har alltid varit stark, Boel. Och jag hoppas det gör att du nu kan vara dig själv.

Boel kände sig lättad över att han verkade ha släppt skådespelet.

– Jag är inte stark. Jag var kanske det när vi var tillsammans, men nu är jag allt annat än stark.

Han såg uppriktigt förvånad ut och hon öppnade munnen för att fortsätta. Men så såg hon hur hans ögon rullade, det var som om de ville krypa in bakom pannbenet. Hon höll honom i handen och tittade en stund på ögonvitorna. Två svällande klot som inte såg ut att höra ihop med Daniel. Kanske skulle de snart trilla ut?

Hans andning blev allt tyngre och till sist slöt han ögonlocken.

Daniel sov och hon lämnade rummet.

Medan hon väntade ut Daniels vila gick hon till sitt rum och lade sig på rygg i sängen. Händerna höll hårt om höftbenen.

Hon hade börjat tvivla på om det var rätt att dra upp gammal skit. Hon kände Daniel, det hon bar på skulle göra honom så oerhört ledsen. Kanske skulle hon bara strunta i att berätta för honom.

Rastlösheten kliade i kroppen. Hon tänkte låta sig omfamnas av Vallmolundens lugn och försöka flyta iväg.

Men det kom ett smattrande ljud ifrån ventilationstrumman över sängen. Smattret pendlade i styrka, det lät som om någon släppt in en radiostyrd leksakshelikopter i röret. Ett irriterande ljud. Hon lade sig på sidan med högra örat pressat mot kudden. Märkligt nog var smattret oförändrat i styrka. Och om hon verkligen lyssnade så hade hon svårt att avgöra om det fanns där. Det ven i röret, det gjorde det. Men hon hade kanske överdrivit ljudet trots allt.

Hon satte sig upp. Kom på att hon nog tyckte att det skulle vara ett slags hån att försöka fly, även om hon endast tänkt lämna verkligheten mentalt. Ett hån mot alla som kämpade för att hålla sig kvar i nuet, i livet.

Daniel hade sovit i en och en halv timme när det knackade på dörren. En sköterska berättade att han skulle få hjälp att bada, men att Boel var välkommen att besöka honom efter det.

Hon gick ut i allrummet, drog ena pekfingret längs raden av romaner och flyttade det till hyllan med leksaker. På måfå valde hon ut en tio år gammal serietidning, en Kalle Anka som hon rullade ihop och sedan höll som en stafettpinne.

I korridoren var mattorna plötsligt borta, städvagnen hade dragit fram och lämnat blöta spår på golvet. Patientrummen stod öppna, som tittskåp på rad. Hon försökte att hålla blicken rakt fram, men kunde inte låta bli att snegla. Någon satt, någon hade besök. Alla såg tärda ut, men vem var sjukast? Vem skulle bort härnäst? För det var väl inte Daniel, någon skulle väl dö före Daniel?

Hon var torr i munnen och svängde av mot toaletterna. Hon brydde sig inte om att stänga dörren utan spolade i kranen och lutade sig över handfatet för att fylla munnen med kallt vatten. När hon reste sig såg hon genom spegeln att dörren till rummet mittemot stod på glänt. Hon skymtade en stålställning med linor och remmar framför ett upphöjt badkar. Ställningen var naturligtvis till för att sänka ner patienter i badet. Tack och lov var rummet tomt på människor. Men hon hade ändå fått en bild av en naken Daniel fastspänd i remmar.

Hon skyndade sig till sitt rum och absorberades av Kalle Ankas starka färger.

– Förlåt för att jag somnade sådär, min mat- och sovklocka är inte riktigt i form. Dessutom vill jag be om ursäkt för att det blev fel förra gången du var här. Jag visste inte hur jag skulle bete mig. Jag hade sett fram emot att träffa dig. Ända sen du lämnade mig har jag tänkt på hur vi skulle vara glada när vi återsåg varandra. Sådär som vi var förr. Jag lät min bild bli en sanning och en tröst. Naturligtvis var det okänsligt och egoistiskt av mig. Men Boel, tolka det inte som att jag inte bryr mig. Det gör jag. Nu vill jag att du berättar! Hur har du haft det? Och lägg inte på något förskönande filter.

Hon var tillbaka inne hos honom. Satt nu på besöksstolen vid sängen.

– Jag slutade leva den där dagen. Du var mitt allt och jag har inte haft någonting att leva för sen vi skildes åt, sa hon.

Tårarna fick rulla.

– Men du har haft ditt galleri. Och dessutom har du ju träffat någon, sa Daniel.

– Det var något jag bara sa. I själva verket har jag inte jobbat alls sen jag stängde Galleri Lilly. Tavlorna ligger hemma, i ett skåp. Jag har inte ens orkat försöka skaffa mig ett arbete. Jag fick rådet att resa bort, hitta mig själv. Men när jag kom hem igen var jag nere på noll. Mina föräldrar, Lina och alla jag träffat tycker att det är konstigt att jag inte repat mig. De tycker att det gått för lång tid. Det ligger väl något i det.

Hon kände att hon pratat för fort. Hon drog in luft och svalde innan hon fortsatte.

– Jag bor i en tjusig lägenhet. Jag lagar ingen mat och går knappt ut. Jag dagdrömmer för att få tiden att gå. Flyr från mig själv och mina minnen. Jag har inte haft någon pojkvän, inte ens en dejt. Jag har bara varit med män jag aldrig ska behöva träffa igen. I deras sällskap har jag njutit och äcklats om vartannat, men det har funkat som tillfälliga kickar. Annars har jag mest legat på soffan och inbillat mig att jag mediterat. Du ska veta att den enda levande varelse jag har djupare kontakt med sen vi bröt är en farbror på snart hundra år. En granne. Jag har aldrig kunnat glömma dig. Inte en sekund.

Daniel hade ansträngt sig för att ta sig upp på armbågarna och halvsatt nu i sängen. Han tittade förundrat på henne, med öppen mun.

– Jag trodde att du gick vidare. Jag förstod att du var arg men aldrig att du hamnade i ett sådant mörker.

– Det går inte att ha mer fel.

Daniel sträckte sig efter sitt vattenglas. Boel skyndade sig att hjälpa honom hålla det mot munnen. Han nickade när han druckit färdigt och lutade huvudet mot kudden.

– Ibland ligger jag här och undrar om jag hade blivit så här sjuk även om vi fortsatt vara tillsammans. Det kändes som att jag försvagades och blev halv i samma sekund som du lämnade mig. Jag undrar om mitt immunförsvar gav upp där och då.

– Det är inte så sjukdomen fungerar, viskade hon.

– Ibland har jag ångrat att jag berättade allt för dig den där dagen. Men så kommer jag fram till att jag aldrig hade kunnat låta dig leva i en lögn. Så det jag verkligen ångrar är det som hände. Och jag ångrar att jag inte vågade prata om min oro innan jag lät allt gå för långt.

Han slöt ögonen och hostade torrt.

– Varför gjorde du det? Varför svek du mig och oss?

– Idag kan jag inte svara på den frågan. Med facit i hand är det så självklart att jag inte borde ha trillat dit. Men om jag ska försöka ge dig ett svar så handlade det om min osäkerhet och min dåliga självkänsla. Bristen på pengar. Du löste våra problem och hjälpte mig få ut min konst. Jag kände mig passiv och meningslös. Ja, det handlade faktiskt bara om det.

Han kisade med ögonen samtidigt som han i tystnad granskade henne. Eller så var det sina egna ord han granskade. Det var som om hans ansikte tappade all muskulatur, som om han sänkte garden.

– Jag älskade dig hela tiden. Det gör det hela så obegripligt. Och det är det som fortfarande gör ont. Boel, jag hoppas du förstår varför jag skickade alla brev. Jag visste helt enkelt inte vad jag skulle ta mig till. Så fort jag fick reda på att jag skulle dö visste jag att jag behövde se dig igen. Jag behöver be om din förlåtelse, än en gång. Eftersom det varken gick att ringa dig eller komma och hälsa på blev breven det enda sättet. Varför dröjde det så lång tid innan du hörde av dig? Du svarade aldrig på ett enda brev. Jag menar, du hade kunnat be mig dra åt helvete. Då hade jag slutat höra av mig direkt.

– Jag läste aldrig breven. Inte en rad, jag öppnade dem inte ens. Jag var arg och ledsen. Jag kände att jag skulle falla tillbaka om jag lät dig få kontakt. Du fanns inte längre. Intalade jag mig.

Han suckade. Boel försökte ignorera kniven långt ner i buken. Skulle hon våga berätta sin hemlighet? Skulle hon efter så lång tid berätta vad som hände efter att hon lämnat honom? Hon bet ihop käkarna så hårt att hon blev öm vid tinningarna. Nej, hon var inte riktigt redo. Däremot hade hon en fråga kvar. En fråga som gnagt i henne men som skulle få henne att sjunka riktigt lågt, en fråga som egentligen inte borde ställas. Men så tänkte hon på Oscar, hon var tvungen att slamsuga botten för att kunna gå vidare. Var det inte så? Hon tog sats för att få rösten stadig:

– Vem tog initiativet, du eller hon?

Daniel såg ut som om han blivit träffad av en pil i bröstet.

– Varför undrar du?

– Om du vill att jag ska vara uppriktig måste du också vara det. Vem var det, du eller hon?

– Det var jag. Hon visade intresse för mina tavlor, dröjde sig kvar vid mina skulpturer och bad om att få träffa mig. Hon frågade om mina drömmar och jag frågade om jag fick bjuda på en drink efter utställningen. Vi gick till en närliggande restaurang och satt i baren. Hon var flirtigare än jag och det smickrade mig. Jag märkte vad hon var ute efter och borde ha avstyrt det hela. Men i stället bjöd jag henne på drinkar ur minibaren på mitt hotellrum. Alltså är felet mitt, sa han.

Boel kände hur kinderna hettade. Det hade varit så enkelt, hon hade kunnat slå honom utan att han skulle göra motstånd. Men hon lyckade hålla tillbaka ilskan. Gråten gick däremot inte att stoppa.

– Men så gör man inte. Jag trodde aldrig att ..., sa hon.

– Nej, så gör man inte. Inte mot den man älskar.

De blev avbrutna av en dörrknackning. Anna-Carin klev in. Med sig hade hon en bricka med en kaffetermos, koppar i fint porslin och ett fat med pepparkakor.

– Är allt som det ska här inne? frågade hon.

Daniel hummade. Anna-Carin kom fram till sängen och gjorde plats för brickan på sängbordet. Därefter öppnade hon en dosett och välte ut två piller intill vattenglaset. De var de största piller Boel någonsin sett. Anna-Carin tittade på Daniel medan han svalde medicinen varpå hon hällde upp kaffe. Sedan log hon mot Boel och lämnade rummet.

De drack kaffe i tystnad och Daniel åt en halv pepparkaka.

– Det här blir min sista jul. Om jag nu klarar mig till julafton, viskade han och slöt ögonen. Det ryckte lite i mungipan och i ena armen. Hans andning blev lugnare. Det var som om kraften sakta rann ur honom och han såg ut att somna. Boel ställde sig upp, kände paniken klättra längs ryggraden. Skulle han dö mitt framför henne? Nu?

Det gick inte längre att se om han andades. Boel sträckte fram handen och höll den under hans näsa för att känna om det kom luft. Hon kände ingenting.

– Daniel? sa hon prövande. Då han inte svarade dunkade hon till honom med knuten näve mitt på bröstkorgen.

– Daniel!

Han hoppade till och tittade förskräckt på henne.

– Brinner det? frågade han och log.

– Du ser läskig ut när du sover, sa hon.

– Och du snarkar vill jag minnas. Frågan är vad som är värst!

Han fnissade.

– Jag skulle vilja komma ut i friska luften. Har du lust att hänga med?

Daniel blev inlindad i en filt och skjutsades i rullstol genom altandörrarna i samlingsrummet, ut till Vallmolundens terrass.

Boel fick låna en fårskinnsfäll av Anna-Carin. Vid huvudingångens stora askkopp fann hon en stol som hon hämtade och ställde bredvid rullstolen. Med båda händerna strök hon ut fårskinnet på sitsen innan hon slog sig ned.

Det var fortfarande sol, men den var på väg ner bakom trädtopparna. Ett tunt lager snö avslöjade markens konturer i sluttningen. Högar av äpplen hade lämnats kvar i gräset, några få klamrade sig ännu fast på trädens frostiga grenar. Hon kunde inte se ett enda moln på den isblå himlen, men ändå landade små glittrande snöflingor i ögonfransarna.

Boel hade glömt vantarna i bilen och satt och blåste i nävarna. Daniel gömde sina händer i filten.

– Musik då, har du något tema nu för tiden? frågade Daniel.

– Jag har mest lyssnat på instrumental musik från de skivor jag spelade i bakgrunden i galleriet, sång har jag inte stått ut med. Låtar om brusten kärlek har jag portat helt.

Hon skrattade in i sina kalla händer.

– För mig är det tvärt om. Jag har frångått min smala musiksmak och frossat i kärleksballader. På sjukhuset hade jag en liten bärbar cd-spelare och en trave hembrända skivor. Visste du förresten att Phil Collins skrev ”Against all odds” till mig? Är inte det helt fantastiskt! Jag menar jag är ju bara en enkel kille i Sverige. Och tänk att han skrev den åt mig redan på 80-talet – han är en synsk jävel!

Boel skrattade.

De lät sig omsvepas av kylan tills Daniel bad henne gå in och hämta Anna-Carin.

Anna-Carin satt i allrummet tillsammans med två patienter och följde genast med ut till altanen.

– Fryser ni inte här ute? sa hon och gick fram till Daniel.

– Kylan är ett bevis på att man lever, sa Daniel innan han bad Anna-Carin flytta rullstolen till andra änden av altanen.

När de var ensamma igen frågade Boel varför han inte bett henne flytta rullstolen den lilla biten.

– Jag vill inte att du ska dra omkring på mig, fattar du väl. Vill du ha en cigarett?

Frågan ställdes som om den varit alldeles självklar. Boel tittade över axeln, visste inte vad hon skulle svara. En cigarett? Där? Daniel hade redan fiskat upp ett paket som han förvarat under filten.

– Det blir inte ciggen som tar kål på mig, det är ett som är säkert, sa han och räckte över paketet.

De rökte två var, i tystnad. Sedan delade de på paketets sista. Från kortsidan hade de god utsikt över den lilla dammen som fått ett islock av kylan.

– Det är ju inte havet direkt, men jag tycker det är fint, viskade Daniel. Boel tittade mest på röken som steg ut ur deras munnar. Hennes rökmoln var nästan dubbelt så stort som hans.

– Jag är så oerhört glad över att du är här. Det hade varit hemskt att dö utan att få se dig igen, sa han.

Hon ville gråta. Men kylan hindrade tårarna. Det var som om de frusit fast i tårkanalerna.

– Boel, jag vill inte begravas på någon kyrkogård. Jag vill inte att min kropp ska bli maskmat i en likkista i jorden. Jag vill brännas och spridas över havet.

Hon vågade först inte titta på honom, men då hon kände att han vänt ansiktet mot henne blev det för oartigt att fortsätta att stirra rakt fram.

Hans ögon var vidöppna, hon tyckte sig se ända in i själen.

Hans ord hade varit otäcka. Men önskan var inte alls orimlig. Självklart skulle inte Daniel ruttna i jorden.

– Har du pratat med din familj om dina önskemål?

– Jag kan inte. Mamma bara bölar. De andra försöker hålla humöret uppe och få mamma gladare. Jag också. Därför pratar vi bara om helt vanliga saker när de är här. Som hockeytabeller och Carolas senaste sångprestationer i tv. Jag vill inte diskutera min begravning med mamma. Jag vill inte förstöra våra räknade möten med begravningssnack. Med dig är det annorlunda, det känns som om jag inte kan gömma mig för dig. Kan du tänka dig att framföra mina önskemål? När det blir dags.

Hon kände hur kyla från hela kroppen samlades i en iskall muskelknut bakom nacken. Kylan brände och sakta luckrades den upp, som om den smälte. Hon kunde känna hur allt det kalla rann av henne.

– Ja, jag ska göra så gott jag kan. Jag lovar.

Han lutade sitt huvud mot henne.

– Men Daniel, tänk om jag spiller ut dig innan vi kommer till havet! Spökar du för mig då?

De skrattade och för ett ögonblick kändes allt som förr. Men Boel behöll sin hemlighet. Det hade aldrig blivit tillfälle att berätta. Och kanske skulle hon inte hinna.

Oscar

Oscar stod och stirrade på kostymen som hängde på en galge över garderobsdörren. Mörkgrå och glansig, i alla fall när förmiddagens solljus träffade tyget. En sidenslips med skärt rutmönster virad som en halsduk runt galgens krok. Det var Christina som beställt kostymen, hon tyckte att han behövde ha nya kläder när de skulle träffa ledningen för Pethrahemmet.

Christina hade varit besviken på honom i flera dagar för att han inte ville samarbeta med Monika Rosenlund. Samarbeta för att få till lite politiska påtryckningar, det var så hon hade sagt.

Han hade förklarat för henne att han var rädd att Gerda bara skulle utnyttjas i en smutskastningskampanj.

Några dagar senare stod Christina där i hallen och berättade att hon äntligen fått tag i någon med inflytande över Pethrahemmet. De var varmt välkomna till ett möte.

Oscar hade lovat att ha kammat hår och kavaj. Men han kunde inte minnas att han sagt något om ny kostym. Det var ju ingen högtid som väntade. Han knöt fast den skära slipsen runt galgen innan han hängde in den nya kostymen i garderoben. Samtidigt tog han fram sin bruna tweedkavaj med nötta skinnknappar. Förvisso var den gammal men eftersom den var skräddarsydd i klassiskt snitt skulle den duga alldeles utmärkt.

Exakt klockan två klev de in i receptionen. De hälsade på en ung kille som presenterade sig som projektledare och en kvinna i elegant dräkt, verksamhetschefen. De erbjöds kaffe och fick ta plats i ett litet mötesrum intill receptionen medan killen försvann till kaffeautomaten.

Inredningen kändes påkostad. Man hade satsat på stoppade stolar i körsbärsträ och ett ovalt konferensbord i mahogny. Varma färger överallt utom i taket där ett kyligt vitt ljus vibrerade fram ur gamla lysrör.

– Jag läste ditt brev, Christina, och tycker naturligtvis att det är beklagligt att ni upplever våra tjänster på Pethra som bristfälliga. Vi ser allvarligt på kritiken och har tillsatt en utredning, en speciell arbetsgrupp ska titta närmare på ärendet, sa kvinnan.

– Hur vore det om den arbetsgruppen lade den tiden på att vara på Pethrahemmet om nätterna i stället? svarade Oscar och kände en armbåge från Christina.

Kvinnan nickade artigt mot Oscar. Och hon log som om hon var på vippen att säga att hon förstod att han var arg.

– Jag förstår om ni känner er besvikna. Men eftersom vi behöver reda ut vad som hänt på Pethra kommer vi att tillsätta en utredning, som sagt.

– Men ni kan väl svara på varför det inte finns personal där på natten, sa Oscar.

– Som sagt, vi tittar på fallet, svarade kvinnan.

Christina harklade sig.

– Hur lång tid kommer den här utredningen att ta? frågade hon.

Kvinnan nickade, som om frågan var väntad.

– Svårt att säga i nuläget. Vi kommer att jobba på så snabbt vi bara kan. Det är viktigt för oss att våra kunder är nöjda.

Oscar sträckte på ryggen och fnös.

– Kanske kan jag då informera er om att era så kallade kunder plågas. Dessutom är de döende och har inte all tid i världen. Något måste hända nu!

– Vi jobbar på så gott vi kan. Våra resurser måste fördelas på ett lämpligt sätt.

Så kom kaffet in i pappmuggar. Men innan projektledaren hunnit dela ut varsin mugg hade kvinnan med dräkten avrundat.

– Jag tror inte vi kommer längre idag, sa hon och log med huvudet på sned. Sedan reste hon sig och lämnade rummet.

Han avskydde den nya tiden. Det var som om han inte längre tillhörde samhället. Han hade inte förstått sig på verksamhetschefen. Det här med utredningar var för honom främmande. Man gjorde något, eller så gjorde man det inte, i hans värld fanns inget mellanting.

Han ville prata med Boel. Det gick lättare än med Christina. Boel skulle förstå. Men hon öppnade inte. Då han kikade in genom brevinkastet såg han att det fortfarande var släckt i hallen. En stor hög med tidningar väntade på hallmattan. Han antog att hon blivit kvar i Göteborg och hoppades att det var ett gott tecken.

När han skulle gå in till sig stod bostadsrättsföreningens ordförande Birger Borglund som en skugga bakom honom.

– Jag ville bara meddela att Clemens har fått med sig en majoritet för att bygga spa nere i lokalen.

Birger talade med låg röst för att det inte skulle eka i porten.

– Jag hörde det, hur kan folk vara så dumma?

– Clemens har träffat alla grannar och informerat om att en bastu inte kommer förstöra golvet. Och på de premisserna tycker de flesta alltså att ett spa blir bra. Det är på tiden att lokalen kommer till nytta.

– Skrev du också på?

– Jag tycker det känns onödigt, men min fru hade redan satt vårt namn på jalistan. Hon vill att lokalen ska komma till glädje för oss som bor här. Hon kanske har en poäng.

Oscar höjde käppen i luften.

– Det stämmer inte, Clemens har fel om golven. Han kan inget om bygge.

– Han hänvisar till en byggfirma, sa Birger.

– I så fall har han konsulterat klåpare. Gör man inte ett ordentligt våtrum kommer vi få problem med både fuktskador och försäkringsbolag. Tro mig, sa Oscar innan han stängde dörren.

Senare på kvällen kom Christina. Oscar skyndade sig att möta henne i hallen. Hon såg uppgiven ut.

– Jag trodde att de skulle hjälpa oss, men de var idioter, sa hon medan hon hängde av sig.

De gick in i vardagsrummet. Christina tog ett äpple ur fruktskålen och satte sig i soffan. Han slog sig ner intill.

– Har du inte tänkt åka och hälsa på mamma snart?

– Men hon känner inte igen mig. Vad tjänar det då till?

– Jag tror att det skulle kännas bra, för er båda.

– Varför tror du det? frågade Christina samtidigt som hon tuggade på äpplet med öppen mun.

– Tja, din mor känner sig mindre ensam och du kanske skulle känna dig lättad.

– Lättad?

– Ja, kanske. Jag tror att det skulle vara bra för dig.

Christina tuggade ur munnen och svalde.

– Det är det här som är problemet med dig. Du tror att du känner mig, men det gör du inte.

Christinas blick borrade sig in i honom.

– Men lilla gumman …

– Lilla gumman? Jag är nästan femtio år!

Oscar suckade och försökte le.

– Stina, vi hinner aldrig sitta ner och prata. Du har alltid bråttom iväg.

Nu tittade hon på honom som om han sagt något märkligt.

– Pappa, du är inte ett dugg intresserad av mig.

Oscar letade i hennes ansikte. Menade hon allvar?

– Jo, men lilla ... gumman. Det är jag visst!

Hon tog en sista tugga från äpplet innan hon lade skrutten på bordet. Hon hade antagit den truliga minen. En min han såg hos henne alltför ofta.

Han funderade på om det fanns saker han som far borde säga, kanske att Christina borde växa upp. Men han fick inte ur sig något. I stället sträckte han sig efter fruktskålen. Lite apelsinskal skulle kanske göra munnen mindre torr. Han valde ut en blodapelsin och bet av en liten bit, inte större än en fingernagel. Genast kittlade det under bakre delen av tungan och munnen fylldes med saliv vilket förhoppningsvis skulle göra att tandprotesen skavde mindre.

– Det är sorgligt att jag aldrig kan göra dig glad, sa Christina och sneglade trotsigt på honom. Han skakade på huvudet och lät blicken glida undan, ut i tomma intet. Han pillade fram lite apelsinskal som fastnat i tänderna innan han vände sig mot sin dotter igen.

– Men det kan du visst. Det är bara det att ... Christina, nu tycker jag att vi lämnar det här. Vill du stanna på middag?

– Nej, pappa. Jag orkar inte låtsas.

Boel

Stora drivor hade bäddat in Vallmolunden i en vinterbubbla. Det var som om de blivit insnöade. Personalen bar in famnar med ved och matade den öppna spisen. Elden sprakade och spred värme och väggarna blev flammande gula.

Huset var julpyntat. Överdådigt på ett amerikanskt vis.

Daniel sov och Boel gick fram och tillbaka genom korridorerna. Förbi julkrubban med ett litet Jesusbarn, Maria, en åsna och endast två vise män. Hon passerade den stora julgranen i allrummet och plastgranen i ena korridoren. Hon gick under mistlar och girlanger och förbi tomtelyktor med elektriska värmeljus. Hela huset var som ett julmuseum.

Efter flera nätter på Vallmolunden hade hon vant sig vid att ha Daniel i sitt liv igen. Det var inte som förr, det var ingen kärleksrelation. Det kändes mer som om de lärt känna varandra på nytt, som om hon funnit en vän.

Hon hade plockat fram undangömda sidor hos sig själv. Sidor hon inte trott att hon skulle återse. Det var Daniels förtjänst att hon kunde sitta i allrummet och utan problem prata med främmande människor. Daniel slängde fram ord, ämnen, som gjorde att hon drogs in i samtalet.

Boel smög in i Daniels rum. Han låg på rygg i sängen. Filten hade hasat ner och hans huvud hängde över kudden. Hon stod kvar tills hon försäkrat sig om att bröstkorgen rörde sig. Sedan lade hon försiktigt filten över honom och smög ut igen. Hon gick till köket för att hämta kaffe från kaffebryggaren. En blek medelålders kvinna med batikmönstrad sjal runt huvudet satt på huk och letade efter något i kylskåpet.

– Tänk att det ska vara så svårt att få tag i lite burkananas, sa hon och tittade upp på Boel.

– Jag tror att konserverna står i skafferiet, sa Boel.

Kvinnan reste sig och lämnade plats vid kylskåpet. Boel lyfte ut ett mjölkpaket från kylskåpsdörren och stjälpte lite mjölk i kaffemuggen. När hon lämnade köket såg hon att kvinnans bröstkorg var alldeles platt på ena sidan. Boel tittade bort och tänkte att hon inte köpt rosa bandet på flera år.

Hon satte sig vid en uppslagen kvällstidning vid furubordet i matsalen. Efter ett par minuter ställde kvinnan ner en tallrik på bordet. Hon hade hittat ananasringarna. Hon drog ut en stol, sträckte sig efter kvällstidningens sportdel och satte sig mittemot.

Boel var försjunken i en krönika på kultursidorna då kvinnans telefon surrade. Då hon tittade upp satt kvinnan och sms:ade medan tårarna rann.

– Har du ont? frågade Boel.

Kvinnan skakade på huvudet, tryckte iväg sms:et och snöt sig i en näsduk.

– Allt känns orättvist bara, sa hon.

Boel nickade men visste inte vad hon skulle säga.

– I snart två år har jag varit bröstcancersjuk. Jag har legat under kniven, gått på cytostatika och strålbehandlingar och annan skit. Och för två veckor sen testade jag kristallterapi. Jag tror egentligen inte på alternativmedicin, men jag har faktiskt känt mig piggare sen behandlingen. Och nu ska jag åka till Tyskland och testa en annan naturbehandling. Healing med magnetterapi. Jag har lovat min son att jag ska göra allt för att bli frisk, för barnbarnens skull.

– Hur länge har du varit patient här?

Kvinnan rätade på ryggen och slog ut armarna.

– Jag är inte här som patient. Visst, jag är femtiotre år och har bröstcancer. Men läkarna vet ännu inte om min cancer har spridit sig. Jag är här som anhörig. Min son är sjuk i ALS. Och jag önskar att jag kunde byta med honom.

Hon spetsade en ananasring på gaffeln. Hon höll upp den och betraktade den trotsigt en stund. Det brummade till i mobiltelefonen igen. Hon lade ner gaffeln och knappade in ett svar.

– Det är min sons mobil. Hans barn sms:ar från ett scoutläger. De vet ännu inte att förlamningen nu tagit min sons fingrar. Han har bett mig svara i hans ställe.

Hon sköt undan tallriken och frågade varför Boel var där. Medan Boel berättade om Daniel öppnade kvinnan sin handväska och lade en plastficka med broschyrer om alternativbehandlingar mitt på bordet.

– Du kan ta den. Jag har sparat det jag behöver på datorn. Kanske kan du hitta något som passar.

På morgonen den trettonde december skred ett tåg med änglaröster in på Vallmolunden. Fem lucior med elljuskronor på sniskan. I mitten av ledet gick två tärnor och tre stjärngossar. Längst bak trängdes ett tiotal tomtar, några pepparkaksgubbar, snögubbar och Spindelmannen.

Anna-Carin hade delat ut rykande glöggmuggar och pepparkakshjärtan. Allrummet doftade av varm kryddnejlika.

Boel och Daniel satt intill granen. Hans hand höll om hennes underarm. När barnen sjöng ”Stilla natt” svällde en klump upp i halsen. Boel såg att det blänkte i ögonen på de flesta i rummet. Hon drack upp den sista glöggen och lirkade upp russin och mandlar med en tesked. Sedan sneglade hon på Daniel. Hans käkar var spända. Han försökte le. Mot barnen, mot Boel och de andra.

När barnen skulle skrida ut till ”Betlehems stjärna” kom

de av sig i texten och nynnade i ett mummel. Daniel lutade sig mot henne.

– Aldrig har väl falsksång klingat så vackert!

När barnen fått lussekatter och juice i engångsförpackning vandrade de ut i snön i sina reflexvästar.

Anna-Carin samlade in tomma glöggmuggar och ställde sig sedan vid den öppna spisen. Hon harklade sig och rummet tystnade.

– Nu tänkte jag att vi skulle ägna en tanke åt Johanna och hennes familj. Johanna somnade in lugnt och stilla igår kväll. Hennes man Olle fanns hos henne och deras tre barn var här tidigare på dagen.

Anna-Carin sänkte blicken och vände sig från gruppen för att tända ett vitt stearinljus på den öppna spisen.

Alla i rummet höll sig stilla. Boel visste inte vad hon skulle göra av sina händer. Fast hon egentligen önskade drämma till något lät hon fingrarna sansat flätas samman i knät. Utifall någon skulle få för sig att de skulle be. Men ingen sa något, inga gemensamma böner. Inte heller några protester mot orättvisan i att Johanna ryckts bort från livet. Boel tänkte på den lilla frågvisa pojken Teddy och hans syskon som lekt på golvet. Det var inte särskilt många dagar sedan. Nu fanns hans mamma inte längre. Boel kände hur hon ville springa ut ur rummet. Bort från eländet. Bort från det ombonade hemmet. Bort från döden.

Hon kände hur Daniel lutade sig mot henne.

– Det här blev jävligt deppigt. Vi drar.

De valde en avskild plats i andra änden av huset. Ett burspråk med spröjsade fönster och ett litet runt mötesbord med fyra karmstolar. Hon flyttade på en av stolarna för att göra plats åt Daniel. Det stod en skål med karameller i guldpapper mitt på den korsstygnsbroderade julduken. En hyacint som ännu inte slagit ut hölls på plats av packad mossa i en kruka i fönstret.

Daniels hy var genomskinlig, ett nät av blodådror framträdde tydligt vid tinningarna. Skinnet såg ut att vara flera storlekar för stort, kindbenen stack ut och ögonen satt djupare än vanligt. Vinterns blekblå dagsljus var inte smickrande mot en sjuk kropp. Boel slog sig ner intill honom.

– Daniel, du kanske inte behöver ge upp. Jag träffade en bröstcancersjuk kvinna i köket. Hon gav tips på bra behandlingar. Jag har surfat runt lite och hittat olika alternativ till den vanliga sjukvården. Det finns flera intressanta metoder. Du kanske ska testa någon av dem. Jag skulle kunna hjälpa dig att ...

Daniel greppade hennes hand.

– Nej!

Hans röst var brysk. Han höll blicken mot fönstret i stället för att titta på henne. Hon bestämde sig för att fortsätta.

– Lyssna här. Det finns de som blivit friska av naturmedicin. Jag läste om flera fall. En amerikansk läkare bland annat. Jag menar om du inte blir botad så kanske du ändå kan förlänga ... Hur som helst tycker jag inte att du ska ge upp innan du ens försökt. Snälla Daniel, du kan väl kolla på det.

– Nej, jag har kommit förbi det där med kvacksalveri. Jag är ledsen.

Nu var rösten mer försonlig och han hade vänt blicken mot henne. Hon undrade om han såg vad som pågick inom henne. Hon svalde och svalde men kunde inte få bort paniken. Som tusen nålar som ilade i hela kroppen, och så kniven i magen.

– Om jag skulle börja leta efter alternativa behandlingar, som jag inte ens tror på, skulle det stjäla tid. Min tid är alldeles för dyrbar. Mitt liv blev inte som jag trodde, långt ifrån vad jag hade hoppats. Men just nu trivs jag. Jag har funnit ett slags lugn. Mitt i smärtan och sorgen över att jag måste lämna allt försöker jag njuta av nuet så mycket det bara går. Jag önskar att du kan förstå mig.

Hon nickade men kände sig långt ifrån tillfredsställd.

– Fan också. Fan för dig! viskade hon.

Det blåste utanför fönstret. Hetsiga kastvindar som piskade snö mot rutan. Kylan hade passerat tiostrecket.

Det rosslade och pep i Daniels bröst. Han hostade ofta. Mest slöa harklingar som inte kunde utgöra någon som helst lättnad. Var gång han tog i gjorde han en ansats att hosta i näven. Handen ryckte till men det var som om han inte orkade höja den för hostan flög rakt ur honom. Boel erbjöd honom en karamell ur skålen, men han avböjde. Skulle hon berätta om kniven? Nu? Daniel hann före.

– Mitt i livet tror man att man har all tid i världen. Man räknar med att hinna uppleva allt tusentals gånger. Jag kommer aldrig någonsin bada i havet mer. Eller gå på bio.

Boel satt tyst. Hon lät betydelsen av ”aldrig” sjunka in.

– Vad saknar du mest? frågade hon.

– Att springa. Sen jag hamnade i den här stolen så har jag saknat att springa. Och det lär jag fortsätta att göra om man nu saknar något när man är död. Jag önskar jag kunde ställa mig upp och springa mig alldeles svettig och andfådd. Bara rusa rakt ut som en vild hingst tills lårmusklerna smärtar och jag får vattenblåsor och lila skavsår på båda fötterna. Och nu när jag tittar ut skulle jag vilja dra på mig ett par skidor med riktigt bra valla. Och livekonserter, det vore härligt att känna basens resonans vibrera i bröstkorgen. Sen saknar jag att måla förstås.

Han hostade igen och fick kämpa en stund för att få luft. Boel hämtade ett glas vatten och hjälpte honom att dricka några klunkar.

De satt tysta och stirrade stint framför sig. Boel valde en karamell ur skålen och lekte en stund med guldpappret innan hon knölade ihop det och gömde det underst i skålen. Godiset var beskt, smakade artificiell apelsin. Dessutom var karamellen vass och skavde på tungan och i gommen. Daniel bröt tystnaden.

– Jag har alltid trott att jag en dag skulle bli pappa och hoppades på oss, sa han med frånvarande röst som om han råkat tänka högt.

Boel nickade.

– Du skulle ha blivit en bra pappa, sa hon.

– Tror du?

Han såg uppriktigt förvånad ut.

– Ja, verkligen.

Han log ömt och drack mer vatten.

Boel drog sin stol närmare honom. Det var nu eller aldrig. Hon svalde och sänkte blicken.

– Jag var gravid, sa hon lågt.

Han flackade med blicken.

– När vi separerade. Jag hade just fått veta det och hade tänkt tala om det samma dag som ... Ville invänta det perfekta ögonblicket. Saltholmen kändes som en bra plats. Det var ju så vackert. Men när du berättat om den där andra fanns det liksom ingen anledning. Jag bokade in en abort redan dagen efter.

Det var som om han tappade varenda ansiktsmuskel. Kinderna hängde och munnen gapade. Flera gånger drog han in luft som om han skulle säga något, men ingenting kom ur honom. Boel hittade inte heller något mer att säga. Hon försökte få honom att dricka lite mer vatten men det var som om han försvunnit från henne.

– Jag måste ..., lyckades han till slut pressa fram samtidigt som han nickade mot sitt rum. Hon reste sig och lättade på rullstolens broms.

– Nej. Hämta Anna-Carin.

Hon satt kvar och såg Anna-Carin rulla iväg Daniel.

Hon lutade sig fram över bordet och tänkte på hur konstigt det var med hemligheter. Den här hade hon trott att hon skulle ta med sig in i evigheten. Hon hade hoppats att smärtan skulle mildras med åren. Men tomheten hade fortsatt att borra sitt giriga hål i henne. Som hon hade grubblat över aborten. Om hon gjort rätt eller inte.

Hon hade känt kniven karva i buken. Det hade strålat och ilat så att hon trott att hon skulle tuppa av. Vare sig smärtan varit ett hjärnspöke eller ej, hade hon behövt komma bort från den. Hennes enda utväg hade varit att hålla händelsen undangömd.

Så: pang! På tjugo sekunder hade hon fått ur sig alltsammans. Men det hade inte lindrat. Tvärt om. Delad smärta visade sig vara dubbel smärta.

Hon satt kvar. Tittade ut, tittade ner i bordet, i händerna. Kanske borde hon prata med någon. Hon tog upp mobilen, ringde nummerupplysningen för att bli kopplad till Oscar Kraft. Han svarade nästan genast och lät glad på rösten då han hörde vem det var. Utan att gå in på detaljer berättade hon för honom att hon sagt något som gjort Daniel ledsen. Hon hörde hur Oscar andades, det fräste som om det var fel på linjen vid varje utandning. Hon förklarade att hon ångrade att hon tagit upp något som hon visste skulle få Daniel upprörd. Hon borde inte gjort det nu, inte där.

– Boel, dödens väntrum gör saker med en. Det är lätt att bli självutplånande. Kom ihåg: du är där för Daniel, men också för din egen skull!

Strax efter att de avslutat samtalet skjutsades Daniel tillbaka av Anna-Carin.

Så satt de tysta och tittade på varandra. Han hade gråtit, både ögonen och näsan var röda. Boel viskade ett förlåt. Huden i hans panna veckades och han sträckte sig fram och lade handen mjukt över hennes arm.

– Du ska inte be om ursäkt. Antar att man kan säga att jag fick vad jag förtjänade. Men att du skulle behöva gå igenom det där alldeles ensam är fruktansvärt!

Han vände sig från henne, sänkte hakan och hostade så att det lät som om han skulle kräkas. Boel fick stoppa impulsen att dunka honom i ryggen. Så hämtade han hem nya krafter och vände åter ansiktet mot henne

– Lova mig att du bildar familj. Det skulle vara en tröst för mig att veta att du kommer sätta barn till världen.

Hon koncentrerade sig, ett andetag i taget.

– Men du är den ende jag någonsin velat ha barn med.

Han tittade ner på broderiet i bordsduken. En grön krans med röda äpplen och hjärtan. Han försvann in i sina tankar en stund, nickade åt något innan han öppnade munnen.

– Om vi vänder på det. Vi föreställer oss hur vi vrider tillbaka klockan och får mitt idiotiska snedsteg ogjort. Vi tänker oss att vi faktiskt gifte oss och fick barn. En parvel på tre kilo som liknade både dig och mig. Samtidigt som vi såg den lilla nya människan göra framsteg skulle jag bli sjuk. Du skulle då vara hemma ensam med en bebis medan jag sprang på läkarbesök, strålbehandlingar, cellgifter och gud vet vad. Idag skulle vi sitta här och vänta på att vårt barn skulle bli faderslöst. Vi skulle tala om barnets framtid, jag skulle kanske skriva ett brev, kanske spela in ett meddelande som för barnet bara skulle bli en anonym röst.

Daniel stannade upp och svalde ett ihåligt skratt innan han fortsatte.

– Jag skulle självklart ha varit oerhört stolt över vårt barn. Hade sörjt över att inte få vara med hela vägen. Jag skulle inte ha ångrat barnet. Men jag tror inte det hade varit bättre för dig. Att uppfostra en liten människa ensam är inte alldeles lätt. Så vad jag menar är: gå vidare. Vi hade inte blivit lyckliga i alla fall. Börja lev igen! Kan du lova mig det?

Hans röst var svag och hes och munnen verkade torr. Men han hade artikulerat och noga betonat varje ord, som för att rista in sin önskan i evigheten.

Boel blundade, som om hans ord skulle göra mindre ont om hon inte tittade.

– Okej, viskade hon medan tårarna droppade på bordsduken.

Nästa dag. Konturlös, inga mål och inga egentliga samtal. De bara var tillsammans, sida vid sida. Han hade ingen aptit längre men satt med då hon åt lunch med de andra i matsalen. Hon däremot hade fått tillbaka en viss matlust.

De tittade på tv en stund och gick några turer fram och tillbaka genom korridorerna. Väntade.

När Daniels familj kom klädde Boel på sig och gick ut för en promenad. Luften var mildare och det knarrade under skorna. Hon valde en upptrampad stig runt den lilla dammen. Vinterlandskapet gav känslan av att befinna sig någonstans i fjällen. Doften av snö gjorde henne sugen på att krama en snöboll för att smaka på den som en exotisk frukt. Men så kom hon ihåg något hon hört som barn: ”Inte äta snö – då får man mask i magen.”

Tankarna var svåra att sortera.

När hon kom in till Vallmolunden igen mötte hon Daniels familj i korridoren. Mamman grät i en näsduk medan pappan och storebror höll om hennes axlar. Så fort mamman fick syn på Boel sträckte hon ut armarna för att mötas i en omfamning.

– Han sa farväl idag. Han orkar inte längre och ville att det här mötet blev det allra sista. Det är så oerhört ..., snyftade hon in i Boels hår.

De gick sakta tillsammans bort till Boels gästrum. Mamman fick vatten i en plastmugg och lyckades samla sig.

– Vi är tacksamma för att du finns här för vår son. Att du väljer att stötta honom trots allt som hänt mellan er. Du ska veta att vi var mycket besvikna på honom när ni separerade.

Boel mumlade ett tack och önskade att hon hade kraften att säga mer.

De bestämde att de skulle hålla kontakten och Boel lovade att hon skulle stanna hos Daniel på Vallmolunden. Stanna tills allt var över.

På kvällen fylldes huset av otydliga skuggor. Boel gjorde sig redo för den gemensamma middagen i matsalen. Hon hängde en extra tröja över axlarna och gick för att möta Daniel. Men just som hon skulle knacka på hans dörr avbröts hon av en sköterska.

– Daniel är inte där!

Hon frös fast i golvet. Hade något hänt? Hon svalde och försökte slappna av i nacken innan hon vände sig om.

– Kom med mig, sa sköterskan och tog täten.

De gick uppför trappan. Boel hade aldrig varit på övervåningen som huvudsakligen användes till förvaring, tvätt och administration.

Redan halvvägs upp mötte en annan luft och andra lukter. En blandning av furu och rengöringsmedel. Efter sista trappsteget fladdrade hjärtat till i bröstkorgen, så som det alltid gjorde då hon klev in i ett moln av Daniel. Hans parfym. Hon slöt ögonen och fyllde lungorna med doften. Silade girigt fram den, befriade den från de övriga lukterna. Han fanns där någonstans, men hon kunde inte se honom.

Hon leddes in genom en dörr. Sköterskan log och lämnade henne vid ett uppdukat bord. Vit duk, tända ljus. Prydligt vikta servetter och handblåsta vinglas på höga fötter. Det var ett litet rum med snedtak och ett bågformat vindsfönster. Det uppdukade bordet stod i mitten och i övrigt fanns några stolar längs väggarna, ett arkivskåp i plåt, en större krukväxt på golvet och någon dussintavla på väggen. Lysrören i taket var släckta och de levande ljusen gjorde det annars opersonliga rummet hemtrevligt.

I stället för att sätta sig vid bordet bestämde hon sig för att invänta sitt sällskap. Hon hörde röster. Den ena tillhörande Daniel, den andra mullrade obekant. Dörren gled upp och Daniel fick hjälp in. Han var uppklädd i rutig skjorta och en av sina kavajer som satt lite säckigt. Hon kände igen hans busiga leende, trots att hans ansiktsmuskler fick kämpa för att hålla det på plats.

– Vad har du hittat på? viskade hon.

– Ville egentligen laga middagen själv eller ta ut dig på någon flott restaurang. Men i kväll har jag i stället tagit den flotta restaurangen hit.

Han gjorde en gest att hon skulle slå sig ner och genast kom en lång skranglig kypare i vitt förkläde in i rummet. Han bugade samtidigt som han lade vinlistan på Boels tallrik.

– Tack, jag tar gärna emot dryckestips, fnittrade hon.

Kyparens näsa for upp i luften. Nästan utan att röra ansiktsmusklerna började han förklara kvällens middag. Han sa något om en skaldjursallegretto och att han fått order om att porla upp en väl kyld champagne.

Han inväntade en nickning från Boel och och nämnde sedan att det skulle passa med ett smakrikt rött vin, en Chateau Musar från Libanon årgång 1999, till varmrätten.

Boel nickade igen. Kyparens mungipor drogs ut i ett nästan omärkligt leende. Sedan berättade han att de kunde se fram emot en dessert med inslag av chokladkross. Till den rekommenderade han ett portugisiskt vin med löfte om bränt socker och en lätt ton av jord. En omtyckt tioåring påstod han. En madeira: Cossart Gordon.

Servitören vände sig mot Boel som i sin tur tittade frågande på Daniel. Daniel bara skakade på huvudet för att visa att valet var helt upp till henne. Boel tittade upp mot kyparen.

– Det låter underbart, sa hon.

Skaldjursallegretto visade sig vara en halv ostgratinerad hummer dekorerad med räkor och stenbitsrom. Och precis som utlovat var det gott med champagne till.

Daniel hade bett om att få sin mat färdiguppskuren och i glaset hade han ett sugrör som han mest tuggade på. Han petade planlöst med sin gaffel i hummerstjärten, hon noterade att han bara låtsades äta men kommenterade inte saken. Med små rörelser torkade han sig om munnen och lade sedan ner servetten i knät.

– Jag sa farväl till min familj idag. Det var inte alls enkelt, men jag kände att det var skönt att få det gjort. Vi har alla sagt vad vi behöver till varandra.

– Frågan är om du och jag har sagt …

Boel blev avbruten av kyparen som plockade upp en fusklapp ur förklädets ficka.

– Alldeles strax kommer varmrätten. Och i afton är det värden, Daniel, som stått för receptet.

Medan kyparen hällde upp Musaren tittade Boel på Daniel.

– Ditt recept? mimade hon men fick bara en hemlighetsfull axelryckning till svar.

Några minuter senare dök varmrätten upp under två silverkupor på en liten vagn.

– Varsågoda, sa kyparen när han ställt fram tallrikarna utan att avtäcka dem.

– Du måste gissa vad det är innan du lyfter på locket, sa Daniel.

– Fisk kanske? Vi är ju på västkusten.

– Kolla under locket, sa han.

Boel lyfte kupolen och såg en perfekt rund potatiskaka. Under en bädd av grönsaker låg en köttbit. Såsen för sig, i en halvmåne runt potatisen.

– Min speciella potatisgratäng som du ju gillar så mycket. Och så har kocken råkat steka samma biff som jag bjöd på vid vår första dejt, om du minns den. Fast det är klart, jag brukar inte lägga upp maten så här proffsigt.

Vinet var gott ihop med köttet och gratängen. Boel fick påfyllning var gång kyparen dök upp. Huvudet kändes tyngre än vanligt, men på ett behagligt vis. De tog varsin espresso som serverades samtidigt som desserten. Vit chokladmousse med riven mörk choklad och ett hallon på toppen. Daniel plockade upp hallonet med fingrarna och lade det på tungan. I övrigt smakade han inte på desserten. Men han log belåtet då Boel skrapade det sista på sin tallrik.

– Det har alltid varit ett nöje att se dig äta, sa han.

– Lägg av!

– Jo, du slevar i dig maten med sådan frenesi att man kan tro att det är din sista måltid …

Ordens innebörd tycktes slå honom först efter några sekunder. Han såg ut som om han bitit sig i tungan. En nervös tystnad lade sig över dem. Döden hade klivit in i rummet, en objuden gäst som var ute efter att krascha festen. Men så var det något i Boel som spratt till.

– *Min* sista måltid? Jag som trodde vi firade *din* sista måltid, sa hon. Daniel tittade upp på henne. Hans ögon tvekade i ett par sekunder innan det brast för honom. Ur hans magra kropp störtade ett skratt som fick hans huvud att studsa upp och ner som om det satt löst på halsen. Boel skrattade också. Ett försiktigt fniss som mynnade ut i ett gapskatt.

Efter någon minut såg Daniel nästan plågad ut i en våldsam hostattack. De samlade sig, drack lite vatten, skrattade igen.

När lugnet åter lagt sig var Daniel utmattad. De bestämde sig för att middagen var avslutad.

Boel följde med i hissen ner och såg hur Daniel nickade till av trötthet. Hon hade tänkt säga god natt som vanligt i korridoren och därefter gå in till sig. Men så kände hon hur hans hand greppade underarmen.

– Ge mig en halvtimme och kom sen in till mig, sa han. Boel tittade frågande på honom.

– Kroppen står inte ut mer, viskade han.

En sköterska följde med honom in på rummet och Boel stod ensam kvar i korridoren.

Nu var hela Vallmolunden försjunken i tystnad. I tv-rummet satt ett glest sällskap samlat framför sena Rapports väderprognos. Snön skulle stanna och det såg lovande ut för en vit jul.

Hon nickade en hälsning till bröstcancerkvinnan som satt i soffan. Sedan slog hon sig ner på armstödet till en fåtölj.

En rapp trailer för julhelgernas storfilmer ackompanjerad av en käck ”Bjällerklang” skar genom lugnet. Boels blick fastnade i julgranens silverglitter.

Hon gick till sitt rum. Satte sig på sängkanten en stund, bläddrade i en gammal inredningstidning. Borstade tänderna, fäste håret i en tofs. Fem minuter före avtalad tid knackade hon på hos Daniel.

Han hade fått mediciner och låg och tittade ut.

– Kom, sa han.

Hon satte sig hos honom. Han var trött men ville inte blunda. Han ville inte somna ifrån kvällen, sa han.

– Jag sitter här, sa hon. Hela natten om du vill.

Han nickade och blundade i alla fall. Efter några minuter hade han somnat.

Följande dag var han svagare. Hon frågade om han ville komma ut. Han sa att det blåste för kallt. Men ville han inte lämna rummet i alla fall? Han skakade på huvudet. Sedan sov han genom förmiddagen, vaknade en stund mitt på dagen och log mot henne och sov vidare.

På kvällen bjöds Boel äta middag med de andra ute i matsalen. Fisksoppa. Hon fick i sig några skedar buljong innan hon skyndade sig tillbaka till Daniels rum. En sköterska som var på väg ut mötte i dörren.

– Han har fått mycket smärtstillande nu. Jag frågade om han önskade en läkare eller en präst, men han vill bara ha dig. Ring på klockan om det är något, sa hon med låg röst innan hon lämnade rummet.

Han halvsov, ögonen var i alla fall till hälften öppna som i dvala. En adventsljusstake lös försiktigt upp rummet, ingen annan ljuskälla. Boel satte sig intill sängen.

– Jag är här, viskade hon och värmde sina fingrar i knät innan hon lade dem på Daniels hand.

– Jag är rädd, sa han och tittade på henne.

– Det finns inget att vara rädd för, sa hon så övertygande hon kunde. Hon var också rädd.

– Har inga krafter kvar. Snart ... fan för döden, sa han och log. Hon nickade.

Han blundade en stund. Hon såg hur ögonen rörde sig under ögonlocken. Hon undrade vad det var för bilder han återkallade. Hans bilder, hans underbara världar som hon tyckte så mycket om.

Så öppnade han munnen.

– Förlåt mig, Boel. Förlåt för att jag gjorde dig illa och för att du behöver se mig så här ynklig.

Han behöll ögonlocken slutna.

– Sluta med det där nu.

– Jag menar det. Kan du förlåta, tror du?

Han viskade inte, men rösten var svagare än en viskning. Boel drog in så mycket luft i lungorna hon bara kunde. Hon tänkte säga att hon förlät honom, att hon var glad att vara hos honom även om det kändes hemskt att se honom tyna bort.

Hon ville tacka för åren med honom, säga att hon ville bära med sig allt det som hade varit bra.

Allt det ville hon säga.

Kanske också att hon fortfarande älskade honom, in i evigheten. För det gjorde hon.

Men ut kom bara ett viskande ”ja”. Hon nickade för säkerhets skull också.

Hon öppnade munnen igen men rösten bar inte.

Det var som att vrida på en kran. Hon satt med ansiktet mot Daniel och grät så mycket att det var svårt att andas.

Genom dimman i det svaga ljuset såg hon att Daniels ögon glittrade. Och hans mun log så mycket de spruckna läpparna tillät.

Hon lutade sig mot honom. Höll huvudet nära hans. Han viskade något som lät som ett tack. Eller var det bara en flämtning?

Hon grät tills hon kände sig alldeles lugn.

Så reste hon sig, drog av sig tröjan och knäppte upp jeansen. Hon klev ur kläderna och lämnade dem i en hög på golvet. Hon lyfte försiktigt på täcket och kröp ner hos honom i sängen. Hud mot hud.

Hon lade hans arm så att hon kunde luta sig mot hans magra bröstkorg. Hörde andningen och kände hjärtat. Fingertopparna trevade sig fram under täcket tills de fann hans hand. Så flätade hon ihop sina fingrar med hans. Då hörde hon det igen, när hon drog in doften av Daniel, sin Daniel, hörde hon den där flämtningen. Ett tydligt tack.

Oscar

Snön fortsatte att vräka ned. Han hade inte tagit sig ut på en vecka nu.

Christina hade lovat att komma över på middag vid sexsnåret. De skulle smaka av julskinkan och kanske ta lite luft nere på gården. Han hade stått i sovrumsfönstret och väntat i nästan en timme. Det var som att stirra ut i tomma intet, inget annat än mörka skuggor och vitt att vila ögonen på. Klockan sju gav han upp och gick ut i köket för att värma hemtjänstens portionsmat i mikrovågsugnen.

Två dagar tidigare hade han sett Boel komma hem. Hon hade dragit en rullväska efter sig. När hjulen trilskades i snön hade hon böjt sig, lyft upp väskan och sedan skyndat över gården in i porten. Han hade gått ner flera gånger, till och med stått utanför hennes dörr och tvekat. Men han hade låtit bli att ringa på. Hon kanske önskade vara ifred, intalade han sig.

Han spolade upp vatten i ett glas och tog med maten till soffbordet. Potatis, bruna bönor och stekt falukorv. Inga kokta grönsaker idag.

Han slog på teven och såg en frågesport medan han åt halva portionen. Han tittade på finalfrågan, ville se vem som vann och reste sig sedan för att gå ut i köket med disken när det ringde på dörren. Han tittade på klockan. Fem i åtta. Så Christina skulle komma med julskinka ändå.

Han kände först inte igen henne. Det stora blonda håret som varit så tongivande var borta.

– Vad tycks om min nya frisyr?

Boel strök handen över huvudet och vred sig i profil.

– Oj! Kort och fint.

– Det här är egentligen min riktiga hårfärg, närmast hårbotten i alla fall. Det går liksom inte att tvätta ur en blekning. Är det okej om jag kommer in?

Hon hade en melodi i rösten som han tidigare inte hört. Hennes steg var raska när hon gick in i vardagsrummet med ett stort leende. Oscar bestämde sig för att bjuda Boel på sitt speciella te.

– Du har ett väldigt fint kök, sa hon och klappade på köksbänken.

– Det är lite omodernt. Skåpen sattes upp på sextiotalet och har endast blivit ommålade ett par gånger. Och kranen droppar. Men köket fungerar fortfarande.

– Jag tycker om gamla saker, fattar inte varför det blivit poppis att renovera bort all charm. Men jag har sagt ja till bastun eftersom Clemens lovat att renoveringen inte kommer förstöra lokalens golv, det förstod du kanske.

Oscar valde att bara nicka till svar. Han hade bestämt sig för att försöka släppa bastun, det tjänade ändå ingenting till att predika när det hela redan var bestämt. Han ställde ner två rykande temuggar.

– Varsågod, det här är ett speciellt te. Gjort på mjölk och lite honung. Dessutom är det spetsat. Har du redan skrivit på listan? frågade han.

– Nej. Clemens kommer upp med listan på måndag, jag skriver på då.

– Han far med osanning, eller har kollat med fel personer. Originalgolven måste bort om bastun ska kunna byggas.

Oscar skakade på huvudet och suckade uppgivet. Boel såg ut att vilja fråga något men han orkade inte prata mer om den där satans bastun. I stället reste han sig och hämtade honungsburken.

Boel höjde drycken mot munnen och tog en klunk utan att blåsa på den först. Hon grimaserade av hettan och sög in luft så att det visslade, teet hade förmodligen bränt henne på tungan. Hon ställde ner muggen och blåste i den innan hon försiktigt gjorde ett nytt försök. Hon svalde och nickade uppskattande.

Oscar såg hur hennes blick fastnade i fönsterglasets spegel där kökets lampor lyste som gula bollar. Han undrade om hon också lyssnade till tystnaden som fanns där bakom den droppande kranen. Hon vände sitt ansikte mot honom.

– Daniel gick bort i mina armar, sa hon med klar röst.

Oscar slöt ögonen och nickade, han hade haft det på känn.

– Jag tror att han tog sitt sista andetag i sömnen. Jag fanns hos honom och hann säga allt.

Hon satt med rak rygg. Den flickaktiga blicken var borta, ändå såg hon liten ut.

– Förlät du honom?

Hon nickade.

– Och precis som du sa föll ett enormt stenblock från mina axlar. Jag är glad att jag åkte dit igen.

Han log.

– Vad händer nu?

– Begravningen hålls efter helgerna. Jag ska hjälpa till med förberedelserna och stötta hans familj.

– Hur mår du? frågade han.

– Jag mår ganska bra, trots att sorgen är stor.

Hon tog en klunk av teet. Suckade och sänkte rösten.

– Jag lovade honom att börja leva.

Hon slog ut med armarna och sprack upp i ett försiktigt leende.

– Tänker du hålla det löftet då?

– Det känns faktiskt som om jag redan har börjat.

Det ringde i Oscars mobil. Han tänkte först strunta i

att svara. Men då Boel uppmuntrande nickade åt honom tryckte han ändå på den gröna knappen. Det var Christina som ville tala om hur ledsen hon var över att ha missat middagen. Innan samtalet var över kom de överens om att äta frukost tillsammans på julafton, innan han skulle till Pethrahemmets jullunch.

Boel berättade att hon skulle vara med sin familj hemma hos sin syster under julafton. Julen var inte så viktig. Mest en massa krav som ingen kan leva upp till, sa hon.

Oscar tänkte på jularna i Västerbotten.

När barnen hade varit små hade julfirandet varit en av höjdpunkterna på året. Han såg framför sig hur Gerda och barnen kavlade ut pepparkaksdeg över köksbordet. Han kände doften från ugnen, samtidigt som ett rangligt pepparkakshus växte fram, med sockerglasyr på taket och gelatinblad som fönster. Han såg barnens julklappar med skrynkligt papper under granen. Han såg byatomten som med en brinnande fackla kom med häst och släde över isen. Alltid lite på lyran eftersom deras hus låg sist i byn. Ett år hade Oscar snickrat en lådbil till John. Han hade lackat den röd och Gerda hade knutit en stor rosett runt ratten. Han kunde fortfarande minnas Johns stora ögon när tomten bar in lådbilen.

– Under många år var jularna djupt plågsamma, hörde Oscar sig själv säga. Det blev så uppenbart att John saknades. Vi höll fast vid traditionerna för Christinas skull, men egentligen kände vi nog för att strunta i alltihop, både Gerda och jag. Sorgen blev som störst när man skulle vara som gladast.

– Hur känns det idag?

– Jag tänker inte så mycket på julen. Låter den mest passera, som alla storhelger. Hade man haft barnbarn hade det naturligtvis varit annorlunda. Men nu är det bara jag. Och Christina, men hon är inte mycket för julen hon heller. För

Gerda är julafton som vilken dag som helst.

Boel blåste i sin mugg trots att teet kallnat.

– Får jag fråga om sorgen läkt med tiden?

– Vi lever sida vid sida, sorgen och jag. Jag håller dessutom på att lära mig leva med sorgen över att ha förlorat Gerda också.

– Jag hoppas för din skull att du kan känna frid en dag, sa Boel. Oscar nickade, ville att hon skulle tro att han var på god väg. Men i själva verket hade han givit upp hoppet för länge sedan.

Boel

Första fredagen efter nyår blev Daniel ett med havet. Boel höll Daniels mamma i handen medan vinden förde bort askan. Alldeles odramatiskt och samtidigt lite overkligt att det där pulvret var Daniel.

Tiden därefter blev märklig. Ibland rusade den fram som tåget och ibland stod den alldeles stilla. Himlen överraskade då och då med mer snö. Annars var årets första månad en mörk transportsträcka.

I slutet av februari kom ljuset och Boel tog sig ut. Hon började gå varv runt kvarteret. Hon tittade in i närbutiker, drack kaffe i små lokala barer. Hon besökte den närliggande frisörsalongen varannan vecka för att hålla håret riktigt kortklippt.

Allt eftersom utökade hon utflykterna till längre upptäcktsfärder. Trots att hon bott i Stockholm nästan ett år bjöd staden fortfarande ut sig som en främling.

På nätet sökte hon efter intressanta platser och hamnade på Långholmens utställning om öns gamla spinnhus. Det legendariska fängelset fungerade idag som både vandrarhem, fik och museum. Gamla fotografier, brev och fångdräkter fanns i samlingen. Samt en repstege från ett misslyckat flyktförsök. Att kliva in i rastgårdarnas tårtbitsformade inhägnader gjorde starkast intryck. En känsla av hopplöshet låg fortfarande i luften och redan efter ett par steg längs muren sökte hon sig tillbaka ut.

Hon tråcklade sig genom den täta biltrafiken vid Norrtull och promenerade ner till Hagaparken. Ställde sig under valven i ekotemplet, försökte föreställa sig parkens kullar i sommarskrud.

Hon strosade Strandvägen fram. Borgar på rad vars portar avslöjade blodröda heltäckningsmattor och elegans. Ibland en mur eller järngrind ut mot gatan. En avståndsmarkör; vi mot dem. Boel konstaterade att fastigheten hon själv bodde i, den gamla banken, hade gjort sig alldeles utmärkt intill paradgatans tjusiga fasader.

Nordiska museets tinnar och torn lockade. Lika skrämmande som inbjudande. Som ett gigantiskt slott. Hon stod och stirrade upp på den enorma huskroppen då hungern grep tag i henne. Kiosken vid bron hade öppet. Hon hittade en hundralapp i plånboken och köpte två varmkorvar och en kaffe. Sedan gick hon planlöst igen. På gator hon inte kände, förbi människor med raka ryggar men flackande blick.

I ett gathörn några kvarter från platsen där Karlavägen övergick i Birger Jarlsgatan fladdrade en ensam marshall. Automatiskt drogs blicken till skyltfönstret. Tomt. Ingen skylt, ingen skyltning. Vid en närmare koll såg hon att lokalen var ordentligt upplyst. Rader av spotlights i taket, vita rena väggar. Ett galleri. Hon stannade till. En långsmal tavla, guldblå, bombastisk, lyste på väggen. Förutom till formen förutsägbar. Förmodligen var tavlan lättsåld till någon nybliven vindsvåningsägare. Boel gick närmare fönstret. Hon kände pirret och ville ha mer. Ville pröva om fingertoppskänslan ännu fanns. Just som hon skulle känna på dörrhandtaget ringde telefonen i jackfickan.

– Vi har hittat ett förseglat brev bland Daniels saker. Det står ditt namn på kuvertet.

Det var Daniels mamma.

Tre dagar senare låg brevet på hallgolvet, som en mörkbrun installation att förhålla sig till.

En hälsning från Daniel. En sista överraskning.

Brevet var skrivet på Vallmolunden och daterat en av hans sista dagar i livet, han måste alltså ha skrivit det medan hon var där.

Hon skar upp kuvertets papper med en bordskniv och fann ett gult pappersark med grova fibrer och Daniels framtunga handstil.

Kära Boel

;-)

Boel stod i hallens dunkel och stirrade på pappret. En smiley. Vad var det för mening att skicka ett meddelande som inte sa något?

Hon läste det igen.

Kära Boel

;-)

Hon tryckte knogarna mot tinningarna. Fanns det något minne att återkalla? Hade de pratat om smileys? Nej.

Lite besviken gick hon ut till vardagsrummet och stannade vid fönstret.

På gården hade arbetet med att bygga badtunna börjat. Snön var undanskottad och mellan de största träden var marken ett stort hål. Man hade röjt undan flera skottkärror gatsten.

Hon vände sig om och gick till sovrummet. Tavlan Daniel målat inför deras förlovning låg under sängen. Stor och tung. Skrytsam och glad. Hon blåste bort lite damm innan hon bar ut den till vardagsrummet. Hon mötte sin egen blick som Daniel fångat medan de fortfarande var lyckliga. Den självklara kärleken var så banal att få brydde sig om att illustrera den. Ännu färre lyckades. Av hundra sånger om kärlek var endast ett fåtal tillägnade den lyckliga varianten.

Daniel hade ändå lyckats. Kanske för att han i skapandets ögonblick inte vetat om förlovningen verkligen skulle bli av. För att han lät betraktaren ana en kärlek som kunde gå förlorad.

Boel gick ut på balkongen i strumplästen. Lät den friska luften berusa. Först när det kändes som om tårna skulle fastna i balkongens iskalla betong gick hon in och tittade på brevet igen. Den här gången strök hon fingrarna över pappret, vände på det och höll upp det mot taklampan. Och där i motljuset kunde hon se att arket mättats i mitten. Gul akvarellfärg, endast något mörkare än pappret. Några siffror på rad. Som en vattenstämpel, svag och genomskinlig.

Hon kände hur ansiktet formades i ett leende. Två datum. 31 januari–27 mars.

Jahapp, sa hon för sig själv. Och så ett skratt.

Datumet var varken hennes eller Daniels födelsedag. Och bröllopsdag hade de ingen.

Hon hämtade datorn. Slog först in 31 januari. Oändliga rader av träffar.

Republiken Nurus nationaldag.

1797, den österrikiske tonsättaren Franz Schubert föds.

Ivar firar namnsdag.

Hon slog på den 27 mars. Lika spretigt här.

En whiskyfestival i Sundsvall.

1770, den italienske målaren Giovanni Battista Tiepolo dör. Exakt två hundra år senare föds den amerikanska sångerskan Mariah Carey.

Rudolf och Ralf har namnsdag.

Så slog hon in alltihop: 31 januari–27 mars.

En meningsfull träff. Nästa vårsalong på Liljevalchs.

Hon hade bytt om flera gånger. Till sist blev det en knälång second hand-klänning i berlinerblått. Över den farmor Lillys gamla pälskappa som fortfarande luktade malmedel från farmoderns garderob.

Taxin stannade nära huvudentrén och Boel hann bättra på sina röda läppar innan Oscar tagit sig ur bilen.

– Den är läcker, den där skulpturen, sa han och nickade upp mot en staty som balanserade på en hög kolonn alldeles framför ingången.

Hon kände igen den, men var tvungen att fråga vad det var.

– Bågskytten. Skapad i brons av Carl Milles. I dagsljus ser man hur den nakne stackaren till atlet står på ryggen av en svart örn. Vad han spänt sin båge mot kan man bara gissa. Kanske någon stjärnbild, sa Oscar.

Boel plockade fram biljetterna och de steg in i värmen. I den stora skulpturhallen serverades vin och snittar som såg ut som små tårtor.

Det var en märklig blandning av människor i lokalen. Hälften var uppklädda för fest med en doft av parfym, andra gick omkring orakade i slitna jeans och urtvättade skjortor. Typiskt konstnärer, tänkte Boel. Oscar tittade varken på skulpturer eller övriga gäster. Han hade vänt blicken mot taket.

– Det var länge sen jag var här. Gerda brukade dra med mig hit. Jag måste dock erkänna att konsthallens arkitektur intresserat mig mer än de flesta utställningar vi besökt.

Oscars stirrande fick Boel att titta uppåt.

– Djurgårdsfolket klagade då huset var nytt. De tyckte att byggnaden var ett hafsverk, att det inte passade in bland övrig arkitektur. Men jag håller med Carl Bergsten, arkitekten. Betongfasaden behövs som kontrast här på Djurgården. Kanske är det ändå här på insidan som huset verkligen blir begripligt, sa Oscar.

Boel såg sig omkring. Salarna var rymliga och det rådde inget tvivel om att de var byggda för att vara en utställningsplats. Oscar svängde upp käppen i luften.

– Se på alla fönsterband vid taket. Vackert! Och titta på

trapporna och dessa träpaneler som ger rummen, och oss besökare, hyggliga proportioner. Och visst känns det som att befinna sig i ett sydeuropeiskt palats!

Oscar lät nästan andfådd.

Jo, det var verkligen fint. Då Boel tidigare besökt Liljevalchs hade hon fokuserat på det som hängde på väggarna, hon hade knappt noterat arkitekturen.

Redan i den första utställningshallen hade Boel känt sig upprymd. Och hon fylldes av alltmer lust och energi ju fler konstverk de stannade vid. Det var inte det att hon tyckte att all konst var fantastisk. Det var mer en känsla av att landa i en miljö där hon kände sig hemma.

De fick tag i ett program med karta över utställningen. Boel letade en stund innan hon fann det hon sökte. De skulle till andra sidan om souvenirbutiken. Oscar fortsatte att titta mot taket.

– Ibland saknar jag Västerbotten så förbannat. Luften, skogen och ljuset på sommaren. Men får jag bara komma in i sådana här magnifika byggnader påminns jag om varför jag har det bättre här i huvudstaden, sa han med svag röst som studsade mot väggarna.

Oscars steg hade blivit allt långsammare och Boel förstod att han behövde vila benen. Hon föreslog att de skulle slå sig ner på en av bänkarna. De hamnade framför en gigantisk tavla som upptog nästan en hel vägg.

Då de redan satt där på bänken upptäckte Boel att tavlan föreställde en erigerad penis. Hon kände att hon blev röd i ansiktet.

– Jaha, nu får du som kan det här med konst tala om för mig vad vi tittar på, sa Oscar.

– Ja. Alltså det där är ju en …

Oscar avbröt henne.

– Jag ser naturligtvis vad den föreställer. Men du kan väl förklara varför den målats.

Boel var inte säker på om Oscar drev med henne, var uppriktigt intresserad eller om han blivit irriterad över att behöva sitta och glo på ett flera meter stort könsorgan. Hon bestämde sig i alla fall för att svara honom. Hon tittade på verket en stund. Fick ingen direkt intellektuell uppenbarelse. Penisen var centrerad och frilagd mot en ljusgrön bakgrund. Den var alldeles gråblek och inte det minsta förskönad. Hon gissade att en kvinna målat den och tittade i programmet. Mycket riktigt, en Isabel Dahlgren.

– Verket är en slags motreaktion till sexismen som finns överallt. Inte minst i konsthistorien. Den är skapad för att avdramatisera det manliga könsorganet som maktsymbol, sa Boel fast hon inte själv var säker.

– Jaså. Den är lite märklig får man säga. Men framför allt är den välhängd.

Oscars ordvits fick Boel att skratta. Trots att hon höll för munnen hörde hon sitt eget skratt fara iväg över lokalen.

Efter en stund reste de sig. De serverades lite påfyllning i vinglasen och tittade i programmet igen. I nästa utställningshall fanns det Boel ville att de skulle se.

Hon gick några steg före Oscar och möttes av en solkatt från den blanka ramen. Tavlan kändes stor, större än de som hängde intill. Hon tittade in i en diffus rök, ett grått hölje över en rad små motiv målade med mycket svaga anslag i penseldragen. Alla motiven var vardagliga. Nästan irriterande vardagliga. En cykel, en bil. En häst, en glass och en kantarell. Och slutligen en kvinnas ryggtavla. Samtliga instoppade i varsin fyrkant med taggig ram.

Det var ingen varm tavla, inte heller särskilt kall. Tavlan visade någon form av distans. Den diffusa röken hindrade till och med hoppet att nå motiven. Hon kom att tänka på gamla skolplanscher.

Vad ville Daniel säga med tavlan? Vad hade han målat? Inte kärlek. Inte heller motsatsen.

Boel prövade en ny tankebana. Tavlan kanske inte hade någon mening, den kanske bara var tänkt som en visuell upplevelse. Rakt upp och ner. Fast nej, det skulle inte vara likt Daniel. Han tyckte om att överraska och ville absolut säga något med målningen. Dessutom kände hon att det fanns fler dimensioner där. Bara hon kunde knäcka koden.

Tavlan var ett kamouflage. Den där röken som var omöjlig att ta sig genom betydde förstås någon form av ångest. Daniel hade målat sin ångest men hon förstod fortfarande inte varför han målat en cykel, en svamp och allt det andra.

– Jaså, här har vi den, utbrast Oscar innan han stannade en halvmeter bakom henne. Om jag bara kunde begripa varför han har målat av frimärken.

– Frimärken?

– Ja, jag känner igen nästan alla. Gerda brukade samla frimärken i en liten ask.

Boel vände sig om och tittade förvånat på Oscar. Så många timmar hon vigt åt Daniels konst och ändå hade hon missat att se vad tavlan föreställde. Så tog Oscar det bara sådär. Nästan tre meter från tavlan dessutom.

Oscar tycktes inte lika imponerad av sin bedrift, han ryckte bara lite lätt på axlarna.

– Min syn, jag ser fantastiskt bra på långt håll. En av få ålderdomskrämpor jag uppskattar. Men det där frimärket känner jag inte igen. Frågan är om det ens har existerat, sa han och pekade på frimärket som föreställde kvinnan.

Hon gick närmare tavlan. Under dimmans skira men ogenomträngliga slöja hade Daniel alltså gömt en rad kopior av frimärken. Hon studerade det som föreställde kvinnan. Hon borde ha förstått, det var hon själv som var på väg, med ryggen mot konstnären. Hon var på väg från honom.

– Det är ett avsked, viskade hon.

De satte sig vid ett fönsterbord i restaurang Blå Porten. Hon tog en hallonsmoothie och en ciabatta med pepprad mozzarella och stekta grönsaker. Han beställde en slät kaffe och en räksmörgås.

– Daniel ville att jag skulle komma hit för att han förstod vad jag saknade och behövde. Han var sån, han kände mig, sa Boel.

Hon hade gått fram till Daniels tavla och sagt att hon ville köpa den men då fått veta att den inte var till salu eftersom konstnären ville ge den till sin före detta fästmö.

– Tänker du låta även den här tavlan ligga under sängen, precis som förlovningstavlan? frågade Oscar och rörde ner lite socker i kaffet.

Boel skakade på huvudet och tuggade ur munnen.

– Nej, de ska hänga tillsammans, på en väl synlig plats. Den ena en påminnelse om vad som varit. Och den andra en påminnelse om att ta till vara nuet och se lite ljust på framtiden.

De åt en stund i tystnad. Ciabattan var seg, Boel önskade att hon valt en något mindre trögflytande dryck.

– Hur mår din fru? frågade hon och rörde med sugröret i glaset.

– Gerda känner ytterst sällan igen mig längre. Jag tror att hon är på väg att försvinna. Om hon dör från mig har jag inget kvar. Jag menar inget att leva för, sa han.

– Din dotter då?

– Jag är mest en belastning för Christina.

Oscars ögon var dystra och han skrapade upp den sista majonnäsen med en brödkant varpå han drack en skvätt kaffe. Sedan torkade han munnen fram och tillbaka i en servett och sköt sin tallrik ifrån sig.

De satt en tysta en stund och tittade på Liljevalchs pelare som stod gömda på innergården. Man hade byggt in fasadens vackraste sida.

De reste sig och gick över caféets lutande golv, köpte varsin mazarin. Oscar betalade med kontanter medan Boel ringde efter en taxi.

Oscar

Han hade sovit dåligt i flera veckor. Sämre än vanligt. Haft konstant frossa trots både raggsockor, dubbla täcken och uppskruvade element.

Men värst hade mardrömmarna varit. Han förde nattliga kamper mot olyckan igen. Bränder, höjder och mörka vatten. I drömmen tvingades han rusa genom tjock luft och jaga i omöjlig terräng, hela tiden medveten om att allt höll på att gå åt helvete. Spelreglerna hade ändrats, nuförtiden var det Gerda, och inte John som ropade efter honom och drömmen var inte av förlåtande art.

Varje dag hälsade han på Gerda trots att han endast var en kropp för henne, ett sällskap vilket som helst. Hennes hand kändes svag och lealös. Hon var dålig i maten, sa personalen. Han frågade hur nätterna blivit och fick höra att det givetvis fanns personal i huset, även om de inte höll till just på Gerdas avdelning dygnet runt.

Enligt ett svarsmejl som Christina fått från Pethrahemmets ledning fanns inte någon som helst orsak till oro, de gamla hade det tryggt. Ja, man hade till och med installerat ett nytt larm.

Annars höll Oscar sig hemma. Han vilade, läste tidningen och utbytte artighetsfraser med hemtjänsten. Och han stod i sovrummets fönster.

Ett dovt skrapande ljud väckte honom. Metall och sten i en obehaglig förening. Oljudet hade pågått i flera veckor, men

Oscars öron ville inte vänja sig. Utanför fönstret höll arbetet på för fullt. En hantverkare i blåställ grävde upp gatsten med spett och spade. Han hade nästan fyllt ännu en skottkärra och en lång ränna skar gården itu. Antagligen skulle man gräva ner rör till badet.

Clemens stod med båda armarna i sidan och följde arbetet. Då och då gestikulerade han ivrigt, Oscar antog att han delade ut instruktioner.

Telefonen avbröt spektaklet. Det var Boel. Hon var ute. Solen sken visst där hon var och hon tyckte att det var alldeles för länge sedan de setts. Han erbjöd sig komma ner till henne senare under eftermiddagen. Men hon hade hyrbil och ville genast hämta honom, sa hon.

Ingen promenerade på Brunnsvikens is längre. Det snötäckta locket låg kvar, men nu skavde flytande isblock mot strandkantens stenar.

Boels blick bar på hemligheter när hon lutade sig över framsätet för att öppna bildörren åt honom. Hon var fortfarande hemlighetsfull då de slog sig ner vid ett av restaurang Stallmästaregårdens fönsterbord. Drottning Kristinas sommargula paviljong såg lite enslig ut så här års. Men vilken fantastisk vy, konstaterade de båda.

Solen träffade trädens grenar och lämnade ett vajande nät av skuggor på marken. På platsen som brukade vara full av båtar om sommaren satt nu en kvinna och matade en växande fågelflock. Det var vår i luften.

Boel beställde två glas med färskpressad apelsinjuice.

De beundrade parken i lugn och ro innan maten serverades på stora varma tallrikar.

– Vad har du haft för dig sen sist? frågade han och vecklade ut en tygservett i knät.

– Det har mest handlat om att ta hand om mig själv. Jag sover mer regelbundet och har upptäckt att människan mår bra av frisk luft och mat som inte legat i plastburk, sa hon och pekade med kniven på torskfilén på tallriken. Jag har även börjat fundera på vad jag vill göra med mitt liv.

Hon skar lite i fisken.

– Men konsten då? Ska du inte fortsätta att köpa och sälja tavlor?

– Jag är inte säker på att jag fortfarande har talangen.

Hon skrattade ihåligt.

– Din talang finns med all säkerhet där. Så fort du kommer i kontakt med skapandets magi igen kommer allt tillbaka, sa han.

– Jag vill passa på att tacka dig, Oscar. Utan dig hade jag fastnat i min egen bitterhet.

Hon tittade allvarligt på honom.

– Det är viktigt att kunna förlåta ... ibland, sa han. Boel torkade sig om munnen och släppte ner servetten på bordet. Han kände hur hon granskade honom innan hon öppnade munnen.

– Du har visst en del att ta tag i du också, sa hon.

– Jag lever på bara. Jag skulle bli tokig om jag började tänka för mycket.

– Du kanske måste tänka. Och du kanske måste ner i skiten och slamsuga botten för att kunna ta dig upp. Oscar, du är snart hundra år. Låt inte bitterhet förstöra din sista tid i livet!

Hon hade haft rätt, han kunde inte fortsätta vara bitter. Men vad fanns där att göra? Han hade kommit fram till att det vid hans ålder var enklast att låta allt vara som det var, inte röra till det.

Boel hade betalat för dem båda och när de satt i bilen igen sa hon att hon hoppades att han inte hade bråttom hem, för hon tänkte köra runt lite.

Bilköer, åt alla håll. Vad gjorde folk i sina fordon? Han

hade en känsla av att människan blivit bekvämare. Den tid som man sparade in på moderniteter användes till att lata sig. Och överallt rullades asfalt ut. Nya vägar. Bredare, snabbare. Målet var förstås att minska köerna. Men vägplanerarna bortsåg från begreppet inducerad trafik. Ända sedan 1960-talet var det väl känt, nya vägar genererar ny trafik. Människan anpassar sig, även när det gäller vägar.

De körde E4:an norrut. Åt rätt håll, brukade Gerda skoja då de förr om åren åkte sträckan till något av de större varuhusen norr om stan.

Han försökte föra ett samtal, men Boel hade stängt in sig bakom ett par stora solglasögon. Hon bara log och körde. Så svängde hon av mot E18.

– Nu förstår du kanske vart vi är på väg, sa hon samtidigt som de körde om en mindre lastbil.

Ja, han hade det på känn. Men först då han sett skylten vid infarten kunde han vara säker.

Boel parkerade i en handikappruta alldeles vid ingången, han valde att inte påpeka det olämpliga i det.

– Vi ska inte stå här särskilt länge. Jag tänkte att vi skulle hämta Gerda. Jag har en känsla av att hon behöver komma ut, sa Boel och knäppte loss bilbältet.

Det var så länge sedan han varit utanför hemmet med Gerda. Förra våren. Han hade inväntat kala fläckar på marken och klätt på henne ordentligt. Trots att de hade promenerat mycket lugnt, i armkrok, hade det varit vanskligt. En vind hade nästan tryckt dem tillbaka genom entrédörren. Men de hade fortsatt nerför rampen, gruset kärvt under stegen. Före busshållplatsen hade de stannat. Gerda hade vänt sitt ansikte mot vinden, hennes nästipp och kinder rosiga.

De hade gått lite till. Han hade tänkt att de skulle ta sig till parkbänken. Men Gerda hade hängt på hans arm. Hon hade grymtat vid varje steg. Och hon hade känts tyngre än han mindes henne.

De hade rundat busshållplatsen och gått tillbaka.

När han drog av henne skorna och lirkade på hennes tofflor hade han bett om ursäkt för att promenaden misslyckats. Rak i ryggen hade hon suttit i sin stol och sett frågande på honom. Hon hade redan glömt den.

Nästa gång hade han lånat en rullstol, tagit ut henne på innergården. Men tegelväggarna omringade dem som murar och hindrade vinden. Gerda hade knappt förstått att hon befann sig under bar himmel.

Boel hade bett honom klä Gerda i något fint. Han valde en röd kofta ur hennes byrå, hon hade alltid tyckt om varma färger.

När de satt i baksätet på hyrbilen hade Gerda dragit fingrarna genom håret så som han sett henne göra i alla tider.

Hon hade vänt ansiktet mot bilrutan, han kunde inte avgöra om hennes blick följde tallarna som gled förbi eller om hon fokuserade på smutsfläcken på glasets utsida.

Uppslukad av Gerdas väsen försummade han att använda sitt lokalsinne. Åkte de norrut, hade de svängt?

Boel var envis i sin vilja att överraska och hade inte sagt vart de skulle.

Solen stod lågt och han frågade Gerda om hon hade besvär av det starka ljuset. Inte då, hon oroade sig endast över om hon kommit ihåg att låsa polislåset på ytterdörren.

De rullade förbi vintersvarta åkrar och genom ett höghusområde under uppbyggnad. Efter att de svängt vänster i två rondeller kom de in i ett villaområde.

Inte ens då de parkerade förstod han var de hamnat. Boel hjälpte Gerda ur bilen och de gick in på en tomt. En rak gång av röda stenplattor, en allé av trädgårdslampor, en fönsterinfattad ytterdörr. Boel tryckte tummen mot ringklockan.

– Det var visst länge sen ni var här. Men du kan vara

lugn, sa Boel till Oscar. Jag har sms:at och hon vet att ni kommer.

– Hon? frågade han samtidigt som han kände igen nosen på sin gamla bil som delvis var dold bakom en häck av täta tujor.

Boel

Boel stod vid Christinas spis och lät kastrullens vattenånga landa över ansiktet.

Christina hade öppnat med ett stort leende. De hade hjälpts åt att få Gerda till en fåtölj i vardagsrummet. Flera gånger hade Christina lutat sig mot sin mors öra.

– Mamma, det är jag. Stina. Känner du igen mig?

Gerda hade nickat utan att titta upp.

Efter att Oscar hängt av sig rocken försvann han iväg på egen hand. När han kom tillbaka kommenterade han husets tillbyggnad och renovering. Jo, han tyckte det var välgjort men att det måste ha kostat mycket pengar.

Sedan hade familjen suttit och tittat på varandra i vardagsrummet. Tysta.

Två dagar tidigare hade Boel ringt till Christina. Hon hade berättat att hon var en granne till Oscar som hon lärt känna och kommit att tycka mycket om. De hade samtalat om Christinas oro för sina föräldrar. Hon hade uttryckt en längtan efter Gerda, men precis som Oscar berättat gjorde sjukhem och sjukdom att hon inte stod ut med att åka dit.

När Boel frågade om hon fick hämta upp Gerda hade Christina låtit glad på rösten.

Boel hittade en tekanna i ett av skåpen och hängde dubbla tepåsar över kanten innan hon hällde över vattnet. Sedan gick hon tillbaka till vardagsrummet.

Fortfarande var det tyst. Gerda höll händerna hårt om fåtöljens båda armstöd. Hon log inte men när hon tittade på

Christina var det med både förvirring och ömhet i blicken.

Boel satt länge och väntade på att ett samtal mellan Oscar och Christina skulle komma igång, självklarheter om teet, vädret och hur god sockerkakan såg ut eller vad som helst. Men tystnaden ville inte lätta.

– Det vore roligt att se lite fotografier. Från förr, sa hon.

– Jag har inte så värst många. Mamma har de flesta albumen. Men några bilder kanske jag kan hitta.

Medan Christina försvann iväg lade Oscar upp en skiva sockerkaka på en assiett som han ställde framför Gerda, sedan rörde han ner två sockerbitar i sin tekopp.

Christina kom tillbaka med en plastmapp. Hon letade bland buntar av fotografier tills hon valt ut ett.

– Nu ska vi se, sa Christina och höll bilden mellan fingrarna som om den vore ett torkat löv.

– Här är vi. Mamma och jag. Och så pappa. Jag tror att det är ett par år efter olyckan. Titta, den där bollen ... jag minns hur jag gick runt i veckor och höll den i famnen sådär, eftersom jag var rädd att vinden skulle ta den.

Christina skrattade och sträckte över bilden till Boel.

De stod intill varandra i en park, omringade av stora träd, antagligen ekar. Solen träffade dem från sidan och gjorde anletsdragen diffusa.

Gerda i knälång kappa lätt lutad över Christina, hon såg ut att säga åt henne att titta mot kameran. Christina kisade, eller så log hon. Bollen i korslagda armar strax under hakan.

Oscar stod rak och bredaxlad med stängd mun och ena handen vilande på Christinas axel. Hans blick såg ut att segla förbi kameran.

– Vad fina ni var, sa Boel.

– Ja, men pappa var dyster på den tiden. Han hade det inte lätt, eller hur pappa? Ingen av oss hade det, sa Christina. Det gick inte en dag sen John dog utan att jag saknade honom. Och jag gör det fortfarande. Men jag har lärt mig leva med min saknad.

Oscar sträckte sig efter bilden och lade den i handflatan. Han lutade sig tillbaka och blev sedan sittande så. Tyst stirrade han in i dåtiden. Endast ögonen rörde sig, fram och tillbaka i en triangel över bilden. Det var som om han inte kände igen sin egen familj.

Christina harklade sig.

– Ja, du pappa. Det har runnit lite vatten sen den där bilden togs.

Hon försökte antagligen bryta förtrollningen, få honom att titta upp. Men då han fortsatte att stirra in i fotot utan att röra en min hämtade Christina en bricka och började duka undan.

Boel såg att Oscar blivit lite blek. Då Christina lutade sig över honom för att ta hans kaffekopp sa han:

– Jag trodde att det räckte att bara vara där.

Christina ställde ner brickan mitt på bordet och tittade på Oscar.

– När jag ser bilden på dig som liten flicka inser jag att du har haft rätt, fortsatte Oscar mot Christina. Jag borde ha varit mer närvarande när du växte upp. Är ledsen över att jag inte kunde vara det.

Christina sjönk sakta ner i soffan mittemot honom. Hon höll ena handen för munnen, oklart om hon var chockad eller lättad.

Boel reste sig och lämnade dem. Hon hämtade jackan i hallen och gick ut i Christinas trädgård.

När hon kom tillbaka in efter nästan en timme satt familjen kvar i vardagsrummet. Christinas hand låg ovanpå Gerdas och Oscar log.

Boels händer gjorde ratten fuktig. Då och då slängde hon en blick i backspegeln, såg på Oscar som satt och höll om

Gerda i baksätet. Han log fortfarande och när de hade lämnat Gerda på Pethrahemmet slumrade han till med huvudet lutat mot bildörren.

Oscar

Ett svischande ljud från en sopkvast på gatan, fågelkvitter och skratt från människor som inte längre skyndade sig. Våren fanns där ute.

Två veckor hade gått sedan de setts. Och när Boel stod framför honom i dörröppningen påstod hon att han magrat. Det var möjligt, han hade känt att byxorna gärna hasade ner.

Han frågade om han fick bjuda på te. Eller om hon hellre ville ha vin.

– Ditt speciella te blir bra, svarade hon och klev in. Han fick känslan av att Boel svepte med sig våren in i hans kök.

Han fyllde munnen med silverteet och svalde. Boel drack också.

– Jättegott, sa hon och höll koppen i båda händerna. Hon frågade om Christina varit där och hälsat på. Han nickade. Christina hade kommit med en ny vattenkanna och sagt att han måste bli bättre på att ta hand om krukväxterna.

– Christina har alltid sagt att jag var frånvarande, att jag var besatt av John. Det har gjort mig irriterad och jag har konstant förnekat det. Skyllt på att Christina är bortskämd, lite barnslig och självupptagen. Men något hände då jag fick se det där fotografiet av henne som liten flicka. Jag kunde inte minnas någonting från dagen då bilden togs. Jag har ingen aning om vilken park vi var i, eller vad vi gjorde där. Jag minns inte Christinas ansikte, att hon hade ljust hår, hur hon lät när hon skrattade. Inte heller bollen. Jag kommer inte ihåg någonting förutom Gerda och hennes kappa.

– Man kan väl inte minnas allt. Speciellt inte om man levt ett långt liv, sa Boel.

– Jag vet naturligtvis att Christina fanns där, men jag minns inte hur hon var. Och det gör mig oerhört dyster. Men tack vare min insikt förstår jag min dotter mycket bättre nu.

Han såg hur Boel nickade mot honom.

– Jag vill tacka dig, Boel, sa han. Det blev ett värdefullt möte för oss.

Nere på gatan och på gården hade snödrivorna nästan smält bort. Endast remsor av is nersvärtade av avgaser och grus låg kvar.

Arbetet med att bygga badtunna hade tagit tid. Först hade det snöat för mycket, sedan var det visst något strul med hantverkarna. Men nu stod den överdimensionerade tunnan i alla fall där och väntade på vatten och badande grannar. Än så länge hade endast Mozart, fru Anderssons pudel, haft glädje av den. Den lilla hunden brukade ivrigt springa och pinka runt tunnan.

Det hade kommit lastbilar med byggmaterial till bastubygget. Allt låg under en presenning mitt på gården. Men Oscar hade varken sett några hantverkare eller hört borrmaskiner på flera veckor, vilket fick sin förklaring då han talade med ordförande Birger Borglund.

Hantverkarna hade hoppat av givna löften, eftersom de plötsligt insett att det krävdes kraftiga ingrepp på lokalen för att kunna fullfölja bygget. Och eftersom villkoret var att behålla lokalen i originalskick hade Birger blåst av alltsammans.

Clemens hade fått i uppgift att försöka lämna tillbaka allt material. Men leverantören hävdade att datumet för öppet köp passerat och nu försökte Clemens kränga alltsammans på Blocket. Föreningens styrelse hade skickat ut lappar om att lokalen var ledig igen.

I en plötslig längtan efter att ta ett glädjeskutt trampade Oscar med fötterna. Små försiktiga steg runt i lägenheten. Rum för rum. Han gick så sakta att det såg ut som om han stod stilla. Han funderade på om han skulle ta sig upp till salongen på övervåningen. Men då han kom ut i hallen ville benen något annat. Han klev ur sina tofflor och i ett par sandaler, vred om nyckeln i dörren och lämnade lägenheten.

På gården var det stilla, så som det brukade vara under middagstid. Även trafiken hade minskat så här dags.

Han riktade käppen mot badtunnan och dunkade till ordentligt. Han hade hoppats att den skulle falla samman.

Någon ropade på honom. Rösten kom uppifrån fasaden. Han vände sig och fann Clemens hänga med bröstkorgen vikt över balkongräcket.

– Vad tycks om tunnan, gamle man?

– Den kommer nog bli uppskattad under sommarkvällarna, sa Oscar. Clemens log brett och nickade stolt.

– Det tror jag också. Synd bara att jag inte kommer få glädje av den.

– Säg nu inte att du är en badkruka!

– Nej, för fan. Jag har blivit med regering. Ska flytta till villa och hela baletten. Mäklaren annonserar om visning i slutet av veckan.

– Där ser man. Hoppas att du får en bastu dit du kommer.

– Det kan du ge dig på. Damen i fråga är finska.

– Lycka till då.

Clemens gick in och stängde balkongdörren efter sig.

Oscar bytte hand på käppen och fiskade med högerhanden upp nycklarna ur rockfickan. Sedan gick han mot dörren till lokalen. Han vred om låset och tryckte ner handtaget. Innan han klev in tog han fram sin telefon. Boels nummer fanns numera inprogrammerat. Nummer två. Hon svarade med förvånad röst.

– Ta med någon av Daniels tavlor och kom ner till lokalen. Jag väntar i dörren.

Boel

Hon visste redan innan hon steg in att hon skulle tycka om den. Ingången hade dubbeldörrar med utsirade järnbeslag, just en sådan entré som anstår en anrik banklokal.

De stampade av grus från skorna. Oscar gick före och tände lampan i taket, en mässingskrona höljd i spindelväv och damm.

Lokalen var egentligen en samling rum. Fyra lika stora utrymmen med breda dörröppningar. Och ett mindre bankvalv med tjock dörr med handtag som såg ut som rodret på ett skepp. Tusentals trästavar i olika ljusa nyanser sammanlänkade rummen. Parkettgolvet var mycket riktigt alldeles för vackert för att offras för en bastu. Och precis som Oscar berättat var taket en kopia av det han hade i sin matsal.

– Vi hänger upp Daniels tavla så får vi se, sa Oscar och nickade mot en krok på en av väggarna.

De stod bredvid varandra och tittade på tavlan på väggen. Oscar log.

– Här har du din framtid, Boel.

Hon hade automatiskt sökt efter ursäkter. Men det som förvånat henne var att hon inte längre hade några. Allt hon kände var lust, det hade hon gjort sedan besöket på Liljevalchs. Allt hon såg framför sig var möjligheter. Hon behövde ingen mer övertalning.

Hon rollade väggarna med vit färg, och satte upp spottar mot alla lämpliga hängen. Oscar fanns där nästan hela tiden, kom med enklare smakråd, som var kassadisken skulle stå och vilka lås och larm hon borde ha. Dessutom hade han hjälpt henne välja beslag och armaturer som väl matchade byggnadens arkitektur och den mässingskrona som redan fanns där. Han lånade henne spik, borrmaskin, skruv och plugg. Och golvpolish till parketten.

Hela tiden var Oscar redo att gripa in och hon fick påminna honom om att han snart var hundra år. När han började hänga på käppen pekade hon på stolen som hon ställt dit för hans räkning.

De pratade medan hon donade. Om lokalen, tavlorna och hennes förhoppningar inför öppnandet. De pratade om Pethrahemmet, ledningen hade nu lovat förbättringar på Gerdas avdelning.

Ibland delade de en pizza eller hämtmat från kinakrogen.

– Jag är så glad över att du finns, sa Boel.

Dagen innan galleriet skulle öppna hade Boel putsat alla fönster, placerat ut urnor med stora björkrisbuketter, och ställt fram ett bord med vit duk och hundra vinglas för morgondagens besökare.

Boel korkade upp första vinflaskan. Därefter ställde hon ut marschaller både på gården och på trottoaren utanför grinden. Trots att kvällarna nu var ljusa hoppades hon att marschallerna skulle sprida feststämning.

Oscar dök upp exakt klockan sju. Han sträckte fram en stor bukett liljekonvaljer. De gick ett gemensamt varv genom lokalen. Oscar log hela tiden. När Boel märkte att hans ben inte orkade mer placerade hon honom i stolen som hon reserverat åt honom vid ingången.

Boel stirrade på raderna av orörda vinglas. Hade hon tagit i för mycket? I smyg tittade hon på klockan och såg att hon haft öppet i en dryg timme. Hon funderade på att börja ställa undan glasen då det hördes fotsteg i entrén. Birger

Borglund stod stilla och såg sig omkring innan han tog av sig sin kavaj och hängde den på armen och gick raka vägen mot en av tavlorna.

Sedan kom Lina. Och därefter några grannar till. Alla tycktes eniga om att det var positivt att det blivit ett galleri i huset.

När öppningskvällen var över räknade Boel vinglasen och kunde konstatera att hon totalt haft sjutton besökare. Ingen succé direkt. Men Oscar som suttit alldeles stilla på stolen hela kvällen var positiv.

– Jag känner på mig att det här kommer att gå fint, sa han.

Epilog

Sensommaren var varmare i Stockholm än i Sydeuropa. Luften stod stilla, dallrade ovan oljeblank asfalt. Allt levande höll sig i skuggan.

Boel ställde upp samtliga fönster i galleriet och lät två bordsfläktar stå på full effekt i utställningsrummen.

Ändå var hon klibbig av svett. En iskall Fanta svalkade tillfälligt.

Galleri Lillys första halvår hade gått över förväntan. Juli hade varit trögt, mest lockat nyfikna turister som lite vilset tittade runt utan att handla. Men så hade Oscar ritat ett skyltfönster till grinden. En snickare hade fått upp fönstret och lagom till industrisemestern var över hade kunder börjat dyka upp.

Röster gled in i lokalen. Skrattande och ljusa genom de öppna fönstren. Två barn i sexårsåldern plaskade med badbollar och en uppblåsbar krokodil i badtunnan. De hoppade i och ur vattnet med endast kortare pauser för några varv på gräsmattan.

De var de nya grannarna. En pojke som flyttat in med sina föräldrar i Clemens gamla lägenhet. Och en flicka som bodde med sin pappa uppe i Oscars våning. Boel hade köpt en låda glass som med lite våld fått plats i kylskåpets frysfack.

Efter lunch tog hon fram två ispinnar och gick ut till badtunnan och bjöd barnen. Pojkens föräldrar satt på balkongen med god uppsikt över gården. Då och då kom de med oroliga förmaningar om vad barnen fick och inte fick göra. Flickans pappa var lite av en bohem. Han låg på en filt i skuggan under trädet med bar överkropp och byxor upprullade till knäna. Ständigt med en bok eller tidning under näsan.

– Är det okej om jag bjuder barnen på glass?

Han stängde boken och tittade förvånat upp på henne.

– Är det verkligen bara barn som har rätt till glass?

– Det är isglass, Knattepinnar, förtydligade Boel.

Mannen hade lagt boken åt sidan och satt sig upp på filten. Han log vänligt.

– Jag älskar de blå, även om man får en tunga som en chow chow. Jag heter Viktor, pappa till Moa, den lilla delfinen i prickig baddräkt.

– Okej, jag hämtar en glass till pappa delfin också, sa Boel.

När hon kom tillbaka ut hade Viktor fått på sig en t-shirt. Han tackade för glassen och frågade lite om huset. Boel slog sig ner på bänken intill och berättade vad hon visste.

– Det är verkligen en spännande byggnad. Du borde följa med upp och titta på vår lägenhet. Den är fantastisk, vi har stans häftigaste utsikt. Jag tror Moa kan tänka sig att måla en teckning till dig. Som tack för glassen. Hon har ju förstått att du gillar konst.

De skrattade båda två. Viktor hade ögon som nästan försvann in i ansiktet då han skrattade.

– Ska vi säga att du dyker upp klockan sex? Så hinner jag diska innan. Och Moa hinner signera sin teckning.

– Hellre sju. Jag har ett ärende klockan fem. Jag kommer efter det.

Hon vandrade in på Pethrahemmet. Persiennerna var nedfällda. I en fåtölj i golvlampans svaga ljus satt Gerda. Boel drog fram en pall och slog sig ner framför henne.

– Är det Christina? frågade Gerda och tittade upp lite tvekande.

– Nej, jag heter Boel. Vi har setts förut. Jag bodde granne med Oscar.

– Är Oscar inte här idag? frågade Gerda.

Boel skakade på huvudet samtidigt som hon undrade om hon verkligen behövde svara ärligt.

– Jag har kommit hit för att berätta att Oscar har det bra. Han är tillsammans med John nu. Han har återförenats med er son.

Gerda skärpte blicken och såg klarare ut.

– Så bra. Han har ju alltid velat vara med John. Då sover han inte dåligt längre då, konstaterade Gerda.

– Nej, nu sover Oscar bra.

Sen satt de tysta en stund.

Boel bröt tystnaden med frågor. Hur mådde Gerda? Fick hon mat? Kom hon ut? Svaren var att hon sov lite dåligt, men annars mådde fint. De pratade om rummet, om ålderskrämpor, om andra patienter.

Då och då stannade Gerda upp mitt i en mening och tittade frågande på Boel, som om hon just klivit in i rummet.

Boel reste sig och gick ett varv. Sängen stod mitt i rummet. Den var smal men upptog nästan all golvyta. Hon stannade till framför bokhyllan. En bibel, en psalmbok och några romaner fyllde knappt ett hyllplan. I övrigt fanns porslinsföremål, blå figuriner med stora stirrande ögon. På översta hyllan fann Boel ett familjealbum som hon lyfte ner och placerade i Gerdas knä. Sedan flyttade hon pallen så att de skulle kunna se fotona tillsammans. Bröllopsbilden först. Samma bild som på Oscars vägg. Gerda var mycket vacker med glittrande ögon som såg ut att längta efter framtiden. På nästa sida en bild på John, på rygg i virkad sparkdräkt i en bebiskorg. Sedan en något äldre John, i Gerdas famn. Och sedan en bild då han satt hos Oscar. Därefter kom foton på Christina. Vid en bild satt Christina och Oscar på huk vid en gravsten, det måste ha varit Gerda bakom kameran. Gerda bläddrade hastigt förbi bilden.

Boel var inte säker på om hon förstod vad de tittade på. Men då de kommit till sista sidan sträckte Gerda fram sina fingrar mot ett fotografi som satt fastklistrat på själva pärmen, samtidigt som hela hennes ansikte sken upp. Bilden var tagen utomhus. Oscar stod med armen om John och log stolt rakt mot kameralinsen.

– Han var en mycket god man, min Oscar, sa Gerda och slog sedan ihop albumet.

Boel satt tyst kvar hos Gerda. Det fanns egentligen ingenting mer att säga men det hade känts helt fel att bara resa sig och gå. Så hon satt där tills kvällsmålet skulle serveras. Innan hon gick lovade hon att snart komma tillbaka.

Medan taxin rullade upp på motorvägen tänkte hon på året som varit. Ny bostad. Nya rutiner. Ny frisyr och nytt galleri. Hon hade dessutom fått två nya vänner. Daniel och Oscar. Men de hade båda försvunnit och Boel visste att hon för alltid skulle sakna dem.

Hon höll huvudet nära taxins fönster. Lät handens fingrar rinna nerför glaset. Vilken märklig tid det varit ändå.

Under våren hade allt handlat om att få igång galleriet. Månaderna hade snabbt passerat och en dag stod syrenerna i full blom och staden fylldes med lyckliga studenter.

Hon hade varit alldeles för uppslukad av sitt för att hänga med i naturens skiftningar.

Hon tänkte på Oscar.

En kväll i slutet av maj hade Boel tagit hissen högst upp. Att sitta och småprata med Oscar över en kopp te hade blivit en trevlig kvällsvana. Den här gången hade hon tänkt höra med honom om han hade några tips för bättre ventilation i galleriet.

Redan då hon steg ut ur hissen anade hon att något var fel. Oscars dörr stod på glänt. Hon hade knackat försiktigt och sagt hans namn ett par gånger innan hon klev in.

Lampan var tänd och hon upptäckte honom på en gång. Han låg på rygg mitt på hallgolvet. Med mattan korvad under sig och en full soppåse närmast huvudet. Boel rusade fram för att kontrollera puls och andning. Men Oscars kropp rörde sig inte. Han hade hunnit bli blek och kändes lite kall.

– Snälla, inte redan, viskade hon och strök honom över kinden.

Sedan hade hon ringt efter en ambulans och satt sig på golvet intill honom.

Fast han var borta höll hon honom i handen. Ville värma.

Hans ansikte var utslätat. Lugnt.

Döden kunde inte ha skrämt honom. Det var som om han längtat.

Hon hade suttit där och värmt hans hand tills ambulanspersonalen kom.

Taxin släppte av henne i korsningen och hon fick skynda sig. Klockan fem över sju knackade hon på hos Viktor och Moa.

Doften av Oscar var borta. Nya människor, möbler och färger hade givit våningen en ny själ.

Viktor hade dukat fram en enkel middag uppe i salongen på övervåningen. Spagetti carbonara i en stor salladsskål och varma vitlöksbröd i en flätad brödkorg.

Moa blev snabbt mätt och lämnade bordet. Hon sprang fram och tillbaka mellan leksakslådan och matbordet. Hon visade upp teckningar, alla sina tecknade filmer och sina dataspel, en samling gosedjur och några trollerikonster med en kortlek. Klockan nio somnade flickan mitt i en lek på mattan på golvet. Viktor strök bort håret från hennes ansikte och bar ner henne till hennes rum. Sedan serverade han Irish Coffee med riktig vispgrädde, chokladpulver och långa sugrör.

De hamnade i en soffa och tittade ut över staden. Pratade om färger. Husens, himlens och sommarkvällens färger.

– Vad bortskämd man blir av allt grönt här i Stockholm, allt liv. Grönt måste vara den vackraste av alla färger, sa han.

De tog varsin klunk av drinken, och Boel funderade en stund.

– Jag är mer förtjust i blått. Som himlen och som havet. Men framför allt känns blått mest framtid.

De fortsatte att titta ut. Efter en stund konstaterade de att just den här sensommarkvällen gick i både grönt och blått.

Tack

Några avslutande ord.

Boel och Oscar är en fiktiv berättelse. Ingen av bokens karaktärer finns i verkligheten även om jag lånat karaktärsdrag från personer jag träffat och tyckt om. Jag har tagit mig friheten att hitta på platser, byggnader och företeelser. Samtidigt har jag valt att skildra situationer jag själv och närstående varit med om, detta gör att verkligheten ibland ligger snuddande nära.

Jag vill tacka min förläggare Adam Dahlin för att du trott på mitt skrivande, varit peppande hela vägen och för att du förstått människorna i min berättelse. Och tack Marie Age, min redaktör, för att du gjort mitt manus så mycket bättre. Vill även passa på att tacka Sara Lindegren, Annelie Eldh och alla andra på Bokförlaget Forum och Bonnierförlagen. Och tack till min pas de deux-partner John Moström som givit värdefulla arkitekttips och övriga som arbetat med romanen.

Min älskade familj. Klas, för att du läst och stöttat och lyft mig då jag varit vankelmodig. Maj-Lis och Märtha, min kärlek till er är evig.